BELINDA BAUER

MORIR NO ES TAN FÁCIL

Traducción de
Julia Osuna Aguilar

Círculo de Lectores

Para Simon, por aquellos comienzos

PRIMERA PARTE

I

Morir no es tan fácil como lo pintan en las películas.

En el cine, un coche patina en el hielo, derrapa por en medio de la carretera y vuelca por el borde del acantilado.

Se cae, da vueltas, se abren las puertas, se abolla y describe un arco, se abolla y describe un arco..., hasta que por fin choca contra un árbol y se queda con las ruedas bocarriba como una tortuga echando una bocanada de humo. Otros conductores se detienen en seco, dejan la puerta abierta y corren hacia el precipicio para contemplar con horror cómo el coche...

El coche hace una pausa dramática. Y luego estalla en llamas.

La gente retrocede, se cubre la cara y da media vuelta.

En las películas ni siquiera tienen que decirlo.

En el cine, el conductor ha muerto.

No recuerdo mucho, pero sí sé que en la radio sonaba la canción de la piña colada. Sí, ya sabéis la que os digo, la de no sé qué de la piña colada y que te pille la lluvia.

La aborrezco, siempre me ha parecido un horror.

No sé si le contaré la verdad a la policía sobre lo ocurrido. Cuando pueda. ¿Tendré el valor de decirles que cuando resbalé en el hielo estaba intentando cambiar de emisora? Por culpa de la dichosa canción. ¿Les parecerá gracioso o sacudirán la cabeza y me acusarán de conducción temeraria?

En ambos casos sería un alivio, si os soy sincero.

Iba camino de Cardiff para recoger a Lexi. Venía de viaje, no recuerdo de dónde –¿de una excursión del instituto?–, pero sí sé que estaba deseando volver a verla. Normalmente, regresaba en tren con los amigos, pero el tiempo había empeorado y no salían ni los trenes. Que si hielo en las vías o algo por el estilo..., ya sabéis la de excusas que se inventan las compañías de trenes para justificar su pésima fiabilidad. Cuando yo tenía la edad de Lexi se podía poner el reloj en hora con los trenes; hoy en día, apenas puede uno fijar la fecha.

¿Por dónde iba?

Ah, sí, conducía por la A470, con los viejos vertederos cerniéndose sobre la carretera y el terreno cayendo en una pendiente pronunciada hacia el valle inferior. Ahora es todo hierba y árboles, por lo de la repoblación de la Junta del Carbón, pero antes muchos eran vertederos, por más que la mayoría los llaméis montañas. Las montañas no se convierten en gachas negras y entierran a chiquillos en sus pupitres como pasó hace tantos años ya. De eso me acuerdo, y también del pequeño de los William con el ojo a la virulé, que venía a los entrenamientos de rugby una semana sí y otra no, hasta que no volvió más. Otros recuerdos, sin embargo, o se me escapan o se me han borrado del todo.

Recuerdo haber pensado: «Anda, Sam, ¡esto sí que no te lo esperabas!». Y luego chocar contra el quitamiedos y pensar en qué mentira iba a contarle a Alice para explicarle el rozón en el Focus, que solo tiene seis meses, porque siempre está diciéndome que conduzco muy rápido. Pero antes de poder siquiera pensar en una buena mentira, el coche pegó una especie de brinco en el aire y, de pronto, me vi en el lado del quitamiedos que no era, con tan solo una caída de sesenta metros entre el río Taff y yo.

La caída tuvo cuatro partes.

Primero, el coche chocó de morro contra el suelo y el parabrisas estalló en un bonito encaje de cristal que sonó igual que cuando se aplasta un escarabajo gigante.

Luego se hizo el silencio mientras volaba más feliz que una perdiz.

Después volvió a chocar entre un crujir de metales y la nariz se me quedó a un centímetro de la hierba. Intenté apartar la cabeza, pero no la controlaba, de modo que solo podía ver la hierba mojada y los cristales del hielo restante, grandes y relucientes.

A continuación hubo otro silencio encantador mientras veía pasar a cámara lenta el tenue cielo nevoso y me preguntaba quién iba a recoger entonces a Lexi. Solo tenemos ese coche. Tal vez podría quedarse a dormir en casa de Debbie..., es buena chica.

Esa vez, al chocar, me mordí los carrillos y saboreé el hierro de la sangre por la garganta. La puerta se abrió y vi que el brazo derecho me colgaba cerca de la abertura mientras volvíamos a movernos: yo y el coche que compramos juntos en el concesionario Evans Halshaw de Merthyr. Al ser un modelo de exposición, nos rebajaron dos de los grandes, y además aún olía a nuevo, y eso era lo más importante, dijo Alice.

Se va a cabrear conmigo.

No recuerdo bajar una cuarta vez, pero doy por hecho que fue así o, si no, no estaría contándolo: sería el primer conductor de Ford Focus que llegó al espacio.

Con la suerte que tengo no recordaría ni eso.

El tráfico había aminorado la marcha hasta apenas un lento arrastrarse, y el joven Patrick Fort, de dieciocho años, veía las luces azules que parpadeaban por delante en la carretera.

–Un accidente –comentó su madre.

Patrick no respondía a afirmaciones inútiles. ¿Acaso no tenían los dos ojos en la cara?

Suspiró y deseó haber ido en bici, con la que no había que preocuparse por los atascos –a pesar de lo poco que le gustaban a él–. Pero su madre había insistido en que fueran en coche porque llevaba la ropa buena para la entrevista. Tenía puesta la única camisa con cuello de su armario, los pantalones de franela gris con los que le picaban los muslos y los únicos zapatos que no eran deportivas.

–Espero que no le haya pasado nada a nadie. Seguro que ha pillado hielo en la curva.

Una vez más, Patrick no dijo nada. Era típico de su madre hablar así: como un ruido redundante para sí misma, tal vez en un intento por demostrarse que no estaba sorda.

Se acercaron a un policía con chaleco reflectante y cara de impaciencia que agitaba un brazo para indicarles a los coches el carril transitable.

En esos momentos pudieron ver el punto por donde se había salido el coche por la cuneta. El quitamiedos plateado estaba hecho un ocho, como si hubiera intentado agarrar al coche con toda su fuerza pero al final hubiera tenido que dejarlo escapar con un suspiro doblado. Había un corro de bomberos mirando por el borde del precipicio; Patrick se dijo que era lo mínimo que podían hacer con sus credenciales.

–Ay, madre –murmuró Sarah Fort–. Pobre gente.

Cuando el coche de delante se detuvo, Patrick pudo ver a todos sus ocupantes con la cabeza vuelta a la izquierda.

Mirones. Deseosos de distinguir un atisbo de muerte.

El policía les gritó algo y agitó furioso el brazo para indicarles que prosiguieran. Antes de que el coche de su madre avanzara, el chico abrió la puerta y se apeó en el asfalto.

–¡Patrick!

La ignoró. El aire exterior era tonificante y la pendiente que tenía por encima le pareció de pronto más real: una mole acechante de materia maciza recubierta por una alfombra rojo amarillento de hierba invernal muerta. Se acercó a los bomberos.

–¡¡Patrick!!

El chico se inclinó sobre lo que quedaba del quitamiedos y miró hacia el valle, donde había un coche con las ruedas bocarriba y empotrado contra un pequeño soto de árboles junto a la orilla del río. Un reguero de despojos señalaba el camino que había hecho desde la carretera: una puerta, una revista, un trozo retorcido de embellecedor. La radio seguía encendida en el coche siniestrado; Patrick oyó la canción que surgía en un hilo mínimo por el valle: *In dreams*, de Roy Orbison..., 1963. Aunque la música no le hacía ni fu ni fa, nunca olvidaba una fecha de publicación.

–¿Qué ha pasado? –preguntó.

El bombero que estaba más cerca se volvió con un cigarrillo de liar pegado a los labios.

–¿Quién eres tú?

–¿Hay alguien dentro? –quiso saber Patrick.

–Puede ser. Anda, vuelve a tu coche.

–¿Están muertos?

–¿Tú qué crees?

–Desde aquí no sabría decirlo –respondió Patrick encogiéndose de hombros–. ¿Y tú?

–Mira, listillo, circula. Estamos trabajando.

Patrick frunció el ceño mientras miraba la mano del hombre.

–Estás fumando y mirando un coche.

–Anda, vete a dar por culo a tu casa.

–No hay que ponerse así.

–Que te den.

–¡Patrick!

Su madre apareció, se lo llevó arrastrándolo del codo y le pidió perdón al bombero, aunque no podía saber por qué. Echó una última ojeada. Allá abajo no se movía nada. Se preguntó cómo sería estar dentro del coche: todo inmóvil, ladeado y ensangrentado, y bañado con la música de Roy Orbison, que subía cada vez más alto, como si estuvieran torturando ángeles.

Se desembarazó de la mano de su madre, que entonces le pidió perdón a él. Se pasaba la vida disculpándose por todo.

Volvieron al coche y la madre siguió conduciendo..., aunque mucho más despacio.

2

Tracy Evans había creído que en la Unidad de Neurología del hospital de Cardiff tendría tiempo de sobra para ponerse al día con las lecturas pendientes: por toda esa quietud, toda esa tranquilidad, todos esos pacientes comatosos que no vomitaban en platos de papel ni orinaban en botellas de cartón ni tocaban ese timbre que la hacía sentirse como una puñetera azafata (aunque sin la parte buena, como la perspectiva de casarse con un piloto).

Había esperado como agua de mayo ese sosiego para leer *El desflore de Rose*, el tercero de la serie de Rose Mackenzie. En el primero la protagonista salía del orfanato, tímida y hermosa, y aún virgen, pese a las varias arremetidas contra su virtud que habían despertado el deseo en ella. En el segundo, el canalla de Dander Cole le robaba el dinero y el corazón..., para después, por suerte, ser rescatada de la bancarrota inminente por Raft Ankers, su ángel guardián, alto, moreno, apuesto y monosilábico. Por supuesto, el pasado secreto (y, por tanto, indudablemente trágico) de Raft le impedía prestarle más atenciones que las formales, pero Tracy sabía lo que Rose todavía no sospechaba: que en el fondo de sus inconmensurables ojos brillaban las ascuas, a la espera de estallar en llamas de pasión.

Ya el título prometía mucho en lo que a conflagración se refería, y Tracy, a sus veinticuatro años, ocupó la plaza libre de la Unidad de Neurología de Cardiff con ese propósito en mente, y, en la imaginación, hileras de pacientes durmiendo apaciblemente entre máquinas, y ella moviéndose sigilosa por los pasillos –más como una vigilante nocturna que como una enfermera– o volviendo las páginas a la luz de una única lamparita amarilla...

La realidad, sin embargo, había resultado ser mucho más molesta, como no podía ni imaginarse, y menos aún afrontar. Sí que había pacientes en coma profundo –claramente dormidos e inertes–, pero muchos otros vivían en un amplio espectro de estados vegetativos. Tracy asumió las tareas habituales de enfermería: cambiar vías y catéteres, bañar con esponjas, administrar fármacos y alimentos y fijarse en las alteraciones respiratorias o en movimientos. Pero en esa unidad también había cremas con las que masajear las pieles para mantenerlas hidratadas y barrotes que levantar en las camas de los pacientes que se revolvían y se caían, así como correas que ceñir para evitar que otros lo hicieran. Había gruñidos, gemidos, parpadeos y gritos incoherentes que traducir en otras tantas peticiones de agua o de cambio de canal. Había pañales que cambiar y culos que limpiar de excremento líquido naranja. Los fisios hacían crujir miembros agarrotados y manos cerradas. Había tablillas que fijar en piernas y pesos muertos que alzar en sillas de ruedas o en mesas volcadas donde los pacientes colgaban como crucificados: todo en un intento por evitar que se contrajeran en las bolas fetales retorcidas de las que ya no había vuelta atrás.

Era, a fin de cuentas, un auténtico jaleo que se combinaba, al menos en el caso de Tracy, con un miedo paralizante a que los pacientes de mirada vacía estuvieran observándola, a la espera del momento oportuno...

Para colmo de males, su iniciación en la planta no fue nada fácil: una dolorosa infección de *Clostridium difficile* que tuvo a Tracy doblada en dos sobre la taza del váter media docena de veces al día y que la dejó literal y figuradamente vacía. Las demás enfermeras lo llamaban el «cagalerum difícil», y le dijeron que la próxima vez no sería tan malo. Tracy juró aprender de su error y empezó a solicitar otros puestos de trabajo, antes de que esa próxima vez se convirtiera en real.

Entretanto aprendió que había pacientes en coma buenos y pacientes en coma malos. Por la forma en que se lo contó una colega más experimentada, Jean, entendió que eran cosas que se sabían y que había que entender, pero de las que no se hablaba abiertamente.

Los pacientes en coma buenos eran tranquilos: no hacían ruido; no se revolvían cuando intentabas ayudarlos; no pillaban neumonías ni requerían excesiva atención ni se arrancaban los tubos por donde se alimentaban ni los goteros. Los pacientes en coma buenos tenían familias educadas que no lo llenaban todo como si fuera su casa y que les llevaban regalos –sobornos, más bien– a las enfermeras, con la esperanza de que cuidaran bien a sus seres queridos en sus largas horas de ausencia. En el puesto de enfermeras siempre había por lo menos dos cajas abiertas de bombones; como a Tracy le gustaban los de frutos secos, levantaba las bandejas de arriba antes de que se acabaran para coger los rellenos que había abajo antes que las demás.

También se daba por sentado –o al menos las enfermeras lo hacían– que el paciente en coma bueno había sido buena persona en su vida anterior. Estaban allí por culpa de infartos acaecidos por el sobreesfuerzo, por accidentes de tráfico de los que no eran culpables o por haberse caído de la escalera mientras ayudaban a los vecinos a limpiar los canalones o rescataban gatos de los árboles. A los buenos les acariciaban la frente y les susurraban palabras amables al oído para alentarlos a volver de una pieza mental al mundo.

Los malos se pasaban las noches gritando o atragantándose incluso con la papilla más fina o se agarraban a las barras de la cama y las zarandeaban como si fueran barrotes de una jaula vieja. Gritaban y se sacudían, y a veces se les escapaba un puñetazo o una patada. Hacían sus necesidades en los pañales recién cambiados –solo por dar por saco, al parecer– y continuamente cogían infecciones que requerían un trabajo extra de enfermería durante toda la noche. Los pacientes malos estaban allí por sobredosis, por correr demasiado con el coche o por conducir borrachos al salir del pub. Sus familias eran exigentes y desconfiadas. Los pacientes malos tenían los labios torcidos y hacían movimientos bruscos, y había que apretarles las correas «por su propio bien».

Aunque con los médicos o las familias no se hablaba sobre esta distinción ni se ponía nada por escrito, todas las enfermeras conocían la diferencia. Cuando Jean le dio el paseo de presentación por la planta, fue de cama en cama llenando la cabeza de Tracy con biografías que no debían ni reescribirse ni borrarse..., ni siquiera se debía comprobar su veracidad.

–Este desgraciado iba a comprarle a la novia el anillo de compromiso cuando le atropelló un taxi. Me juego algo a que el taxista iba hablando por teléfono... –le contó Jean–. La pobre chica vuelve todos los días del trabajo y se echa a llorar. Lleva siete meses así. La criaturita dice que todavía quiere casarse con él. Me parte el alma.

Jean suspiró y, al ver que era un gesto sincero, Tracy asintió con la esperanza de dar a entender que también ella estaba algo desconsolada, por mucho que pensara que, si su (hipotético) novio estuviera en coma más de unas semanas, probablemente ella se limitaría a cortar los lazos y seguir con su vida, y no se quedaría para ver cómo se cagaba en los pantalones los cincuenta años de vida que le quedaran.

Jean pasó a la cama de al lado.

–Este –dijo tirando bruscamente de las sábanas para tapar el pecho de un hombre de mediana edad– se cayó del puente que hay al final de la calle Queen. Borracho, seguramente. O huyendo de la policía. Y es que encima no tendría ni que haber estado allí porque el puente es para trenes, no para peatones. ¿Sabes cuál te digo?

Tracy lo sabía. Ella misma había pasado por debajo dando tumbos los viernes y los sábados por la noche, cuando recorría el kilómetro y medio que había del Evolution a la casa que compartía con otras tres chicas. Siempre había gente colgada del parapeto del puente, pintando con espráis o jugando a esquivar los trenes que salían de la estación de esa calle.

–Este es un auténtico grano en el culo –le susurró Jean sobre otro hombre–. No para de chillar y gritar, y a veces incluso en otros idiomas... A mí me da que no es trigo limpio.

Tracy asintió cautivada.

–Nos tiene a todas corriendo como gallinas descabezadas. Y, además, se pone violento.

–¿De verdad?

–A ver, yo en realidad me imagino que no quiere, pero puede tirarte cosas. Es muy fuerte. Le rompió el dedo a Angie –le dijo señalando a una enfermera guapa de pelo moreno que tenía una venda blanca en la mano izquierda. Después miró a Tracy con seriedad y añadió–: Así que ándate con ojo.

–Tendré cuidado.

–Y las familias –siguió Jean con una mirada que daba a entender que Tracy pronto lo aprendería por su cuenta–. No dejes que te acorralen. Tú eres la profesional, no ellos. Recuérdalo bien.

–Lo recordaré –dijo firme Tracy, que se quedó repasando la planta con la vista.

Dos alas, doce camas, diez de ellas con personas que no estaban ni vivas ni muertas; personas que habían comprado el billete para la otra vida pero que, por una razón u otra, habían visto interrumpido su viaje, y que en esos momentos se debatían entre si seguir o no seguir, dar media vuelta y volver a casa.

3

Patrick había ido a muchos médicos pero, hasta que no empezó con cinco años a ir a la escuela, no se dio cuenta de que tenía algo extraño. Aborrecía el desorden de sus compañeros de clase y el componente físico del patio de recreo, donde a nadie le interesaba limpiar el cajón de chinas y separarlas por tamaños.

En clase no había tarea demasiado compleja para él, y muy pocas que no completase. Mientras los demás críos corrían al patio a jugar, Patrick se revolvía y se hacía un ovillo si la maestra intentaba apartarlo un rato del abecedario o de las sumas. Era una lapa del conocimiento.

Se dedicaba a deconstruir su maletita de la comida y a quitar todo lo rojo, y estaba obsesionado con repetir como un loro todas las frases que le decían, enfatizando una palabra cada vez para paladear el cambio:

DEJA la tiza.

Deja LA tiza.

Deja la TIZA.

Y aun así seguía con la tiza en la mano.

Nadie rechaza la diferencia con tanta inmediatez y brusquedad como los niños. Y los demás críos no tardaron en dejar de invitar a Patrick a sus casas y a los cumpleaños, en excluirlo de grupos y juegos. Pero él no quería ir a fiestas, porque odiaba a la gente y no entendía los juegos, así que le dio lo mismo. Al fin y al cabo le fascinaba el ritmo de las hormigas, aunque eso no quería decir que quisiera ser una.

Hasta que cumplió los siete...

En el despacho de apuestas, no permitían la entrada a los niños, de modo que, mientras su padre veía las carreras de caballos y de perros en la pantalla grande, Patrick se metía bajo el mostrador más cercano a la puerta, rodeado de bicicletas y un labrador negro y viejo que o bien siempre estaba mojado, o bien simplemente olía así. A veces, los hombres se ponían delante de Patrick sin darse cuenta de su presencia. Apoyaban los codos en el mostrador para leer las páginas con los nombres de los caballos y los jinetes que había colgadas de las paredes, y él les miraba las rodillas y la entrepierna, así como las huellas de barro que dejaban con las botas por el linóleo. Oía el rasgueo de los bolis baratos al garabatear sus opciones por encima de su cabeza y las murmuraciones cuando perdían, siempre, al parecer.

De vez en cuando reparaban en él, se agachaban y le decían: «¿Qué tal por ahí abajo?» o «¿Todo bien, enano?». Pero cuando eso ocurría, Patrick siempre se volvía hacia el perro en busca de apoyo moral y no respondía. Una vez, un hombre le tendió una Milky Way y el labrador cogió la chocolatina y se la tragó de dos bocados, con envoltorio y todo.

«No habla mucho, ¿no?», le preguntó una vez un anciano al padre de Patrick, que respondió categórico: «Es que está pensando».

Su padre decía la verdad: Patrick estaba pensando... en cómo olía el aire a caucho cuando salía de las válvulas de las ruedas de las bicis, en las apuestas que cambiaban en las pantallas, por las que subían y bajaban como pulgas los nombres de los caballos, y en por qué los perros tenían las encías rosas pero los labios negros.

Ignorado cada vez más con el paso del tiempo, Patrick acabó

disfrutando de su puesto al lado de la puerta, desde donde podía observar sin ser observado.

Era un día caluroso de verano, y estaba dibujando a bolígrafo el perfil del labrador dormido sobre el linóleo cuando de pronto los hombres que había en el despacho emitieron un gruñido de asombro, seguido de un silencio de ultratumba.

Salió a rastras de debajo del mostrador y reptó entre los zapatos de los hombres hasta quedarse a unos centímetros de la pantalla gigante.

Pixelado por el zoom, un jinete vestido de morado caminaba a trompicones por la hierba esmeralda con una silla de montar en el brazo que debería haber estado sobre el lomo de un caballo.

Patrick tocó el césped y sintió un zumbido verde y cálido por los dedos.

–¿Qué hace ahí ese crío? –preguntó alguien en voz alta, y su padre se levantó al instante y lo cogió de la mano.

El chico retrocedió. Odiaba que le cogieran de la mano, le daba dentera en los huesos. Pero se quedó de piedra al ver que su padre tenía lágrimas en los ojos. Por alguna razón que no entendió, después de eso se dejó coger la mano sin rechistar. Y siguió agarrado mientras cruzaban la calle ajetreada y entraban en el Rorke's Drift, donde su padre le pidió un botellín de Coca-Cola que parecía que lo hubiesen estrujado por en medio y chocó su pinta con el vaso de su hijo, con un tintineo amortiguado.

–Por *Persian Punch* –brindó con voz ronca, y le pellizcó la nariz, un gesto que le recordó a cuando se la limpiaba con la manga, algo más habitual.

–Por *Persian Punch* –aprobó Patrick, aunque hasta más tarde no supo que se trataba de un caballo.

Que había sido un caballo.

Nunca había olvidado la sensación que experimentó en esos instantes: el curioso sentimiento de, en ese momento, tener más intimidad con su padre que con nadie, de que casi compartía lo que el otro sentía. Por primera vez, Patrick vislumbró lo que los demás niños parecían saber por instinto: que formaban parte de algo mayor y misterioso.

Algo que deseaba en lo más hondo de su ser pero que aún no sabía cómo conseguir.

Descubrir que carecía de ese vínculo crucial convirtió la escuela en una tortura diaria. Todos tenían la llave de la popularidad y la felicidad, y los torpes intentos de Patrick por encontrar la suya acababan con otros niños mirándolo de forma rara o insultándolo. Los compañeros le escondían los lápices para hacerle rabiar, y una vez un grupito de niños envolvió una piedra con su chaquetón y se lo tiró al tejado del cobertizo de las bicis. La frustración lo dejó confundido y enfadado. Al llegar a casa, no quiso hacer caso, y entonces llegó la consecuente riña entre sus padres tras las puertas cerradas. Patrick pegaba la mejilla a la madera fría y pintada, y oía la voz de su madre quebrada por la histeria: «¡No puedo más! ¡Ojalá hubiera abortado!».

Le gustaba cuando su madre se ponía así, porque entonces su padre lo llevaba a dar largos paseos por los montes Beacons, solos los dos, mientras ella se quedaba en casa y corría las cortinas para poder dormir. «Tengo que recuperarme», decía fatigada, y ellos volvían varias horas más tarde a merendar en una casa a oscuras –en silencio para no despertarla–, y, entonces, cada una de esas veces, su padre escondía el vodka en un sitio distinto.

Por último, cuando tenía ocho años, Mark Bennett –el hijo de un granjero, un monstruito– le gritó «¡mongolo!» y le pegó en la espalda cuando estaba colgado en el castillo de barras. Patrick se cayó en la arena y se quedó boqueando con la vista clavada en el cielo hasta que recuperó la respiración. Para cuando logró ponerse en pie, muy lentamente, el chico mayor se había montado en un columpio y subía y subía cada vez más arriba sin parar de reír. Patrick se hizo a un lado y esperó a que el columpio pasara por su lado... y entonces le dio a Mark Bennett en toda la cara con un bate de béisbol infantil. La velocidad combinada del columpio y del bate le hizo volar por los aires; dio una impresionante vuelta de campana que toda una generación de niños de Brecon presumiría de haber visto con sus propios ojos.

El director llamó a su madre, pero esta se echó a llorar, de modo que colgó y tuvo que localizar a su padre, que salió del trabajo a mitad de jornada para ir a recogerlo.

Y murió por culpa de eso.

4

Estoy dormido, y no podéis ni imaginaros lo mucho que me esfuerzo por despertarme.

Sueño con Jesús crucificado en pijama y con las manos retorcidas en agonía mientras la Virgen María, con un uniforme azul, se le agarra a los pies maltrechos. Otras veces es un hombre pájaro con una capa negra y una mascarilla antigás, que viene y me clava su largo pico en la gelatina de los ojos y tira de mí arrastrándome por las cuencas..., y grito hasta que me desgañito pero no viene nadie.

Porque es un sueño... ¡Como si eso fuera un alivio!

A veces estoy dormido, pero soy consciente de no estar despierto. Entonces nado en busca de la superficie de un pozo sin fondo. El agua está espesa y sucia y no veo el círculo de luz; solo el miedo a lo que acecha debajo de mí, en la penumbra sinuosa, me hace seguir luchando y nadando.

Pero siempre que me acerco a la superficie me doy media vuelta porque me horroriza más lo que hay por encima.

Arriba, al otro lado del agua, alguien grita dolorido o rabioso: un alma torturada que aúlla obscenidades y rumia su agonía. Un infierno que me sobrevuela. Un holocausto en un idioma extranjero. Corren las lágrimas, hay mujeres y niños acongojados y asustados. «Va a ponerse bien. Va a ponerse bien», pero el sollozo no para..., solo se aleja.

Unos peces invisibles me muerden el dorso de la mano, y se

me enfría el brazo y siento que me pegan tirones por las entrañas como si una sanguijuela me chupara la barriga por dentro. Me duele la espalda, me dan calambres en las piernas y se me pinza el cuello. Unas manos me recorren el cuerpo como si fuera ganado en el mercado y..., cual vaca, la mierda caliente sale de mí, sin el menor reparo o decoro.

Hay voces a lo lejos, por encima, como si por el pozo pasara gente con cubos y otros objetos mecánicos. Los oigo ir y venir: un efecto Doppler a cámara lenta. No los reconozco aunque parecen saber lo que se hacen; están muy ocupados y parecen muy eficientes, por mucho que no distinga bien lo que dicen.

Las voces vienen y van como olas en la playa, y yo también voy y vengo, dentro y fuera de la vida y de los sueños ¿durante días, semanas, años? Pero cuando estoy dentro escucho todo el tiempo por si reconozco la voz de alguien. Y cuando los oigo estoy a punto de salir a la superficie y de gritar; en esos momentos es cuando me dispongo a hacerles saber que estoy aquí.

Voy a gritar: «¡Eh, hola! ¡Estoy aquí abajo!». Y mirarán por el pozo y me verán en el fondo y me saludarán con cara de sorpresa e irán a buscar ayuda para sacarme en un cubo grande de madera, como a un gatito que lleva perdido media vida.

«¡Eh, hola, estoy despierto! ¡Os oigo! ¡Estoy despierto!»

Siempre tengo las palabras en la punta de mi lengua paralizada. Lo único que necesitaría sería el aire para formarlas, el esfuerzo de expulsarlas fuera, y entonces habré salido.

Pero, por alguna razón, me aterra intentarlo.

Si no puedo obligarme a salir de mis propios sueños, ¿qué pasará si tampoco puedo gritar cuando lo necesite? ¿O si puedo gritar pero no me oye nadie? ¿Y si pasan justo por el borde del pozo profundo y oscuro y nunca miran hacia abajo, por muy fuerte que grite?

Eso ya no sería un sueño.

Sería una pesadilla.

Tracy Evans se fijó en que a los pacientes en coma no les llevaban tarjetas de «que te mejores» ni uvas; a los de esa unidad los cuidaban o bien personas que los querían, o bien personas que se veían obligadas a hacerlo. Era fácil distinguir ambas categorías. Las que los querían se quedaban horas y horas, tocando, lavando, hablando, poniéndole su música favorita por los auriculares del iPod, traían juguetes de la infancia y objetos de la edad adulta, acercaban flores olorosas a las narices sin olfato o les cantaban *Cumpleaños feliz* con lágrimas en los ojos y gemidos ahogados en la garganta.

Las que los querían tenían la esperanza de que se recuperaran.

Las que venían por obligación lo único que esperaban era que todo acabase, como fuera. Se dedicaban a leer o se llevaban los portátiles para ponerse al día con los correos..., y preguntaban una y otra vez por la clave de la wifi. Se mordían las uñas y tamborileaban con los pies y leían cualquier revista vieja que pillaban, aunque fuera de jardinería. Se quedaban mirando por la ventana, al otro lado del tejado del aparcamiento, hacia la ciudad: como si incluso esa vista fuera preferible a la visión de la persona que, postrada en la cama, no se decidía a vivir o morir.

Tracy Evans prefería a esas visitas. Nunca le pedían que les llevase jarrones o que abriera las persianas ni le preguntaban si había visto algún parpadeo o movimiento, algún dedo haciendo un SOS en morse sobre las mantas amarillo limón.

Los que iban por amor eran un tanto molestos. Aunque apenas llevaba unas semanas allí ya había visto a una chica que le había llevado al novio un peluche de leopardo de tamaño real, una mujer que se había presentado con una sartén eléctrica para hacer beicon al lado de la cama de su marido, y a cuatro miembros de un club de kárate que hicieron una rutina, rematada con gritos sonoros, con la esperanza de que el sonido reactivara un cerebro que había dejado de funcionar. Además ni siquiera podía impedírselo diciéndoles que iban a despertar al resto..., porque en el caso de los comatosos esa era en realidad la idea.

En cierto modo todo eso la distraía, pero no le bastaba para suplir o facilitar la obsesión de Tracy por los avances en la vida de Rose Mackenzie.

Lo único bueno era el señor Deal.

El hombre iba todas las noches a ver a su mujer, que, como Tracy sabía por su historial, llevaba casi un año ingresada tras sufrir una hemorragia cerebral provocada por una caída en la escalera. La señora Deal había cumplido los cuarenta años, lo que suponía que su marido tenía edad suficiente para parecerle mucho más exótico que los jóvenes que conocía en el Evolution los viernes por la noche. Esos jóvenes cazaban en manada y vomitaban en alcantarillas; no se imaginaba al señor Deal haciendo ni lo uno ni lo otro.

Lo rodeaba un aire autoritario y perturbador –parecido a Raft Ankers, en realidad–, y cada vez que las visitas de este coincidían con sus turnos, sentía un pellizco de emoción.

Nunca iba en fines de semana y, en las visitas de las noches de diario, parecía lo suficientemente poco interesado por su mujer para que Tracy se dijera que un poco de coqueteo no sería tan reprochable... ni baldío. Todavía no se había atrevido –no debidamente–, pero sabía que no tardaría, a no ser que la señora Deal muriera o mejorara. Bueno, en realidad, solo si mejoraba. Si moría, todavía tenía una oportunidad. Los hombres odian vivir solos, se les da fatal; Tracy lo sabía porque en cierta ocasión su propio padre había intentado dejar a su madre, pero se había sentido tan desvalido que había regresado a las dos semanas con el rabo entre las piernas, justo en el sitio donde debería haber tenido las pelotas.

El señor Deal no era ni piloto ni médico, pero saltaba a la vista que era rico e importante. Tracy lo supuso porque tenía un manojo de llaves con el símbolo de Mercedes, que a menudo revoleaba en el dedo mientras miraba el aparcamiento, de espaldas a su mujer. Se imaginó que era alguien porque cuando hablaba con la BlackBerry sobre trabajo parecía estar dando órdenes, y no recibiéndolas, y fruncía el ceño y suspiraba como si dirigiera las Naciones Unidas.

Rico e importante, y con la pizca justa de peligrosidad.

Tracy Evans estiró una sábana limpia sobre el cuerpo cada vez más enroscado de la señora Deal, la remetió bien y no le deseó una pronta mejoría.

5

Estaban todavía en la primera semana de agosto, y Patrick ya había preparado las maletas para la facultad.

La maleta, en singular.

Sarah Fort se quedó mirando la vieja maleta maltrecha abierta encima de la cama del cuarto encajado bajo los aleros, que daba a las verdes y sedosas colinas de los Beacons cercanos a Brecon.

Le había dicho que se llevase todo lo necesario para el trimestre, de modo que había metido el portátil, los libros de texto y la sudadera con la palabra SUDADERA impresa.

Nada más.

Suspiró hondo y abrió los cajones y empezó a llenar la maleta de cosas sensatas: jerséis, calzoncillos, calcetines. En la bolsa de aseo solo había echado el cepillo y la pasta de dientes, un champú barato y una maquinilla de afeitar con un montón de cuchillas, cada una en teoría más eficiente que la anterior. Sarah sonrió al ver la maquinilla. Patrick siempre se enfadaba mucho con las mentiras de los anunciantes: la mejor, la que más dura y los ocho de cada diez usuarios lo sacaban de quicio. Pero aun así compraba la maquinilla, presa del poder de la publicidad, como una persona normal.

Normal.

Era lo único que quería de él: que fuese normal. Evidentemente también deseaba que tuviera un trabajo, una mujer y una familia, pero se contentaba con la normalidad. Sería todo un alivio que fuese normal.

Patrick estaba abajo, junto al destartalado cobertizo de madera, en la zona de grava llena de maleza a la que llamaban camino de entrada, con la cabeza metida en el motor del pequeño Ford Fiesta de su madre. ¿Qué había más normal que un muchacho arreglando un coche en un día soleado? La escena le dio esperanzas. En eso había salido a Matt, en la obsesión por los cacharros mecánicos, aunque su hijo nunca había aprendido a conducir. El Fiesta tenía ya veinte años y seguía funcionando a las mil maravillas gracias a él.

Lo observó trastear en el coche. De lejos veía al chico y al hombre; la manera en que había cambiado sin dejar de hacerlo. Manos grandes al final de unos brazos enclenques, espaldas anchas pero caderas estrechas y un pelo muy rizado que le formaba caracolillos infantiles por la nuca al agacharse para mirar el nivel del aceite.

Sarah suspiró. Patrick había sido un bebé muy dulce y después un crío ruidoso. Pero luego, cada vez más, se había convertido en un niño extraño. Había empezado a ponerse rígido como un palo cuando intentaban abrazarlo, a apartar la vista cuando le hablaban. Los maestros decían que era el más inteligente de la clase con las sumas, pero se miraban las manos cuando murmuraban el resto: su obsesión por el detalle y la rutina, su forma de aislarse y su negativa a hacer contacto ocular.

Cuando Matt... murió, Patrick empeoró. Se echaba atrás si Sarah intentaba tocarlo y apenas hablaba..., salvo para preguntar obsesivamente: «¿Qué le ha pasado a papá?».

El médico dijo que era comprensible.

Cuando al año la cosa seguía igual, el médico levantó las manos con más cautela y dijo que era una obsesión comprensible.

Sarah odiaba la palabra «obsesión». Prefería llamarlo «fase».

Pero había durado tanto tiempo...

Patrick empezó a llevar a casa animales muertos: pájaros, ardillas, conejos. Se quedaba mirándolos horas y horas, dándoles la vuelta con cuidado con un palo o extendiendo un ala inerte para ver cómo se volvían a plegar las plumas. Pasado un tiempo empezó a abrirlos, a escrutar las cavidades y las tripas desenredadas. Un día, cuando estaba haciéndole la cama, Sarah encontró una musaraña desollada bajo la almohada. A partir de ese día los bichos muertos quedaron terminantemente prohibidos en la casa. Después, en otra ocasión, lo pilló intentando abrir el cerrojo del cobertizo y le dio unos azotes en el trasero.

«¡Cuando digo no es que no, Patrick!»

La fase de bichos muertos duró unos años, y luego Patrick se centró más en las cosas mecánicas. Cuando no estaba arreglando las marchas de la bici, andaba estudiando el motor del coche de su madre, o el de los vecinos, imprimiendo vida a los metales rotos y sucios con una llave inglesa que blandía como una varita mágica. Ahora sus manos le recordaban a menudo a las de Matt, con las espirales de los dedos cartografiadas en isobaras aceitosas.

Sarah frunció el ceño. Ese deseo repentino de ir a la facultad –para estudiar anatomía– parecía como una vuelta inoportuna a la antigua obses..., a la antigua fase. No podía salir nada bueno de eso.

Lo observó apretar las bujías nuevas y meter luego las viejas en tubos de cartón que alineó ordenadamente en el suelo, asegurándose de que estuvieran paralelos unos a otros. Sabía que cuando llegara la hora de tirarlas, las sacaría una última vez y las miraría antes de echarlas en el contenedor.

¿Qué pasaba dentro de su cabeza?

Sarah llevaba dieciocho años haciéndose la misma pregunta y sabía que le quedaban por delante otros cincuenta, si vivía para verlo. ¿Qué era lo que hacía que a Patrick le entrara el pánico si las camisetas le quedaban demasiado pegadas? ¿Qué mecanismo de su cerebro le hacía ordenar los libros por la fecha de publicación y comer la comida en orden alfabético?

Sarah nunca se lo preguntaba. Hablaban, sí, pero nunca de las cosas importantes. Era todo «baja la ropa para lavar» y «no te olvides del abrigo». Una parte de ella ansiaba algo más, mientras que otra rehuía cualquier cosa más profunda o dificultosa. Lo cierto era que no quería saber por qué era como era, o si habría podido hacer algo al respecto.

O no haber hecho...

Reparó en su reflejo en la ventana: los labios apretados, sin maquillaje, el pelo claro sin vida recogido en un moño práctico. La cara de una mujer que no se despertaba con nadie por las mañanas.

A través de sus ojos espectrales vio a Patrick montarse en la vieja bici de Matthew y desaparecer por la carretera. Sabía que estaría fuera varias horas y se sintió aliviada.

En la mesilla de noche de su hijo había dos fotos enmarcadas cubiertas de polvo. Una era de Matt en los Beacons, tomada desde una altura infantil que acentuaba aún más su estatura.

Era tan guapo, pensó Sarah, y habían compartido tantos sueños. Nada grandilocuente, aspiraciones más bien humildes: un sofá más cómodo, unas vacaciones en Escocia, ir juntos a ver a su hijo en un partido de rugby o una obra de teatro del colegio. No habían aspirado a mucho, pero hasta eso se lo habían negado.

La otra fotografía era de ella con Patrick, uno al lado del otro, incómodos, sin rozarse, al lado del viejo Volkswagen azul que tanto le gustaba pero que no soportaba ver desde la muerte de Matt. Patrick solo tenía siete u ocho años en la fotografía: un chiquillo delgado de ojos azul oscuro y un pelo castaño que siempre llevaba muy corto, para ahorrar tiempo y dinero. La había enmarcado porque era una de las pocas fotos que tenían juntos en las que su hijo miraba a la cámara. Y fue así porque había sido Matt quien sacó la foto, por supuesto, pensó con un inesperado fogonazo del resentimiento de toda la vida. Patrick siempre había sido más hijo de Matt que de ella. El padre le explicaba las cosas al pequeño con tranquilidad y sin levantar la voz, y nunca le importaba que este no le respondiera nada o que se levantara y se fuera en medio de la conversación.

A ella ambas cosas la ponían negra.

«¡Por lo menos podrías asentir con la cabeza, Patrick!»

«Si no vas a sentarte a la mesa como un niño mayor, por mí como si te mueres de hambre.»

En contadas ocasiones era capaz de sostenerle la mirada a su hijo, y en ese momento cogió la foto y abrió un camino con el dedo por el polvo para mirarle bien los ojos. Aunque con un desfase de diez años, seguían siendo iguales: solemnes y cansados. No confiaba en su madre, y ella lo sabía. Ya de niño se volvía para mirar a Matt en busca de su confirmación cada vez que ella le decía algo: y para la madre cada mirada era como un pinchazo en el corazón.

Llevada por un impulso, metió la foto debajo de la sudadera, donde Patrick no la vería hasta que fuese demasiado tarde. Al hacerlo dio con algo envuelto en el grueso tejido de la sudadera.

Sacó un cuaderno de tapas negras con el lomo de tela roja y lo abrió, imaginándose que Patrick ya habría empezado a tomar notas para las clases de anatomía. Era el alumno más aplicado.

Pero en lugar de eso vio página tras página de listas escritas con lápiz grueso en sus mayúsculas rotundas.

CORCEL, BELLADONA, HOSTILIDAD...

Frunció el ceño ante las largas columnas de palabras aleatorias.

ESCAPE LIBRE, TAPADO, BIEN COMÚN...

De vez en cuando aparecía al lado de una palabra una fecha, un asterisco o un símbolo que no le decían nada. En realidad nada le decía nada, y dudaba mucho que significase algo para alguien más aparte de Patrick. Hojeó las decenas de páginas casi idénticas, cada vez más intranquila, aunque sin saber por qué. En parte se debía a que no había visto el cuaderno antes, lo que significaba que su hijo se lo había estado ocultando. Ya solo eso la inquietaba. Pero el contenido hacía que fuese todo tan pero que tan raro..., y ella huía de lo raro como de la peste. Nunca le había hecho ningún favor a su hijo, y nunca se lo haría.

Cuando se disponía a cerrar el cuaderno, se abrió cerca del final, por donde las páginas estaban todavía vacías, y, de pronto, se vio mirando una fotografía en blanco y negro de una niña pequeña con un vestido blanco.

Le entró tal pánico que se le hizo un nudo en la garganta y se le puso la piel de gallina por los antebrazos. ¿Qué era eso? La mente –siempre propensa a esperar lo peor– se le disparó como fuegos artificiales y se precipitó como loca hacia un futuro desolador en el que la policía llamaba a la puerta, tenía que buscar dinero para pagar abogados y la gente les escupía por la calle y le rompía las ventanas a pesar de que a Patrick lo declaraban inocente.

Después se fijó en que la foto no era en blanco y negro sino en sepia.

Y que la niña estaba muerta.

Ahogó un grito y se concentró más en la foto, con el tictac del reloj de la mesilla retumbándole con fuerza en los oídos.

Aquello se pasaba de raro.

La pequeña de la foto tendría unos cinco años. Tenía mala cara, de niña pobre de orfanato, pero le habían cepillado el pelo pajizo y le habían atado una cinta negra por una sien huesuda. Llevaba un vestido largo, cuidadosamente dispuesto, lleno de ribetes de encaje y volantes incómodos. Solo serviría para esas fotografías, supuso Sarah: lo más probable era que se lo hubiera puesto el fotógrafo, y posiblemente sería el único decente que aquella niña había lucido en su vida.

La habían sentado en una silla; Sarah solo distinguía las puntas de los zapatitos relucientes por debajo del dobladillo inmaculado. Tenía los ojos cerrados, pero sabía que era solo para la fotografía. Los victorianos tenían que quedarse quietos como momias para las largas exposiciones, y los niños no solían conseguirlo. Guiñaban, se movían, bostezaban... y acababan siendo un borrón. Era posible que los ojos salieran a medio guiñar.

No, fueron las manos las que le dieron la clave.

Habían puesto una muñeca barata en el regazo de la niña y le habían colocado los brazos alrededor, como si estuviera cogiendo su juguete favorito. Pero las manos no solo estaban agarrando. Tenía las muñecas enroscadas hacia dentro y los dedos flojos: y el fotógrafo no se había fijado en que el meñique de la mano izquierda de la niña estaba doblado hacia atrás, por debajo de la muñeca, en un ángulo que ningún niño vivo habría aguantado.

Esa niña estaba muerta.

Sarah había oído hablar de esas fotos pero nunca había visto ninguna. Instantáneas que los familiares hacían de sus muertos para recordarlos, en una época en que muy pocos podían permitirse gastar unos valiosos peniques en semejante capricho para vivos.

Sintió un alivio abrumador y luego soltó una risilla nerviosa al pensar que la aliviara encontrar una foto de una niña muerta entre las posesiones de su hijo.

Su breve ilusión de normalidad estalló como una pompa de jabón y se quedó contemplando los Beacons. La luz del sol iluminaba la mismísima cumbre del Penyfan, que arrojaba una sombra lúgubre por su pendiente en picado. Se acordó del día en que expulsaron a Patrick de la escuela, cuando se había balanceado sobre ese risco mirando al abismo, mientras unos dedos de bruma le acariciaban las pantorrillas y la animaban a mirar más de cerca.

Desde entonces no había vuelto. Estuvo cerca.

Volvió a oír la voz cultivada y amable del profesor Madoc al teléfono, cuando la llamó tras la entrevista con Patrick: hablando en cuidadosos circunloquios, atándola con nudos de condescendencia, que si respuesta empática, que si requisitos especiales..., aunque lo único que escuchó fue la palabra «cuota». Patrick había entrado en la facultad gracias a la cuota para discapacitados. Ese era el resumen. No porque hubiera batido todos los récords nacionales de biología y zoología, sino gracias al síndrome de Asperger.

El profesor Madoc podía dorarle la píldora hasta que llovieran ranas, pero no era tonta; ella estudió en sus tiempos, ¡incluso había tenido una vida! Y ni todas las acrobacias verbales ni toda la corrección política del mundo podían esconder el hecho de que, a pesar de que estaban dejándole entrar en Anatomía, el profesor Madoc pensaba que la cabeza de Patrick no estaba bien amueblada.

En su momento, sintió que unas lágrimas asesinas le quemaban los ojos. Entonces, en cambio, sentada como estaba en la cama de su hijo con el cuaderno críptico en una mano y la fotografía de la niña muerta en la otra, no tenía tan claro que anduviese muy desencaminado.

6

Patrick estaba echado de espaldas viendo cómo las nubes obedecían a la brisa. Sentía por debajo el calor del césped esquilado cual oveja; desde la granja del valle de más abajo le llegaba el olor del heno. Daban ganas de comérselo.

En los días de finales de verano como aquel, cuando se le empezaban a cerrar los ojos, le resultaba fácil imaginar que su padre seguía vivo, tendido a su lado en un silencio que solo interrumpían una palabra apacible o un ronquido suave.

Pero incluso en ese caparazón cálido nunca era capaz de recordarlo sin pensar en aquel día...

Había salido tras él por la verja del colegio, con la vista clavada en la parte de atrás de su mono azul y las botas Doctor Martens con la puntera de acero, que le parecían hechas de plomo cuando se las ponía en casa para jugar al buzo de los mares.

Su padre no solía andar así de rápido, de ahí que Patrick pensara que se había olvidado de que estaba siguiéndolo. Cada pocos pasos tenía que echar a correr para no quedarse atrás.

Se alegraba de largarse de la escuela, donde todo el mundo lo miraba y se hablaba a gritos. Nadie había visto a Mark Bennett pegarle primero por la espalda, o al menos ningún adulto. Pero todos habían corrido a levantar al niño mayor del suelo y habían visto la sangre. El señor Jenkins le gritó y le preguntó si entendía el daño que había hecho, pero Patrick no sintió que hubiera hecho nada malo y, como era incapaz de mentir, el señor Jenkins le gritó aún más fuerte. Después, cuando se presentó su padre, el maestro le gritó también, como si fuera otro crío de ocho años.

–Ven –le dijo su padre al irse, sin mirarlo, y Patrick le obedeció: salió tras él por la verja del colegio y se encaminaron juntos hacia el pueblo.

El taller estaba en la otra punta de Brecon. Patrick sabía que se sentaría a esperar en la silla rota del señor Harris, en el cuartucho mugriento que siempre estaba lleno de facturas rosas y huellas negras, con Miss Febrero inmóvil en el calendario; se llamaba Justine, le gustaban el vóley-playa y los gatitos, y tenía los pezones marrón oscuro.

Ya cerca del despacho de apuestas su padre se volvió, lo agarró de la mano y empezó a tirar de él por la calle vacía. Patrick se puso tenso. Su padre nunca, pero nunca, lo cogía así de la mano sin previo aviso. Le dieron ganas de gritar. Se revolvió para zafarse y retrocedió al bordillo. El padre se volvió sobre los talones.

–Me cago en la hostia, Patrick. ¡Cógeme de la mano!

El coche lo embistió con tal fuerza que le arrancó las botas. Un momento su padre estaba yendo hacia él con la mano tendida, y al siguiente había un hueco, con tan solo las botas para marcar el sitio donde había estado: una volcada a un lado y la otra rodando por la carretera, como un perro abandonado que intenta encontrar el camino de vuelta a casa.

El coche no se detuvo.

Por un momento largo y ensordecedor Patrick se quedó respirando agitadamente en el hueco y luego empezó a seguir la segunda bota. Algo más arriba había gente corriendo. Salían apresuradamente de tiendas y coches y del despacho de apuestas. Hacia el lado contrario de donde estaba él.

Alcanzó la segunda bota, que estaba sobre la línea blanca, de pie y obediente, como su padre las dejaba por la noche en el pasillo.

Toda esa gente que corría se detuvo en un corrillo al otro lado de la carretera. Entre la maraña de piernas Patrick vio algo azul tirado en el asfalto. Azul y revuelto, en ángulos que no tenían sentido.

–¡No dejéis que se acerque! –gritó el hombre de la chocolatina–. ¡Retenedlo!

Un joven con una camisa de rayas le bloqueó el paso; Patrick se detuvo antes de que pudiera tocarlo.

–¿Cómo se llama? –preguntó Rayado.

–No lo sé –dijo Chocolatina–. Tú retenlo ahí.

–¿Cómo te llamas, chaval? –le preguntó Rayado.

Patrick hizo caso omiso de la pregunta e intentó sortearlo, desesperado por ver lo que todos estaban mirando. Y entonces alguien se movió y..., por un segundo solo..., vio los ojos de su padre.

Que no miraban a ninguna parte.

Tuvo que esperar en la comisaría hasta casi medianoche, cuando por fin lograron contactar con su madre, que no pudo ir a recogerlo. Al llegar a casa comprendió por qué: había estado recuperándose y apenas se tenía en pie. El policía más veterano intentó explicarle el asunto, pero la madre no era capaz de concentrarse. Al final les preparó té caliente con azúcar y luego le puso al chico una tostada con judías y kétchup, antes de irse bajo la luna más llena posible.

–¿Qué le ha pasado a papá? –le preguntó a su madre.

–Papá está muerto –le respondió con voz ronca.

–¿Por qué?

–Por tu culpa –contestó, y la voz se le partió en dos–. ¡Por tu culpa!

Después Patrick la vio aullar, pegarse en la cabeza y arrastrarse por el suelo de la cocina; y pensó que en realidad no había respondido a su pregunta.

Después de ese día pasó mucho tiempo buscando a su padre. Vagaba por los Beacons, miraba por la puerta entornada del taller de Harris, lo echaban del Rorke's Drift y se colaba en el despacho de apuestas para acurrucarse al lado del labrador, a la espera de ver pasar las piernas azules de su padre. Por las noches se quedaba en vela, inquieto y alerta, convencido de que oiría la llave en el cerrojo y vería a su padre entrar a hurtadillas bajo la luz de la luna; por las mañanas contenía la respiración en lo alto de la escalera y miraba abajo, al pasillo, esperando ver las Doctor Martens en su sitio.

Su padre había estado un momento, y al siguiente había desaparecido. Era como un truco de magia que pudiera destapar si miraba en la manga que debía.

Cuando soñaba, siempre acababa cogiendo la mano extendida de su padre y cruzaba con él la calle.

Su madre no iba a trabajar a la tienda de regalos, y Patrick no iba al colegio. Ella dormía y dormía y volvía a dormir. Apenas la veía, y lo prefería así. Se hacía su propia comida. Todos los días tocaba bocadillo: desayuno, comida y cena. Dejó de molestarse en ponerle la tapa a la mermelada.

Dos semanas después del accidente vinieron un hombre y una mujer a la casa de campo y hablaron con su madre con unas carpetas en el regazo, mientras Patrick los espiaba por la rendija de la puerta. Le dijeron que no habían encontrado el coche ni habían podido localizar al conductor. Le contaron que alguien había visto una matrícula pero que ese alguien se había equivocado; que seguirían intentándolo pero que el rastro estaba enfriándose. Su madre estaba en el sofá, inerte como una muñeca de trapo, y lo único que hacía era asentir con la cabeza de tanto en tanto. Cuando levantó la vista, tenía los ojos casi tan vacíos como los de su padre.

Vino un médico y le puso una inyección. Patrick se escapó por detrás y corrió por los Beacons, espantando a las ovejas.

Después de un tiempo volvió a la escuela. Los primeros días iba en el coche con Nick *el Rarito* y su madre. Luego, un día, al llegar a casa, tenían el Fiesta en lugar del Volkswagen azul y un tarro nuevo de mermelada, y en cierto modo la vida volvió a la normalidad: al menos en lo superficial.

La orientadora del colegio le preguntó cómo se sentía, pero el crío no entendió la pregunta y se lo dijo.

–Estás triste –le explicó esta–. Es normal. Has perdido a una persona a la que querías mucho y, si tienes ganas de llorar, no pienses que es cosa de niños chicos. –Patrick no quería llorar; lo único que quería era averiguar qué le había pasado a su padre. La orientadora suspiró y le dijo–. Verás, cuando alguien muere, es como si entrara por una puerta y, una vez que se cierra, ya no puede volver.

Nunca había oído hablar de una puerta por la que se entrara pero no se saliera. No había visto ninguna puerta que solo se abriera o solo se cerrara..., ni a su padre entrando por ninguna. Lo único que había pasado es que había estado allí y luego no. Pero la orientadora parecía muy segura.

–Entonces, si encuentro la puerta, puedo abrirla para ver qué ha pasado –reflexionó.

–Ay, Patrick –dijo la orientadora con lágrimas en los ojos, y a continuación se levantó para darle un fuerte abrazo.

Tuvo que pegarle para que no se le acercara.

7

Huelo a beicon, a beicon frito. Incluso oigo el chisporroteo..., y las oleadas de recuerdos rompen salobres en mi boca. Mañanas soleadas a la puerta de la caravana en la península de Gower.

«¿Por qué no vendemos la casa y vivimos así?» Era lo que Alice y yo nos decíamos siempre que nos sentábamos en nuestras viejas tumbonas de rayas, después de desayunar y antes de lavar los platos, mientras Lexi y *Patch* jugaban a pillar por las dunas herbosas, chillando y ladrando.

Y haciendo volar la cometa cúbica de plástico rosa que le compré a Lexi en la tiendecilla atestada de pelotas y cubos de playa; sintiéndola bailar y tirar de la punta de la cuerda. Y luego de pronto nos quedamos con tan solo una cuerda que se cae porque la cometa se libera y surca el cielo de loza Wedgwood como si supiera perfectamente dónde va y estuviera deseando llegar. Mientras se hace un punto en el cielo y desaparece, Lexi mete su manita en la mía y me dice: «¡Mira cómo se va, papi!», y siento una gran alegría porque en realidad verla irse es mejor que recogerla, aunque desaparezca para siempre.

Siento ahora su mano, apretándome los dedos con tanta fuerza que me hace daño. Pero no la aparto porque tenerla cogida es tan especial, tan valioso...

Y todo eso solo con el olor del beicon. Toda esa maravilla y esa felicidad...

Alguien me dice que me quiere. No es Alice pero, aun así, me reconforta. El amor nunca es malo, da igual de dónde venga; me lo enseñó Alice.

Me pregunto dónde estarán Alice y Lexi. ¿Sabrán siquiera que estoy aquí: esperando a que vengan y me encuentren cogiendo la mano de una desconocida? Hasta que estén conmigo, ¿qué soy? No soy ni un marido ni un padre. Sin ellas estoy perdido.

El único ruido es un «biip..., biip...» suave y el sonido de mi propia respiración. Inspirando y espirando..., inspirando y espirando..., y vuelta a inspirar y espirar..., inspirar y espirar. El pecho se me levanta y se me hunde a un ritmo enloquecedor. Me recuerda a cuando Lexi aprendió a tocar el piano: el *Chopsticks* más rápido que el metrónomo, y el *Twinkle, twinkle, little star* más lento. Pero la niña insistía, a pesar de que nunca tendría los dedos lo suficientemente largos para ser buena. Eso es culpa mía; heredó de mí las manos regordetas; Alice aportó el temperamento tranquilo, el sentido del humor y la belleza. Y los ojos tristones.

¿Cuándo le cambiaron? ¿Fue culpa mía también?

En la camita junto a la nuestra, Lexi llora como si se le estuviera partiendo el corazón.

Qué pena... ¡Qué pena más grande!

Quiero darme media vuelta y reconfortarla antes de que se despierte Alice. Lo hago mentalmente.

–Ya está –le susurro–. Ya está, bonita, a dormir.

Pero el que duerme soy yo, hundido en la Edad Oscura...

Cuando vuelvo a despertar hay pan de molde blanco cortado en cuadraditos para untarle mantequilla. ¿Una fiesta quizás? Una especie de cáterin, y han puesto todo el pan aquí, a la espera del atún, el queso y el pollo a la coronación. Aunque no tengo hambre creo que un sándwich me entraría bien. Un emparedado y puede que un hojaldre de salchicha y una pinta de Brains *bitter*. Tengo la boca tan seca.

Abro los ojos una vez más y me doy cuenta de que no es pan: ¡son las placas del techo!

Me alegro porque es lo suficientemente anodino para ser real. Ni Jesús agonizante, ni espantapájaros gigantes, solo placas de escayola suspendidas del armazón metálico, la típica vista de la consulta del dentista.

Creo que significa que estoy despierto del todo.

Debe de ser de noche. Antes las placas tenían un color blanco desvaído, y por eso parecían pan, pero ahora han tomado un tono gris, y en un punto hay un triangulito negro por donde se ha partido o se ha roto una.

Cerca se oye un sonido miserable, el gemido triste de un cachorrillo abandonado bajo la lluvia, tiritando y muerto de frío.

Al ver que la cabeza no me funciona, muevo los ojos hasta el rabillo mismo de las cuencas, hasta que desaparece el techo –o al menos la parte que queda por encima de mi cabeza–, y estoy mirando hacia allá, a mi izquierda.

Hay una jarra de agua y, al otro lado, una cama, así que doy por sentado que estoy en otra porque en algo tengo que estar echado, lo que nos da otra cama. Y dos camas en un cuarto significan un hospital. O un colegio mayor. Pero tengo la sensación de que ya me licencié en Bristol, donde compartía cuarto con Artie Rinker, que sabía silbar con el ombligo.

Vale, un hospital entonces.

«El cielo nevado pasa lentamente y agito el brazo por la ventana.»

En la otra cama hay un hombre. Y a su lado una máquina con una pantalla gris claro. De ahí vienen los biips, que suenan al ritmo de un punto de luz que se dispara por la pantalla. Hay tubos que van a los brazos y a la barriga del hombre, y veo a alguien a su lado. Aunque está de espaldas, y pese al tenue resplandor de la pantalla, distingo que lleva camisa y pantalones sanitarios azules.

Dos más dos igual a médico. Esta es la mía.

Lo llamo para hacerle ver que estoy despierto. O al menos eso creo, pero no me oigo. Intento aclararme la garganta, pero tengo la lengua tan gorda y pastosa que solo produzco un pequeño «grrr». Cuando pruebo a hablar de nuevo me doy cuenta de que muevo los labios pero poco más. No me sale aire de los pulmones para formar palabras en la boca. He olvidado lo que sabe hasta un recién nacido.

Intento incorporarme, pero tampoco funciona.

Casi me entra el pánico, y lo único que puedo hacer es mirar al techo y al triangulito negro e intentar tranquilizarme. Tengo que ponerme muy serio conmigo mismo: «¡Ya te estás calmando, Samuel Galen! No es ninguna urgencia. Tienes tiempo, tiempo de sobra. Llevas ya aquí mil años; por un minuto más, no va a pasarte nada».

Me concentro en la lógica, en lo que sé. El hombre de la cama de al lado tiene que ser el que decía palabrotas y suplicaba, el mismo al que la mujer y los hijos lloraban cuando venían a verle. Los murmullos y los llantos no eran de Lexi, porque mi hija tiene ya casi trece años y no es un bebé de teta. Esa parte tuvo que ser un sueño, me digo.

Como gran parte de la vida.

A ver, además, si estoy en un hospital, el hombre de la cama de al lado es un paciente. ¿Como yo? Me imagino que sí, si el accidente que soñé fue real. Y si somos pacientes, entonces el médico no va a ignorarme, por mucho que no sea capaz de gritar. Si soy un paciente, estoy aquí para que me cuiden, que es lo que hacen los médicos. Así que no tengo que gritar. No tengo que agitar los brazos para llamar su atención. Lo único que tengo que hacer es calmarme y esperar hasta que termine de ayudar al paciente de la cama de al lado. Y luego se volverá y verá que estoy despierto y me ayudará a mí también.

Ding, dong, ¿quién es?

Una vez.

Clic.

El sonido del interruptor es muy suave pero inconfundible, y va acompañado de la desaparición de la luz gris.

También los pitidos han parado.

Vuelvo una vez más los ojos. El médico tiene la mano sobre la máquina oscura y el hombre de la cama se mueve ligeramente. Y luego se zarandea, debatiéndose y pegando patadas bajo las mantas como si estuviera teniendo un ataque, como si no pudiera respirar.

Como si estuviera muriéndose.

Ay, madre, ¡que se está muriendo!

Ahora sí que me entra el pánico. Me atrapa y no puedo ni gritar, ni correr ni agitar las manos para compartir la sensación, de modo que se me extiende por el pecho como una corriente eléctrica y luego me baja por brazos y piernas y por la nuca, de modo que un hormigueo me recorre hasta el último centímetro del cuerpo con una conmoción absurda.

En mi mente ya estoy a su lado, despejándole las vías respiratorias, apretándole la nariz e insuflándole aire en la boca, como aprendimos todos en el cursillo del Saint John Ambulance. La realidad, sin embargo, es que no puedo mover un músculo.

Mi cabeza grita: «¡Ayúdalo, ayúdalo!».

Pero el médico no lo ayuda.

En lugar de eso se inclina sobre él y observa su sufrimiento. Parece pasar una eternidad de ahogos y sacudidas, y cuando todo termina se hace un silencio inmenso que solo llena los latidos de mi corazón resonándome en la cabeza. Después oigo el clic suave del interruptor y la lucecita vuelve y me hace parpadear. Espero a oír los pitidos pero no vuelven.

Nunca vuelven.

¿Es esto otro sueño? Ojalá no. Les suplico a las placas grises: «Por favor, que sea un sueño, haced que no sea real».

Oigo unas pisadas lentas que rechinan en mi dirección y me apresuro a cerrar los ojos. No quiero ver al médico ni que él me vea a mí. Ya no quiero que sepa que estoy despierto.

SEGUNDA PARTE

8

Cuando entró en ese espacio amplio lleno de muertos, a Patrick le recordó una galería de arte.

La sala de disección de la Universidad de Cardiff era más luminosa y blanca de lo que había imaginado; películas como *Línea mortal* o *Frankenstein* le habían causado impresiones erróneas. Aquello era más un hangar que un laboratorio, blanco y espacioso bajo un techo muy alto lleno de claraboyas pero sin ventanas en las paredes: no había vistas al bullicio arbolado del Park Place, y por supuesto tampoco se veía desde fuera.

Hasta que no contempló un rato el cielo azul claro de octubre, Patrick no miró los cuerpos muertos.

Los cadáveres, como tendría que acostumbrarse a llamarlos a partir de ahora.

Eran las obras de arte de aquella exposición. Treinta naturalezas muertas –rellenas de líquido de embalsamar y con una curiosa tonalidad naranja– yacían sobre las mesas esperando pacientes a que las desmontaran y las analizaran con más esmero que cualquier *Mona Lisa* o cualquier Sábana Santa.

Cada uno estaba envuelto en un capullo de algodón, como una tierna crisálida. Las cabezas estaban rodeadas de trozos de tela sin blanquear, para evitar la humedad, tal y como sabía Patrick por los cursos preparatorios de anatomía: para que la cara no se disecara, los ojos no se arrugaran como pasas y los alumnos no se asustaran.

Hacía calor, y el olor era... raro. Había esperado oler a formalina, pero era algo más dulzón, un extraño aroma subyacente que no era del todo desagradable.

–Creo que voy a vomitar –susurró alguien con desfallecimiento detrás de él.

–Que no, hombre –lo alentó otro.

Una chica morena le dio un codazo y le preguntó:

–¿Te encuentras bien? Estás muy pálido.

Asintió y apartó el brazo del espacio vital de la chica. Podría haberle dicho que la palidez era por la emoción y no por las náuseas, y que esa sala de disección era donde su indagación se revelaría como un éxito o un fracaso. La búsqueda de respuestas que había emprendido cuando tenía ocho años, y que nadie se había mostrado dispuesto o capaz de facilitarle, hasta el punto de que había dejado de preguntarlas en voz alta.

No se lo contó a la chica porque no estaba en su naturaleza contarle nada a nadie.

Todos llevaban su ejemplar de *Fundamentos de anatomía clínica* y vestían una de las veinte batas de papel que les habían proporcionado en lo que parecía un pack de cortesía: pobres imitaciones de las batas blancas de algodón grueso que llevaban los médicos. También les habían facilitado un código de cuatro dígitos para que lo introdujeran en el teclado de entrada de la sala de disección. El de Patrick era el 4017, un número que no le gustaba nada; no tenía patrones ni progresiones, una cifra informe con tan solo picos. Se preguntó si merecería la pena abordar a otro alumno para ver si se lo cambiaba.

Justo al entrar había tres contenedores grandes llenos de guantes de látex azules. Pequeños, medianos y grandes. Mientras se los ponían se escaparon varias risitas nerviosas. Patrick cogió uno grande de la mano izquierda y tuvo que probarse otros seis antes de encontrar uno grande derecho. Se entretuvo calculando las probabilidades pero las cajas contenían un número indeterminado de guantes.

El látex azul ponía una nota irreverente de jovialidad en la sala de disección, como unos banderines de adorno en un funeral.

Al lado de los guantes había cajas blancas de plástico llenas del instrumental de su nuevo oficio: serruchos, ganchos, bisturíes, fórceps, tijeras, incluso cucharas, todo entremezclado. Eran herramientas propias de un albañil, de un obrero cualquiera con callos en las palmas de las manos y luto bajo las uñas. Era un recordatorio descarnado de que a esos –sus primeros pacientes– ya no había forma de salvarlos.

Aferrados a los paquetes de regalo y los libros de texto, los alumnos avanzaron con cautela hasta donde estaba el profesor Madoc. Los ciento cincuenta estudiantes apenas miraron los cadáveres al pasar al lado: como si fuera de mala educación antes de que les dieran luz verde para empezar a diseccionarlos. Apartaron la vista y la fijaron en Madoc, que empezó a hablar.

Era un hombre alto y elegante, de unos sesenta y pocos años, con un bonito pelo cano y bronceado de marinero. Les dio la bienvenida y pasó a esbozar un breve panorama del plan de estudios, haciendo hincapié en la importancia del trabajo que iban a aprender en esa sala y en cómo moldearía sus estudios y las rotaciones en los servicios del hospital universitario. Dio las gracias a los profesores jubilados y a los médicos primerizos que habían vuelto para orientar a los estudiantes en lo que llamó «los entresijos infinitos del cuerpo humano». Hizo un gesto con la cabeza hacia los hombres y mujeres con batas blancas que había al fondo de la sala.

Después mencionó el premio Goldman, que se concedía anualmente al mejor estudiante de anatomía, una mención que causó un intercambio silencioso de miradas y sonrisas de desafío. El profesor concluyó afirmando que estaba convencido de que no tendría que recordarles que respetaran a aquellos que habían donado sus cuerpos a la ciencia médica, y entonces, pese a todo, se lo recordó:

–Damas y caballeros, puede que oigan historias de ojos en copas de Martini y de saltar a la comba con intestinos, pero por suerte esos días pasaron. Los treinta cadáveres que ven ante ustedes son ahora los restos mortales de personas que han donado su cuerpo llevados por el deseo de ayudarles en sus estudios, en un oficio noble y solidario. Han querido hacerlo a pesar de no conocerlos. Y aunque ustedes tampoco los conozcan, y nunca los conocerán, les pido por favor que se muestren agradecidos por el regalo que les han hecho y que les dispensen el mismo respeto que algún día ustedes les profesarán a sus pacientes vivos.

Patrick escuchó poco o nada del discurso del profesor. Fue el único de los alumnos que miró sin reparos el cadáver que tenía más cerca: una anciana con los pechos arrugados, un cojín de grasa en la barriga y la manicura hecha, con todavía un poco de pintaúñas descascarillado. Aunque tenía dieciocho años, nunca había visto a una mujer viva desnuda y no era capaz de reconciliar aquella imagen con las que había visto por internet. No parecían ni de la misma especie.

Alargó la mano y presionó un dedo contra el muslo. Tenía la consistencia de un asado crudo: frío y flexible pero duro por debajo. Se acordó de cuando su madre cortaba el asado en las ocasiones especiales y luego embuchaba ajo y ramitas de romero en la carne abierta.

No estaba seguro de querer ver el interior de la mujer.

El runrún del profesor Madoc se detuvo y el silencio devolvió a Patrick al presente. Cuando pasaron lista, se sintió aliviado al ver que le tocaba una mesa con el cuerpo de lo que parecía un hombre de mediana edad. Costaba hacerse una idea de la edad porque tenía la cabeza envuelta en tiras de algodón pero, incluso muerto, el cuerpo parecía más prieto que el de la anciana: más musculoso, con menos pliegues en la piel y el abdomen hinchado por los líquidos de embalsamar y no por la grasa.

Se le unieron otros cuatro alumnos, incluida la chica morena, que le sonrió como si ya tuvieran algo en común.

El mentor de su mesa era un médico joven, poco mayor que ellos pero con una bata de verdad, que se presentó como David Spicer. Cogió la carpeta de pinza que había a los pies del muerto, en un eco incongruente de las que tienen en los hospitales con los historiales de los pacientes.

–Bien –dijo–. Os presento a Número 19.

–Yo no quiero un hombre –se quejó un chico asiático bajito con gafas gruesas–. Voy a ser ginecólogo. ¿Puedo cambiarme con alguien?

–No –respondió Spicer.

–¿Por qué no?

–Porque soy un cabrón estirado que quiero que suspendas. –El chico frunció los labios y puso mala cara–. A todos os llegará la oportunidad de trabajar con el cadáver de una mujer y con las prosecciones durante el curso –les aseguró Spicer–. Además, haréis diversas rotaciones clínicas en los distintos servicios médicos para que toméis contacto con una amplia variedad de pacientes reales y dolencias, ¿entendido?

El asiático asintió y Spicer volvió a la lección.

–Veamos... Número 19 es un varón caucásico que murió con cuarenta y siete años.

–¿De qué? –quiso saber Patrick.

–Hombre, si te lo digo, perdería la gracia. –Spicer sonrió–. Tendréis que poder diagnosticar la causa de la muerte gracias a la disección, pero si os atascáis y no os importa quedar como unos idiotas, siempre podéis ir a preguntárselo a Mick, que está en la oficina.

Inclinó la cabeza hacia un cubículo con paredes de cristal que había al lado de la entrada. Patrick vio la parte de arriba de unos archivadores y a un hombre de mediana edad con un aspecto cadavérico de lo más apropiado, que estaba mirándolos. Mick, supuso.

Él no tendría que preguntarle nada ni a Mick ni a nadie; lo averiguaría por su cuenta.

–¿Cómo se llama? –preguntó la chica señalando el cadáver.

–Eso es información confidencial. Con Número 19 es suficiente. –Les enseñó una etiqueta metálica rectangular que colgaba de la muñeca del cadáver con una cincha negra. Tenía el número impreso en una esquina–. Todo lo que se coja o se extraiga del cadáver tiene que embolsarse y etiquetarse para poder devolvérselo a final de curso, cuando se proceda al enterramiento o la incineración. La grasa y la piel (lo que denominamos «fascia») va al contenedor amarillo que tiene Número 19 en aquella cámara frigorífica de allí. –Todos se volvieron para seguir el dedo azul que apuntaba a una de las dos grandes puertas blancas de la pared del fondo–. Y esa fascia también se reintegrará a Número 19 al final de curso para ser enterrada o incinerada. –Patrick asintió. Todo tenía sentido y seguía unas normas estrictas y perfectas. Spicer entrechocó las manos y se las frotó como un presentador de televisión–. Muy bien. Vamos a vernos aquí, alrededor de este caballero, dos veces por semana durante los próximos seis meses, así que será mejor que nos presentemos.

Ronda de presentaciones. Patrick detestaba ese tipo de cosas, pero los demás parecían deseosos de hacerse los simpáticos.

El futuro ginecólogo se llamaba Dilip, mientras que el chico alto y cachas de mejillas rosadas y de pelo rubio fino era Rob, que quería especializarse en cirugía.

–Según vaya esto –añadió señalando el cadáver con una sonrisa nerviosa.

La morena se llamaba Meg y estaba barajando la posibilidad de dedicarse a la pediatría.

Luego estaba Scott, que quería ser cirujano plástico.

–Tetas y liposucciones –dijo frotándose el índice con el pulgar para insinuar que lo hacía por dinero–. Podéis llamarme Scotty –añadió–. Como el de *Star Trek*.

Patrick se sintió confundido. Scotty arreglaba naves espaciales, no pechos.

Se fijó en que el chico tenía ese corte a lo mohicano que era poco vinculante porque se lo hacía con gomina y por tanto podía peinarse hacia atrás en las ocasiones formales. Después se dio cuenta de que se le habían quedado mirando todos.

–Te toca a ti –le dijo Spicer, pero Patrick sintió que se cerraba en banda. Como una anémona que esconde los tentáculos cuando la tocan.

–Patrick Fort. Anatomía.

–Paddy –dijo Scott.

–Patrick –insistió este.

–¿Solo anatomía? –preguntó Meg.

–Sí.

–¿No quieres ser médico? –quiso saber Rob.

–No.

–¿Qué tal Pat?

–Patrick.

–Y entonces ¿qué quieres ser?

Frunció el ceño, confundido, y respondió:

–Licenciado.

Todos se quedaron esperando a que siguiera, pero se limitó a fijar la vista en el cadáver. Les había dicho todo lo que tenía que decir.

–No te esperabas que esto fuera la Inquisición española, ¿verdad, Patrick? –bromeó Spicer.

–No, ni siquiera hablo español.

Dilip y Scott rieron.

–Ni yo. De todas formas, los de Anatomía contáis con mucho tiempo libre y no tenéis que hacer las rondas en el hospital, pero el trabajo que hagamos aquí será el mismo que para los estudiantes de Medicina, ¿de acuerdo? –Patrick asintió. Lo único que quería era aquel trabajo; la sola idea de estar al lado de pacientes reales vivos le hacía estremecerse–. Venga, estupendo –prosiguió Spicer–. Se acabaron los formalismos. Voy a enseñaros a manejar el bisturí. –Tocó el pecho del cadáver, por donde el pelo negro y rizado empezaba a clarear en la garganta. Todo lo claro que iba a llegar a ponerse–. Para empezar, vamos a hacer una incisión en forma de H aquí, en el músculo pectoral. Al hacerlo imaginaos que estáis pintando más que cortando, porque los chismes estos son realmente afilados, los muy cabrones, y como os pongáis en plan el Zorro, llegaréis a la médula antes de daros cuenta.

En cuanto la hoja rozó la piel y una estrecha rendija de sangre se abrió en el pecho, Patrick sintió una oleada inesperada de optimismo puro. Era el principio del fin. Quedaba poco para encontrar las respuestas. Había llegado al punto en que su búsqueda alcanzaría una conclusión..., en esa misma sala, en esa catedral de la ciencia, esa galería blanca de muerte...

Algo pesado le golpeó por las corvas y le hizo tambalearse un poco. Al darse la vuelta vio a Rob desmayado en el suelo, a su lado.

–Joder –dijo alegremente Spicer–. Adiós a la cirugía.

9

Floto, en calma y sin ataduras. Tengo la sensación de estar colocado y me pregunto por qué no he probado antes las drogas si están tan bien. Mark Williams, del trabajo, se ponía fino y se lo pasaba en grande. Hasta que lo despidieron de la facultad, claro; luego ya no fue tan divertido. Pero esto está bien. Es como dejarse llevar por nubes musicales. ¡A lo mejor sí que estoy drogado! Al fin y al cabo estoy en un hospital.

–Se iría sin notar nada –dice una mujer en voz muy baja.

–¿Le dolería? –Es otra, algo más a mi izquierda.

Están hablando del hombre de la otra cama, lo que significa que no está muerto, gran noticia. Fue solo una pesadilla como el cuervo gigante y la mampostería esa que se me cayó encima desde un edificio en ruinas de algún punto de Japón... o de las islas Mauricio; los sueños no suelen tener mucha cordura geográfica.

–No, qué va. –Otra vez la primera mujer–. Controlamos la medicación con mucho cuidado. No se enteraría de nada. –Debe de ser una médica.

En mi neblina siento cierto enfado porque el hombre no vaya a enterarse de nada. ¿Y qué sabrán ellas? A lo mejor se entera de todo; quizá sienta miedo o dolor, en lo más hondo de su pozo particular.

–¿Eso es lo que le pasó al hombre que estaba en esta cama?

–¿Al señor Attridge? No, él murió de repente en plena noche. A veces pasa.

Joder, sí que está muerto. Mierda. Se llamaba señor Attridge y lo vi morir.

–Pero ¿de qué murió exactamente?

Soy todo oídos.

Hay un titubeo prolongado y oigo que la médica se muestra cautelosa.

–Por desgracia los pacientes en coma mueren con mucha facilidad. Sucumben a infecciones, sufren infartos, se asfixian con la comida o con su propia saliva, o a veces les falla el corazón por una suma de factores. –¡Una suma de factores como que te asesinen!–. Cuanto más tiempo se está en coma, menos probabilidad hay de recuperar plenamente la consciencia. Son muertes repentinas, aunque no por ello más inesperadas o inexplicables.

–Ya va para dos meses –dice la otra mujer, y alguien me toca la frente con algo que huele a caucho–. Pero ¿sigue habiendo posibilidades de que...?

–Salga.

–Sí. Todavía hay bastantes posibilidades de que salga, ¿no?

Y de repente me doy cuenta de que ¡están hablando de mí! De mí, Sam Galen. Hablando de que yo salga... ¡y hablando de que muera!

Salto de la nube y me pongo histérico, algo complicado cuando no puedes ni moverte ni hacer ruido. Intento abrir los ojos. ¡Venga, deja de hacerte el muerto! Pero no se abren. ¡No quieren hacer el favor de abrirse! Fuerzo las cejas hacia arriba hasta que tengo la impresión de que se me va a despellejar la frente como la piel de un plátano, pero sigo con los párpados granate oscuro.

Tal vez le pasó lo mismo al hombre de la cama de al lado: quizás alguien pensó que solo «se iría» mientras él intentaba abrir los ojos.

–Cada caso es distinto –comentó la médica.

–Yo lo único que quiero es que aventure algo, con la información que tiene. No le estoy pidiendo un diagnóstico. Por favor.

–En tal caso...

Silencio largo. Casi puedo ver a la médica tamborileando los dientes con la punta del boli mientras aventura el futuro de mi existencia. Dejo de esforzarme en abrir los ojos y me concentro todo lo que puedo en escuchar mientras siento el aire vacío en los oídos y una mano suave de goma me baja por la mejilla.

–Me temo –dice por fin la médica con voz grave, de pena ensayada– que está llegando un punto en que, si sale, tal vez no lo haga de una pieza.

El dedo abandona mi mejilla y por un rato largo no hay respuesta, y luego solo se oye un sollozo mudo.

«¡Estoy de una pieza! –grito en silencio–. ¡Estoy aquí! ¡Estoy de una pieza!»

¿O no?

10

Incluso cuando la lluvia lavaba las calles, el aroma a malta que salía de la destilería de Brains hacía que el Cardiff de primera hora de la mañana oliera al Horlicks de madrugada.

Patrick iba en la bici por lo mojado, escuchando el sonido de las ruedas al rechinar contra el asfalto húmedo en su paseo por la ciudad.

En The Hayes, el arrullo de las palomas en el tejado del antiguo quiosco le recordó a su casa.

Era una ciudad vieja, pese a la pátina de nuevos ricos que la hacía relucir bajo el sol empañado de Gales. Por encima de los relucientes escaparates de las tiendas los edificios eran todo piedra labrada y hollín, mientras que los muros del castillo dominaban el casco antiguo, custodiado por una extraña colección de fieras con pieles y plumas de piedra. Los pórticos victorianos unían las vías como si fueran túneles secretos, llenos de tiendas que vendían violines antiguos, zapatos o golosinas al peso que tenían en tarros gigantes.

Cardiff tampoco era muy grande, y era fácil salir de ella por los montes, los bosques y las playas que la rodeaban de naturaleza por todos los frentes

A veces Patrick cruzaba la bahía hasta Pernath, al oeste, y se sentaba en el muelle, que olía vagamente a pescado y exhibía las cicatrices de los miles de pescadores que habían cortado sus cebos sobre la madera salobre. Otras veces paseaba en bici por los barrios estrechos hasta el castillo de cuento que custodiaba la entrada norte de la ciudad, o le daba por ir al este y cruzaba la llanura que habían ganado al mar y que lo bordeaba tan de cerca que solo gracias a un sistema de zanjas se mantenía seca.

Más o menos.

Dondequiera que iba, la ruta estaba señalizada en inglés y en galés: cada carretera marcada con un *ildiwch* era un recordatorio de que el antiguo opresor había claudicado por fin, tras su fallido intento por arrancar a palos el idioma nacional a los escolares.

La habitación que Patrick tenía alquilada era la más pequeña de una casa enana que solo se distinguía de las vecinas por el 7 de plástico blanco atornillado en la entrada. Por detrás daba a las vías donde los trenes recogían pasajeros que iban y venían de los valles del sur de Gales. Con uno podría recorrer la mitad del camino a Brecon pero, como tenía la bici, no necesitaba cogerlo.

La cama estaba embutida entre la pared por arriba y el radiador por abajo. La midió y comprobó que tenía 1,83 de largo, justo un centímetro por encima de su altura. Le costó una semana acostumbrarse a dormir de lado, con las rodillas dobladas para no tocar ninguna punta. Aun así se despertaba todas las mañanas a las cinco y media, cuando el radiador se encendía y se le calentaban los pies. Dormía en su saco de dormir porque olía a hierba y a tierra, y a menudo se levantaba pensando que estaba en medio de los Beacons.

Bajo la ventana un tablero de conglomerado hacía las veces de escritorio, tan pequeño que solo podía abrir un libro por vez si quería usar al mismo tiempo el portátil. Tuvo que poner los libros y los discos encima del armario. Al deshacer la maleta se encontró una foto que él no había metido, de modo que la dejó dentro. Las paredes eran de gotelé, pintadas de beis, y la alfombra, marrón, aunque Patrick no estaba muy convencido de que siempre lo hubiera sido.

Habían ajustado la ventana para que solo se abriera unos quince centímetros. Para ahuyentar a los ladrones, pensó, aunque dudaba mucho de que ninguno se atreviera a cruzar las vías y subir por el alto muro del jardín para arriesgarse a caerse sobre el grueso alambre de espino de abajo, cuando era evidente, desde cualquier perspectiva, que en aquel adosado mugriento había poco que robar, y que sería más fácil sacar partido de cualquier otra casa de la calle. Aun así Patrick subía todas las noches la bici a su cuarto para que no le pasara nada. Era una Peugeot de carreras con diez marchas más vieja que él, pero era lo único que había heredado de su padre, de modo que había atornillado dos recios ganchos a la pared y, mientras dormía, la bici pendía sobre su cabeza como un talismán azul reluciente.

Compartía la casa con otros dos estudiantes, Jackson y Kim, que hacían Bellas Artes. Kim era una lesbiana acérrima: una elfa rubia que hacía ogros informes de escayola con tuercas y tornillos sobresaliéndoles de los genitales. Jackson hacía videocreaciones tediosas en las que, en opinión de Patrick, daba la impresión de que hubieran matado al cámara y el objetivo se hubiera quedado apuntando a un rincón oscuro de un cuarto insulso. Tenía unas manos largas y pálidas que sobresalían como alas de sus muñecas enanas, y el pelo teñido de negro, tan corto por detrás y tan largo por delante que a Patrick le entraban ganas de alineárselo con la cabeza. Llevaba rímel, botas de vaquero y un pañuelo palestino, incluso aunque estuviera haciéndose unas tostadas.

Habían acordado limpiar cada uno sus cosas después de comer, pero Jackson era un perro y Kim iba por el mismo camino, y a Patrick le ponían demasiado nervioso los gérmenes como para dejar algo sin limpiar hasta que a los otros les daba por cumplir con su parte. Lo que hacía era levantarse más temprano y quedarse más tarde por la noche limpiando la cocina y el baño. De vez en cuando Kim le dejaba un plato de insípida comida vegetariana en su estante de la nevera, a modo de agradecimiento, pero Jackson nunca mencionaba el desorden ni la cocina reluciente, su colofón misterioso.

En el salón había un televisor que se había traído Jackson de su casa y que controlaba celosamente: hasta el punto de llevarse el mando cuando iba al baño. Así era como Patrick estaba al tanto de lo último sobre el Premio Turner y lo que había pasado en *Hollyoaks*, pero tenía que ir al despacho de apuestas del otro lado de la calle para ver las carreras de caballos.

A veces daban fiestas en la casa..., no él, Jackson y Kim. En un principio intentaron integrarlo en los preparativos y las compras, pero a Patrick no le interesaban las fiestas y les dijo que prefería quedarse en su cuarto.

Jackson entornó los ojos con recelo y le dijo:

–Bueno, pero luego no vayas a bajar en medio de la fiesta y te comas nuestra comida y te bebas nuestra priva.

–Yo no bebo. Y no me comería tu comida porque no quiero pillar salmonelosis.

–No hace falta ser maleducado.

–No es eso. En tu estante de la nevera siempre hay jugo de carne; es cuestión de tiempo.

–Pues entonces no vengas –respondió enfurruñado.

–Vale. ¿Puedo poner las carreras?

–Ni en broma. Es un deporte cruel.

Al parecer, Patrick era el único ser del planeta sin móvil. Una vez probó a tener uno pero le daba la sensación de que se le freía el cerebro, y todavía se encogía cada vez que descolgaban uno cerca de él. Pero eso suponía que aparentemente tenía el uso exclusivo de la cabina pública que había a las puertas del despacho de apuestas, aunque siempre robaba un par de guantes azul fuerte para llamar a su madre todos los jueves por la noche, por si el auricular tenía gérmenes. Le había insistido en que la llamara una vez por semana y Patrick obedecía, aunque solo fuera por si moría, para que encontraran su cuerpo antes de que empezara a oler demasiado mal.

–¿Estás comiendo bien?

Era una de las primeras preguntas que le hacía.

–Sí –respondía–. El lunes comí tostadas con mermelada y luego un bocadillo de queso para almorzar y pasta para cenar. El martes lo mismo pero con el bocadillo de Marmite. El miércoles lo mismo pero con crema de cacahuete. El jueves me quedé sin crema y sin pan.

–¿Compraste más?

–Sí.

–Bien –le decía–. No te olvides de comer.

–No –respondía, aunque a veces se le olvidaba.

Luego, aunque no le preguntaba, su madre le contaba cosas del jardín y del gato. La conversación duraba mucho más de lo que ambos se merecían.

Y después estaban los silencios. A Patrick le gustaban esos lapsos, esos paréntesis relajantes que le permitían pensar en cosas que su madre no entendería: en ajustar el descarrilador de la bici porque la primera rueda rozaba con los radios; en que la grasa parecía granos untuosos de maíz amarillo bajo la piel; y en *Refugio propio* y *Quinzi*, que habían muerto en Wincanton el miércoles por la noche.

–Estarás poniéndote el casco de la bici, ¿no, Patrick? –Este asintió, con la cabeza en otra parte–. ¿Patrick?

–Sí.

–Que si te pones el casco.

–Sí, ya te lo dije.

–Perdona.

La primera muerte había sido fulminante, la segunda había sido fuera de pantalla, de modo que no le había servido.

–Bueno –decía tras varios de esos paréntesis de silencio–. Gracias por llamar. Cuídate y estudia mucho.

–Vale.
–Te quiero, hijo.
–Vale.
–Pues nada, hasta la semana que viene.
–Vale. Adiós.
A continuación se quitaba los guantes azules y los tiraba en la papelera al volver a la casa.

El clic del teléfono siempre sonaba tan rápido después de la última palabra que Sarah sabía que estaba ya colgando cuando le decía adiós. Desesperado por librarse de ella.
Pero ¿podía culparlo?
Solía hacerlo.
Todas las semanas pensaba en todo lo que iba a preguntarle; pero cuando Patrick no estaba era demasiado fácil olvidarse de lo mucho que costaba mantener una conversación. En cuanto oía su voz, todas las preguntas que le haría a cualquier hijo normal morían antes de salirle por la boca.
«¿Sales a divertirte por las noches?»
«¿Quién es tu mejor amigo?»
«¿Has conocido ya a alguna chica?»
Su hijo nunca salía a divertirse por las noches; o al menos no hacía nada que la mayoría de los chicos de su edad entendieran por diversión. Le gustaba pasear por los Beacons, ver carreras de caballos y recoger animales atropellados. Lo más parecido que tenía a un amigo era Nick *el Rarito*, el vecino de al lado, lo que decía muy poco de él. Y nunca se lo había imaginado hablando con chicas, y menos aún dejando que una lo tocase o intentara besarlo. Era posible que a su hijo no le molestara que le hiciera esas preguntas, pero a ella sí, porque las respuestas le habrían recordado lo raro que seguía siendo... y la posible razón.
Así que todas las semanas intercambiaban las mismas banalidades y, en lugar de suponer un alivio, sus llamadas la dejaban

con el mismo sentimiento de culpabilidad y de resentimiento de siempre, incluso tras todos esos años.

¿O habría sido igual si Matt siguiera vivo?

Nunca lo sabría, pensó con una punzada de amargura. Acarició al gato con tanta fuerza que el animal saltó del regazo con las garras fuera, a modo de reproche. Le recordó a cuando intentó ayudar a Patrick con tres años a desenvolver un regalo de cumpleaños: cuando el niño había querido escabullirse para que no lo tocara y ella le había clavado las uñas con demasiada fuerza en su bracito escuálido para que no se fuera.

Aunque de todas formas ya lo había perdido.

Y todos los jueves volvía a perderlo.

11

El coqueteo había funcionado. Ahora cada vez que el señor Deal iba de visita, pillaba a Tracy mirándolo y le sonreía..., y ella se aseguraba de estar lo más guapa posible y ser lo más amable que podía. Le costaba lo suyo.

Por supuesto, la situación era un tanto extraña, porque los coqueteos solían ocurrir cerca de la cama donde estaba en coma la mujer del señor Deal.

Además no era un flirteo convencional. Tracy ya se había resignado a la idea de que no iba a poder enseñar las tetas o rozarse provocativamente contra la bragueta del señor Deal como si estuviera en la barra del bar. No, era un coqueteo secreto que utilizaba a la señora Deal como vehículo inconsciente de sus sentimientos.

–Le he puesto más hidratante en las manos. Me he fijado en que se le ponen muy secas.

–Gracias.

–El anillo de boda es muy bonito. ¿Lo escogió usted?

–Fuimos juntos.

–Qué romántico –suspiró Tracy–. El romanticismo se ha perdido.

El señor Deal se limitó a asentir, como si no tuviera una opinión formada sobre los romances, de modo que Tracy cambió a una táctica más profesional.

–¿Sabía que el médico le ha subido la morfina?

–No. ¿Y eso?

–Me fijé en que fruncía mucho el ceño. Lo comentamos y pensamos que significaba que estaba sufriendo.

En realidad la que se había fijado había sido Jean; Tracy no se había dado cuenta de nada.

–¿Que frunce el ceño?

–Sí. Como ahora. Mire.

–Ah, pues sí, es verdad.

El señor Deal miró pensativo a su mujer.

–¿Dice algo alguna vez?

–No, qué va. Pero cuando fruncen el ceño puede ser por malestar físico, por eso la movemos con más frecuencia, y decidimos que era mejor subirle la dosis. Bueno, el médico lo decidió.

–¿Qué médico?

A Tracy le irritó que el señor Deal quisiera saber qué médico cuando la cuestión era su naturaleza observadora y solidaria, unida a la responsabilidad de vida o muerte que tenía como enfermera.

Pero no dio muestras de su irritación, un rasgo poco atractivo que era preferible disimular hasta al menos después de unas semanas de relaciones sexuales, junto con refunfuñar y tirarse pedos en la cama.

–Hummm..., empieza con be –dijo con una risita–. Es que hay tantos, y luego están los residentes y los internos, y yo soy nueva en esta planta y todavía no me los he aprendido todos.

–¿Dónde estabas antes?

–En pediatría.

–¿Y te gustaba?

¿Le gustaba? ¿Qué querría oír? En esos momentos Tracy se habría dado de tortas por no haber comprobado si los Deal tenían hijos. Aunque tampoco imaginaba una respuesta adecuada: si tenían hijos, tal vez prefería tener a alguien sin cargas; si no tenían, quizá fuera por culpa de la señora Deal, y tal vez quisiera empezar una familia con otra persona.

–Sí, mucho –dijo con entusiasmo–. Pero esto me gusta igual, por otros motivos.

Esperó haber cubierto ambos campos con la respuesta. Él asintió sin más, sin darle ninguna pista. Pero a la noche siguiente trajo una cajita de bombones y le dijo que eran solo para ella. Por desgracia eran trufas, pero se mostró de lo más efusiva al darle las gracias y le prometió que lo mantendría en secreto. Se los regaló a su hermana para su cumpleaños, que fue ese mismo fin de semana, pero se animó porque parecía que estaban haciendo progresos.

Al contrario que sus pacientes.

El paciente malo más molesto había muerto y todo era más fácil sin sus pataletas y sus llantos. Todas se sintieron muy aliviadas, sobre todo Angie, cuyo dedo torcido era ya la única señal de su paso por la planta.

Aun así a Tracy le parecía que su único cometido allí era dar comida y líquidos por una punta de los pacientes y limpiarlos por la otra. Más que personas eran meros túneles de carne que procesaban las calorías y las convertían en mierda. Le revolvía el estómago.

Los pocos pacientes que podían comunicarse lo hacían con una lentitud desesperante. Entre otras tareas, a Tracy solían pedirle que se sentara e interpretara los extraños gemidos agónicos o los intentos prolongados de expresar mensajes absurdos a través de los dispositivos para deletrear.

–S... E. ¿Es una E? ¿O una A? ¿Puedes parpadear si es una E? ¿Eso ha sido un parpadeo o un tic? Intenta ser más preciso, ¿de acuerdo? Me quedo con la E.

S... E... Dios, les costaba una eternidad y nunca decían nada interesante. No ayudaba que uno de los aparatos estuviera además algo escacharrado y a veces necesitaba una buena sacudida, o apagarlo y reiniciarlo para que no acabara haciendo un trabalenguas.

Mientras esperaba a que el paciente le guiñara el alfabeto

entero, los ojos de Tracy se dirigieron al televisor de la pared de enfrente. Estaban emitiendo *Bargain hunt*, donde el equipo azul valoraba un horrible jarrón verde. Su madre tenía uno igualito, y se hizo una nota mental para echarle un vistazo la próxima vez que fuera a casa; tal vez su madre se lo diera. Cuando volvió con el paciente, este había deletreado con gran esfuerzo: «S... E... D... I...».

Tracy sonrió.

–¿Sexy? Ay, qué pillín. Es que hoy es viernes, gracias a Dios, y toca ir al Evolution a tomarse unas copas y bailar. Pero ahora será mejor volver al trabajo. No hay descanso para los cansados.

Dejó el aparato al lado de la jarra de agua y luego volvió al puesto de enfermeras y se hundió en la silla giratoria. La Unidad de Coma era aburrida pero difícil. Como el golf.

Se incorporó y hurgó en una caja de bombones hasta que encontró uno relleno de avellana en la capa inferior de la última All Gold de Terry.

12

Salgo de las profundidades del pozo como una orca asesina y, al llegar a la superficie, todo pasa de la oscuridad al blanco brillante, y abro los ojos y me encuentro un par de pechos embutidos en azul y ribeteados de blanco que casi me rozan la nariz. La placa enorme con su nombre dice: «Tracy Evans, aux.».

Se incorpora, me mira y dice:

–¡Ah!

«¡Ayúdame, Tracy! Alguien mató al hombre de al lado.» Pero lo único que oigo es un «aaaa, uaaaa, aaaa» como un crío molesto.

–Ay –repite–, estás despierto. –Acto seguido se agacha más y me mira a los ojos a unos cinco centímetros, hasta el punto de que le veo hasta las motitas de sus iris azules–. ¿Estás despierto? –pregunta con recelo.

Lo único que puedo hacer es parpadear lentamente y esperar que entienda que necesito dar parte ipso facto sobre un asesinato.

En lugar de eso sale corriendo y me pillo tal cabreo que me duermo...

Cuando vuelvo a abrir los ojos me encuentro con una mujer que por la edad podría ser mi madre, pero que no lo es, gimoteando al lado de mi cama. Lleva guantes azules y una mascarilla quirúrgica. Le clarea el pelo y tiene los ojos rojos y le caen mocos de la nariz, que le forman un parche oscuro por delante de la mascarilla.

¿Por qué llora? ¿Qué ha pasado?

Por un segundo de pavor, me pregunto si me habrá pasado algo a mí.

–¡Buaaa! –Se para a medio sollozo y mira hacia arriba, ahoga un grito y se queda sin aire–. ¡Doctor!

Me remuevo por dentro. Un médico es la última persona a la que quiero ver, pero ¿qué puedo hacer? Tengo que demostrarles que estoy despierto y de una pieza o me dejarán ir sin más...

Se me revuelve el estómago del miedo cuando un conjunto de ropa azul de médico entra en mi campo de visión y mira hacia abajo con unas carpetas bajo el brazo. Es más joven que yo.

–Eh, colega, ¿ya estás otra vez despierto? –me dice, y esa vez soy yo quien llora, pero de alegría, de alivio, porque ha sido muy simpático, no me ha sonado nada siniestro ni aterrador.

Espero estar asintiendo, pero, en cualquier caso, se vuelve y hace una llamada hacia el resto de la planta.

–¿Hola? ¿Puede ayudarnos alguien?

Ayudarnos. Que si puede ayudarnos alguien. En plural: pese a la bata, estamos en el mismo bando.

Tracy Evans llega con sus grandes tetas azules y empieza el trajín: gente que me pincha las uñas de los dedos, que me pregunta cómo me llamo, que establece que un guiño es para sí y dos para no, mientras el joven doctor anuncia cada respuesta positiva como el que jalea a un niño que hace caca en un orinal.

–¡Reacción al dolor!... Sin lenguaje comprensible, pero podría llegar... Apertura espontánea de ojos. ¡Muy bien!

Hace un cálculo rápido y a continuación le dice a la mujer que llora que mi puntuación en la escala de Glasgow es de diez. No tengo ni idea de lo que significa, pero a mí me suena a gloria. Luego se pone muy serio y baja la voz..., como si yo no pudiera oírlo.

–Pero he de advertirle que no debe albergar demasiadas expectativas. Todavía no está fuera de peligro. Puede que esto sea lo máximo que se recupere o que incluso experimente una regresión. Sabemos tan poco sobre cómo salen y vuelven al coma; nunca es un camino recto y todavía está extremadamente vulnerable.

La mujer asiente y apoya la mascarilla en la mano, con el optimismo atenuado.

¡El mío, sin embargo, está por las nubes! Puede que sea un asesino o puede que no, pero este médico es mi nuevo mejor amigo. Me ha puesto un diez. Me siento un traidor, pero le estoy tan agradecido que me da igual el hombre de la cama de al lado. Ya me preocuparé por él más tarde.

O no.

Él está muerto y yo no, y eso es lo único que importa ahora mismo.

Cuando Tracy Evans y el médico se van por fin, la mujer de la mascarilla me pone una mano enguantada en látex sobre la cabeza.

–Sabía que estabas ahí. ¡Lo sabía! –dice como una fanática. Después agacha la cabeza y me da un beso seco a través de la mascarilla de papel azul–. Te quiero, cielo.

«Vale, gracias, y yo que me alegro –pienso–, pero ¿quién coño eres tú?»

13

El corazón lo decepcionó. No es que Patrick esperase un interruptor de encendido y apagado, pero tenía la esperanza de que fuese algo más que una mera bomba de carne y venas gomosas, y se sintió engañado por la creencia popular. Hasta la fecha la gente le había resultado casi tan impenetrable por dentro como por fuera.

Otros alumnos habían descubierto cicatrices, dedos fusionados y un montón de tatuajes. Número 4 tenía uno alrededor del tobillo –«Diane y Maria, 1966»– que propició muchas especulaciones. De momento, lo único vagamente interesante de Número 19 había sido un agujero perforado en el costado.

–Del tubo de alimentación –había asegurado Dilip–. A mi abuela le pusieron uno antes de morir.

–Entonces lo normal es que muriera en el hospital –había comentado Rob–, a no ser que sea una cicatriz más antigua.

Patrick había presionado su meñique con cuidado sobre el punto oscuro y había notado que la piel y la carne cedían fácilmente.

–No llegó a curarse.

–¡Hostias, qué asco! Scott se había reído, y Spicer le había echado una mirada que le había callado al instante.

El agujero, sin embargo, ya había desaparecido, así como la mayor parte de la piel del torso, y el cuerpo yacía sobre la mesa blanca como un pollo abierto para la parrilla en un restaurante italiano. A finales de octubre, le habían serrado las costillas con serruchos de la marca Tuff. De entrada, parecían tentadores, pero después vieron que había que sudar la gota gorda y trabajar como un obrero, gafas incluidas, para que el polvo de los huesos y los trozos de carne no les entraran en los ojos. Dejaron que Scott hiciera los honores; él pareció igual de contento con la sierra que Patrick con recoger, embolsar y etiquetar cada fragmento minúsculo de Número 19 que escupían los dientes de metal. Tenían la zona de disección más limpia de toda la sala.

La mesa 22 fue la primera en determinar la causa de la muerte.

–Como para equivocarse –comentó amargamente Scott–. El colega tiene el corazón más grande que la cabeza.

Otros cinco equipos encontraron señales de enfermedades cardíacas o vasculares que les permitieron hacer diagnósticos similares, todos ellos confirmados por Mick, que iba tachándolos de su lista celosamente guardada.

El objetivo de Patrick no era la causa de la muerte pero, aun así, le molestaba que su grupo no fuera de los primeros en averiguarlo, y a esas alturas apostaba por un tumor cerebral. Se imaginaba encontrando un grumo rosa alojado en la materia gris, como una perla en una ostra.

Meg se quedó mirando la cabeza todavía envuelta del muerto, como si estuviera pensando lo mismo.

–¿Sabéis que en Tailandia los estudiantes de Medicina les llevan flores a los cadáveres en señal de gratitud y respeto?

–Chachi, pues vamos a poner un bote y llamamos a Interflora –propuso Rob.

–Yo no pongo bote –se apresuró a decir Patrick. Solo tenía veinte libras a la semana para gastos.

–No me digas... –contestó Scott.

Rob, que no se había vuelto a desmayar desde el primer día, cogió y metió el mango de una cuchara bajo un grueso cordón que subía de la muñeca al antebrazo y lo elevó. Los dedos del cadáver se doblaron hacia la palma.

–¡Mirad, mirad!

–*Flexor digitorum superficialis* –dijo Patrick sin mirar el *Fundamentos de anatomía clínica*, que tenía abierto en la mesa de detrás.

–Creo que deberíamos ponerle un nombre –comentó Meg.

–¿A quién? –preguntó Dilip.

–A Número 19.

Patrick frunció el ceño.

–Es un cadáver, no tiene nombre.

–Podíamos llamarlo «Pestoso» –dijo Scott–. El colega hiede que da gusto.

–Tú sí que hiedes. Todo hiede.

Y era cierto. El extraño dulzor de la sala de disección pendía en el aire y se les pegaba a su propio ser. Patrick era capaz de distinguir por el olfato a un compañero de clase en la cola del comedor aunque hubiese cinco personas entre medias; se lo olía en la camiseta cuando se la quitaba por la noche y cuando abría el cajón de la ropa limpia; lo olía hasta en la piel cuando salía de la ducha por las mañanas, rojo de tanto frotarse.

–Formaldehído –dijo Dilip.

–Ttc, ttc –respondió Rob–. Es glicerol, creo.

–Son flores muertas encima de mierda –los informó Patrick.

Todos se le quedaron mirando, cruzaron luego una mirada... y arrugaron la cara con asco renovado.

–Tienes razón –dijo Dilip.

Patrick no respondía a afirmaciones inútiles.

–Pues nada, Don Mierda –dijo Scott.

–No –se negó rotundamente Meg–. Eso es horrible. La mesa 11 ha llamado a la suya Faith, fe. Eso es bonito. Algo parecido.

Patrick suspiró. Les había resuelto el problema del olor y ahora quería avanzar. Señaló un tendón de músculo rosa.

–*Palmaris longus*.

–Vaya mierda de nombre –comentó Scott blandiendo el fórceps entre los músculos y los tendones del otro antebrazo–. Hasta para un muerto.

–Un cadáver –lo corrigió Meg, que añadió luego–: Cuesta pensar un nombre sin verle la cara.

–Pues mírasela –sugirió Dilip.

La chica se quedó inmóvil y repasó la sala con la vista: nadie le había desenvuelto aún la cabeza a su cadáver. El doctor Spicer estaba unas mesas más allá charlando con el doctor Clarke.

La chica le miró los callos de la mano a Número 19. Pronto desaparecerían, así como el resto de la piel.

–A lo mejor era albañil.

–¡Para mí que era boxeador! –dijo Scott manipulando los tendones para que la mano se cerrara en un puño.

–*Flexor digitorum profundus* –señaló Patrick.

Scott no paraba de levantar y soltar los tendones.

–O un exprimidor profesional de limones –bromeó Rob.

–Chis –le increpó Meg en voz baja.

–Chis tú –repuso Scott, que tiró de los tendones necesarios para que Número 19 le levantara el dedo corazón a Meg.

Todos se rieron, excepto Patrick, que se había puesto a desenvolver las tiras de tela de la cabeza del cadáver.

–¿Qué haces? –le preguntó en tono brusco Meg, pero como era obvio no respondió nada.

Se quedaron contemplando en silencio cómo salía a la superficie la cabeza del hombre, primero el cuello –que reveló una cicatriz corta y desvaída– y luego la barbilla, mal rasurada.

–Déjalo –dijo nerviosa Meg.

–Vale –contestó Patrick, que paró.

–No, sigue –lo animó Scott, y, como Meg no protestó, prosiguió.

El hombre tenía los labios separados en una boca entreabierta, como si el cadáver se sorprendiera ante su repentina inauguración. Se le veían las puntas de los dientes: de un blanco considerable pero algo irregulares. Tenía la nariz recta y corta con aletas estrechas y unos cuantos pelos negros.

Patrick se sintió de pronto nervioso. Creía que había empezado a desenvolver la cabeza porque quería acabar con la cháchara y proseguir con la disección. Pero de repente no tenía claro por qué lo había hecho o qué quería. Se detuvo, con la tira de algodón levantada sobre el puente de la nariz, sintiendo un extraño temblor interno.

–¡Qué guasón! –exclamó Rob, y Dilip se echó a reír.

–Venga, vamos a verle los ojos –intervino Scott, que se acercó para tirar de la tela.

Patrick le apartó la mano.

–¡No!

–Oye, tío, si quiero verle los ojos, ¡se los voy a ver! A mí no me pegues.

Patrick no tenía intención, ni siquiera se había dado cuenta de lo que iba a hacer hasta que la mano de Scott estuvo justo encima de la cara del hombre.

–No os peléis. Es una falta de respeto –les dijo Rob.

–Y también cortarle el pene en dos y bien que se lo rajamos la semana pasada –comentó Dilip.

–¡Me ha pegado él! Lo habéis visto todos. –Scott miró a Patrick–. Tío raro.

–Cállate, Scott –dijo Meg, pero Patrick lo ignoró. Le habían llamado cosas peores.

De repente Spicer estaba otra vez con ellos.

–¿Duelo a muerte? –bromeó.

Cuando todos se quedaron callados, Spicer se dio cuenta de que la cabeza estaba medio descubierta. La sonrisa se le borró al instante.

–Tapadlo ahora mismo –ordenó.

Patrick empezó a enrollar la tela lentamente alrededor de la cabeza del cadáver. Los demás se miraron incómodos.

–Ha sido idea mía, doctor Spicer –confesó Meg–. Quería verle la cara para poder ponerle nombre.

–La identificación es la de la etiqueta. Y con eso basta. Y procederéis con la disección en el orden establecido y al ritmo adecuado, bajo mis directrices, ¿entendido?

–Sí –dijo Meg, y los otros asintieron. Salvo Patrick.

–¿Y cuál es la diferencia? –preguntó.

–¿Perdona?

–¿De verle la cara ahora o más tarde?

Patrick se encogió de hombros.

–¿Cómo era tu nombre?

–Patrick Fort.

–Bien –dijo Spicer enfadado, y salió de la sala.

Los demás se le quedaron mirando hasta que desapareció.

–Joder. No es propio de él tomarla así con nadie.

Patrick no dijo nada. Metió cuidadosamente el escalpelo bajo lo que pensó que era o el *pronator teres* o el *flexor carpi.*

–¿Crees que nos va a caer una gorda? –preguntó Dilip.

–No, creo que le va a caer a él –dijo Scott, que señaló a Patrick con el dedo–. Como vuelvas a tocarme, ¡te arranco la cabeza!

–Anda, no seas tonto y déjate de melodramas –le increpó Rob.

Scott cerró el libro de golpe y fue quitándose los guantes por el camino.

–Ya era hora –dijo en voz baja Meg, y Rob y Dilip rieron.

–*Pronator teres* –decidió Patrick.

Eran las seis y empezaba a oscurecer cuando Patrick desató la bici de la barandilla que había en la rampa a la salida de la sala de disección. Los estudiantes salían apresurados bajo la lenta llovizna de octubre, sin sospechar que estaban a solo una delgada pared de ladrillo de treinta cadáveres embalsamados a los que parecía haberles estallado una bomba en plena cavidad pectoral.

Mientras iba con la bici en la mano camino de Park Place, Meg se puso a su lado.

–Buenas. En realidad, Scott no es mala gente. Creo que lo has asustado, eso es todo.

Patrick estaba perplejo. ¿Por qué andaba a su lado? ¿Por qué le hablaba? A lo mejor estaba hablando para sí misma, y no para él: como hacía su madre.

El silencio del chico no la amedrentó.

–Bueno, y ¿por qué no quieres ser médico?

Patrick se había fijado en que normalmente cuanto menos decía, más quería la gente que hablase. Pero no tenía ni idea de qué quería que le dijese. Meg no era su madre ni del comité de ingreso en Medicina, así que ¿por qué le interesaba lo que él hacía o dejaba de hacer?

–Es por curiosidad –respondió como si le leyera la mente–. No sé, eres muy listo, así que ¿por qué no?

La chica siguió hablando; iba a tener que responderle.

–No me interesa.

–¿El qué no te interesa?

A Patrick le asombró que se le ocurrieran nuevas preguntas a sus respuestas... ¡y con tanta rapidez!

–¿Qué es lo que no te interesa? –quiso saber Meg, como si no le hubiera entendido a la primera.

–Hacer que la gente se recupere –le dijo, y puso el pie en el pedal para darle a entender que la charla había acabado.

Pero Meg no había acabado.

–Entonces ¿qué sentido tiene hacer Anatomía?

La chica frunció el ceño y Patrick pensó que parecía enfadada, aunque no estaba seguro. Nunca había sido capaz de entender qué quería decir la gente solo por sus caras. Ya bastante le costaba adivinarlo por las palabras. Estaba claro que no tenía intención de dejarlo en paz hasta que le respondiese, de modo que decidió hacerlo:

–Quiero ver cómo funciona la gente por dentro.

Meg arrugó la frente un poco más.

–Pero ¿no quieres curarlos o ayudarlos a funcionar mejor?

–No.

–Ah. Con lo bien que se te dan los pacientes.

–No, no se me dan bien –dijo Patrick, al ver que la chica sonreía entre dientes–. Ah, que estás de broma...

–Puedes reírte si quieres.

–A lo mejor luego.

–Esta noche hay una fiesta. ¿Quieres venir?

–No.

–Anda, venga. Será divertido.

–No.

–¿Cómo lo sabes?

–Sé que no me gustan las fiestas.

–Y entonces ¿qué te gusta?

Patrick calló y miró hacia el semáforo, deseando estar ya allí y que ella no lo hubiera seguido.

–¿Te gusta algo?

–Sí. Algunas cosas me gustan.

–Nombra tus cinco favoritas.

No respondió. No podía. Solo tenía tres.

Meg suspiró con parsimonia y luego le puso un micrófono invisible bajo la nariz.

–¿Cómo es ser un hombre misterioso?

Patrick estaba mirándole el puño con cara inexpresiva.

–No lo sé.

Meg le sonrió y le dijo:

–Si cambias de opinión, aquí tienes mi número.

Sacó un lápiz y lo bajó hasta los nudillos del chico, de modo que tuvo que meterse las manos en los bolsillos para que no le escribiera en la piel.

Meg se puso colorada.

–Vale, bueno. Es el 07734113117.

–Vale.

La chica arqueó las cejas y le preguntó:
–¿Lo has memorizado?
–Sí.
–Nos vemos con Número 19, Patrick.
–Vale –respondió, y pasó la pierna por la barra de la bici.

De vuelta a casa fue recreando la conversación en la cabeza. Era la más larga que había mantenido con un desconocido desde hacía años. Intentó analizarla, como su madre siempre le daba la lata para que hiciera.

«La gente dice las cosas por algo, Patrick. Si las escuchas con atención, entenderás no solo lo que dicen sino por qué.»

Pero mientras la gente hablaba siempre estaba tan ocupado deseando que lo dejaran en paz que le costaba tener pensamientos propios, y menos aún descifrar los de los demás. Patrick no sabía qué más podía haberle dicho a Meg. Dos de las cosas que le gustaban eran los animales y las fotografías..., y eso no tenía por qué explicarlo. Pero si le hubiera dicho esas dos cosas, tal vez le habría preguntado por la tercera... y esa era un secreto.

La tercera era su búsqueda.

No era un mentiroso compulsivo, pero había engañado a Meg, igual que había hecho con su madre y con el comité de admisión de la facultad.

Le daba igual cómo funcionaba la gente por dentro.

Lo único que le interesaba era saber qué pasaba cuando dejaban de hacerlo...

14

¿Qué he hecho yo para merecer esto? Parece una pregunta lógica, pero las lagunas de mi memoria hacen que sea al mismo tiempo absurda porque la respuesta es: «No lo sé».

Sigo buscando pistas pero, hasta que encuentre algo que justifique lo que está pasándome, no puedo evitar sentir que el karma me ha timado con el cambio.

Al lado de la cama hay una foto. No conozco a las personas que aparecen y me daña la vista tenerlas tanto rato a la izquierda, de manera que, a no ser que esté echado sobre el costado izquierdo, solo las veo a cachos. Son un hombre y una mujer de mediana edad. El hombre se parece un poco a mi padre, pero la mujer no es mi madre, eso seguro, aunque actúa como tal cuando viene a verme todos los días: me acaricia la mano, me besa el pelo, me masajea los pies como le dijo el fisioterapeuta y me pone campanillas azules y anémonas en un jarrón que trae con ella. Creo que el jarrón me suena, pero ¿de dónde?

No lo sé..., una vez más.

La mujer que no es mi madre no lleva ya la mascarilla quirúrgica pero sigue poniéndose los guantes azules.

–Al parecer puedes coger unas infecciones horrorosas si no tomamos precauciones –me explica en tono conspirativo–. Con la barriguita mala y esas cosas, ya sabes.

«Y tanto que lo sé», pienso, y me cago un poco más en el pañal, lo que le hace arrugar la nariz. No me importa. Me da coraje que esté aquí esta señora y Alice y Lexi no aparezcan. «¿Por qué no vienen?» Me entristece..., aunque también me enfada y me hace desconfiar. Espero que estén bien, claro, pero si lo están, ¿qué les impide venir a verme?

A lo mejor les han mentido. Tal vez les hayan dicho que he muerto, y hasta han pasado página ya mientras yo estoy aquí, escondido, esperando un destino que alguien ha planeado especialmente para mí. A veces me pregunto también por el accidente. ¿De veras patiné sobre el hielo mientras accionaba la radio? ¿O alguien me dio por detrás y me echó de la carretera? ¿O es todo un plan –meterme aquí y apartarme de mis seres queridos– para experimentar conmigo, ¡para matarme!, sin que nadie se entere ni a nadie le importe? ¿Acaso no le pasó al hombre que tenía al lado? A lo mejor soy el siguiente en la cola.

O tal vez no vienen por la misma razón escurridiza por la que Alice tiene los ojos tristes. Es tal el miedo que tengo a que sea eso que a veces me hace llorar, la única forma que tengo de expresar mis emociones.

Las enfermeras se inventan sus propias razones para mi llanto. «Llora por su vida pasada» es su favorita. Tienen buenas intenciones, me digo, pero me molesta que ni siquiera traten de entenderme.

Cuando tengo los ojos abiertos, intento observarlo todo, no solo la parte de arriba del televisor. Cuando estoy de espaldas, solo veo el tercio superior de la pantalla antes de que mis mejillas se pongan en medio, y debe de ser el peor tercio de todos. En la parte de arriba de *Bargain hunt* no hacen más que rebuscar en vitrinas de joyerías en busca de tesoros escondidos; en la parte de arriba del rugby solo salen las gradas y alguna que otra patada a seguir, mientras que la parte de arriba de *Top gear* es básicamente la cabeza de Jeremy Clarkson.

Algunos días me ponen sobre un costado. En el izquierdo veo mejor la unidad: a las enfermeras comiendo bombones en el puesto que está enfrente de mi puerta, o a Tracy Evans poniéndole ojitos al hombre alto y bien vestido que viene por la noche para ignorar a su mujer. Sigo con los ojos al de la limpieza por una mitad de la habitación. Es más lento que una tortuga y se deja atrás mucha porquería pero, aun así, el suelo se queda tan reluciente y suave que me dan ganas de patinar encima con los calcetines. Veo el moderno aparatito de música al que estoy conectado por unos cables blancos. Hay unas cincuenta canciones que me encantaban antes; tardan unas tres horas en sonar todas... y vuelta a empezar. Veinticuatro horas entre tres dan un total de ocho veces. Las escucho ocho veces cada una al día, cincuenta y seis veces a la semana, doscientas veinticuatro veces en un mes, y así hasta que creo enloquecer.

Cuando me vuelven para el otro lado –hacia la ventana–, no veo nada, salvo el cielo y la pared, y me da tanto miedo que me echo a temblar.

«Todavía está extremadamente vulnerable.»

Las palabras del médico me pasan por la cabeza en bucle. «Extremadamente vulnerable.» Así es como me siento cada segundo que estoy echado sobre el costado derecho. De espaldas a la habitación, el mundo conspira detrás de mí. Podría pasar cualquier cosa. Un leñador loco podría estar masacrando al resto de los pacientes; un lobo podría colarse en la habitación y avanzar en silencio hacia mí; una enfermera podría inyectarme algo en el goteo del suero: insulina, matarratas, y nunca me enteraría..., hasta que empezara la agonía.

«Extremadamente vulnerable.»

Me quedo mirando la pared y echo de menos incluso la cabeza repulsiva de Jeremy Clarkson.

Lo único bueno del lado derecho es ver el cielo. Debe de estar acercándose el verano, y cuento los días para que esté despejado y no gris o blanco o escupiendo lluvia. Una vez llegué a tres: ¡tres días seguidos de azul! Seguro que en el trabajo la gente estará haciendo chistes: «¿No querías calor? Ya mismo estarán restringiendo el riego. ¿Ha ido bien ese verano?».

Sí, ha sido un verano del carajo: tendido sobre mi propia mierda, con dolores por no moverme y alimentándome por un tubo frío.

A veces, Tracy Evans me trae una pantallita con el abecedario para que aproveche y escriba una novela. Ja, ja... Me tiré una semana parpadeando para que la colega señalara donde le diera la gana, hasta que por fin se enteró de que estaba pidiéndole que apagase la «puta música». Luego me he sentido mal porque debería haber utilizado esa energía para decirle que llame al 999 e informe de una muerte sospechosa, pero ahora estoy exhausto, y ella se ha ido con cara de pocos amigos.

Por lo menos ha apagado la música. Y ahora que han asesinado al hombre balbuceante y llorón, se hace a menudo un silencio apacible y estupendo, como si me pusieran unos discos de maquillaje gigantes en los oídos, de modo que puedo pensar en todo lo que me pasa flotando por la cabeza. Como esa vez en que Alice se compró un vestido verde muy pegado para la fiesta de Navidad del trabajo y cuando, al mes siguiente, me subieron el sueldo siempre decía que había sido gracias a ella. O el cuarto cumpleaños de Lexi, cuando, jugando a la patata caliente, Cerys Jones, la vecina de al lado, se meó encima de tal manera que las otras tres niñas se tuvieron que ir a su casa con bragas prestadas. Recuerdo cuando llevé a *Patch* a casa: tan diminuto que Lexi creyó que era un hámster, o cuando corrió dentro de la casa gritando que había un tucán en el jardín, que luego descubrimos que era una urraca con una galleta de crema en el pico. El ambiente sofocante de la planta se desvanece durante horas mientras pienso en el viento de Gower en mi pelo, en reír hasta llorar, y en el tirón de despedida de la cometa rosa.

No me gusta Tracy Evans pero me he acostumbrado a ella y a las demás enfermeras, y al fisio, Leslie, que me tortura sin compasión. Los médicos no llevan identificación, así que me cuesta seguirles la pista, pero las enfermeras sí que tienen, con nombres de mascota: Jean, Tracy y Angie. *Fido*, *Rover* y *Tiddles*. Hay otras pero no vienen todos los días.

Jean es la mejor. Madura, delgada y trabajadora. Angie es la tímida y la guapa, y tiene dos dedos vendados de una herida antigua, pero nunca la usa como excusa. Tracy es la peor. Se preocupa... pero solo cuando están los médicos. Cuando no están, es más vaga que un zángano. Nunca me limpia por dentro la boca pastosa por mucho que mire insistentemente la jarra. Se hace la manicura en el puesto de enfermeras mientras suenan alarmas. Esconde los bombones. La he visto, la tengo calada. En el colegio había como media docena de Tracys en cada curso: chillonas, naranjas, tontas. Coquetas y abusonas.

«Maestro, ¿tiene novia? ¿Es guapa, maestro? A mi amiga le gusta, maestro.»

Y luego no hacían más que incordiar.

Ahora mi vida está en manos de una Tracy.

15

Meg todavía no le había puesto nombre al cadáver, al contrario que otros grupos: Número 4 se llamaba Zanahorio, por el pelo rojo del pecho; a Número 7 –el cadáver al que Patrick le tocó la pierna el primer día– le habían puesto Dolly, por los restos de pintaúñas rosa; mientras que Número 2 había sido bautizado como Pinocho, por su tumescencia post mórtem.

–Siempre hay un Pinocho –les dijo Spicer al resto poniendo los ojos en blanco.

Parecía haber olvidado la transgresión de Patrick y había recuperado su buen humor habitual.

Los alumnos estaban cogiendo cada vez más confianza con la labor. En la sala de disección ya no reinaba el silencio nervioso sino que parecía más bien una fábrica donde todos trabajaban en una extraña línea de ensamblaje.

El ambiente era también competitivo: a ver quién hacía la mejor incisión, la disección más eficiente del pie, quién cortaba más rápido una mano. Siempre que entraban en el laboratorio, se sentía un zumbido de expectación sobre las causas de muerte. De vez en cuando Mick, el cadavérico técnico de laboratorio, salía de la pecera de su oficina para tomarles el pelo. O al menos eso les parecía, mientras caminaba entre ellos como la Muerte con la guadaña, levantando una ceja poblada o chasqueando la lengua. Iba con su carpeta de pinza y, cada vez que alguien dictaminaba la causa de una muerte, mostraba abiertamente su decepción: como si el secreto que antes solo él sabía perdiera valor al ser vox pópuli.

La mesa 22 había abierto la veda. Ahora todos parecían encontrar tumores, coágulos y pulmones llenos de líquido. Los cánceres y las arterias bloqueadas estaban a la orden del día.

–Una vez tuve un suicidio –comentó un día Mick mientras miraba a Número 19. Su mirada tomó el aire nebuloso de alguien que recuerda una escapada romántica a la playa–. Se colgó. Pero no se partió el cuello, por eso aceptamos la donación. Solo tenía unos moratones y sangre en los ojos. –Suspiró como si dijera: «Qué tiempos aquellos...».

–¿Era una mujer? –le preguntó Patrick.

–Sí.

–¿Por eso no se partió el cuello?

Nick asintió y miró a Patrick como si lo viera por primera vez.

–No pesaba más de cuarenta kilos. Así que en realidad más bien se estranguló.

Meg hizo una mueca de horror.

–Pobrecilla.

Mick se encogió de hombros y comentó:

–Hay cosas peores que morirse.

–¿Ah, sí?

–Claro –le contestó el técnico–. Vivir de mala manera.

En realidad a Patrick le daba igual de qué hubiese muerto el cadáver, pero le fastidiaba no poder resolver un acertijo. Siempre había sido así: insistía en desentrañar las cosas hasta encontrar una conclusión lógica. Además, odiaba que lo ayudaran en esos trances, y estaba tan empeñado en resolver el misterio de Número 19 como lo estuvo una vez en dejar en ridículo a un mago aficionado en una fiesta de la escuela:

–¡Veo las orejas del conejo sobresaliendo!

–Anda, cállate, guapo.

Cada vez que daban el visto bueno a un órgano, la frustración de Patrick aumentaba. Metió el hígado perfecto en una bolsa de plástico, apretó el cierre con un zumbido sonoro y lo dejó debajo de la mesa con el resto de las entrañas de Número 19.

Spicer le guiñó un ojo y le dijo:

–Así es más divertido.

Patrick frunció el ceño. No respondía a afirmaciones inútiles.

Darle la vuelta a Número 19 tuvo su miga; varios trozos de la cavidad torácica acabaron en el suelo. Hubo un momento en que a Patrick se le enganchó la mano con los restos afilados de las costillas y casi le entra el pánico solo de pensar que el hueso le rompiera el guante y se le clavara en la piel, igual que ellos llevaban tres meses invadiendo la carne del cadáver.

La revancha.

Apretó los dientes y respiró hondo, pero no pasó nada y se sintió orgulloso de sí mismo por haber superado el trance. Sin embargo se liberó las manos a toda prisa y se puso a limpiar los trozos del suelo y a meterlos en una bolsa de plástico transparente con otro cierre negro y otra etiqueta metálica numerada. Patrick limpiaba siempre tan diligentemente que habían utilizado el doble de bolsas y de etiquetas que sus rivales más cercanos. Mick había tenido que encargar más etiquetas expresamente para Número 19. Cuando se lo contó a Patrick, tenía una mirada en la cara que el chico estuvo seguro de que era de aprobación por el trabajo bien hecho.

Tantos meses bocarriba, encamado, sin circulación, le habían dejado el cuerpo aplanado por abajo como un saco de arena. Al darle la vuelta, el trasero se había quedado de una bidimensionalidad de lo más insólita.

Le tocó a Rob empezar con la disección, trazando incisiones largas y precisas que demostraban lo mucho que habían aprendido todos.

–El sábado es mi cumpleaños –anunció Meg–. Estáis todos invitados.

–De lujo –respondió Scott.

–Gracias –dijo Rob.

–Qué bien –comentó Dilip.

–¿Tú vienes, Patrick? –le preguntó Meg.

–No. Otra vez.

Ya le había explicado lo que pensaba de las fiestas y se dijo que debía de tener muy mala memoria; se preguntó cómo iba a aprobar así los exámenes. El doctor Spicer tenía un repertorio infinito de reglas mnemotécnicas –la mayoría guarras– para ayudar a los alumnos tontos. Los huesos de la muñeca eran el piramidal, el pisiforme, el grande, el trapecio, el semilunar, el escafoides, el trapezoide y el ganchoso. La regla de Spicer era: «Ponle los pantalones grandes a Tony y sujétale el escroto con tirantes granates». Scott se estuvo riendo un rato, sin parar de repetirlo, hasta que Rob le dijo que se callara. Había otras mucho más guarras –en particular con el antebrazo y los dedos, con todos esos flexores de por medio–, pero a Patrick lo único que hacían era confundirlo.

16

–Aaaaaaaaaa –en voz profunda.

–Iiiiiiiiiiiiiii –en voz chillona.

A esto me veo confinado. Aaas e iiiis, como una oveja norteña loca de atar, al cargo de unos extraños. No era lo que tenía planeado para esta vida.

Quien me obliga a hacerlo es el fisio, Leslie, un escocés canijo y taciturno sin asomo alguno de humor, pero con una macabra determinación por entrenarme la lengua como si fuera a competir en los cien metros de los Juegos Olímpicos. Por supuesto también me maltrata. Me cuelga en cruz y me tira de las piernas. Me empuja la cabeza hacia atrás y la mantiene ahí como un barbero sádico. Me rueda pelotas de tenis por los brazos y me tira saquitos de soja sin previo aviso, gritándome: «¡Cógelo!». Me caen en el pecho o por las piernas hasta el suelo, y él se limita a encogerse de hombros, recogerlas y decirme: «Más suerte para la próxima».

Pero en realidad es el amo de las lenguas.

Sus objetivos en esta vida son hablar y comer..., al menos para mí; no estoy muy seguro de que él haga ninguna de las dos cosas. Viene cada tantos días y me hace sacar la lengua y menearla, o contraer las mejillas, soplar por una pajita o sudar la gota gorda para producir una serie interminable de sonidos de granja.

–¡Ago! –Como en agosto.

–Ga. –Como en gato.

Hago tanta fuerza que se me escapa un pedo pero no se ríe. ¿Qué clase de hombre no se ríe cuando oye un pedo?

–Aaa...

–Más fuerte.

–Aaa...

–Más fuerte. Sin miedo.

–Uuu –pruebo a bromear. Uh, qué miedo... ¿Lo pilláis?

Pero levanta la vista de mis dedos retorcidos y frunce el ceño.

–U no, a.

Nadie pilla la broma. Será por la forma de decirlo.

Cuanto más azul se pone el cielo, más duro trabajo. Ahora mismo no hay nada más importante para mí que poder hablar y comer. Tengo cosas que decir; preguntas que necesitan respuesta. Sé que si me funciona la lengua, tendré un futuro más allá de la dichosa pantallita, el código de guiños y la comida insípida, de modo que dedico mi pseudovida a recuperarlos. Hasta cuando no está Leslie, practico los ejercicios que me manda una y otra vez, frunciendo los labios y ejercitando la mandíbula. Las enfermeras ya no se asombran cuando me ven sacarles la lengua, aunque Angie a veces todavía me saca la suya en respuesta cuando pasa con una cuña o tirando de un gotero. La gente que viene a ver a otros pacientes me ve gruñir y hacer muecas y aparta la vista.

Me gustan los ejercicios. Me cansan y así me duermo mejor. Y cuando los médicos me dan toquecitos o me pinchan, o traen a sus estudiantes con caras de bebés para formar una herradura alrededor de mi cama y contemplar el horror de vida que llevo, succiono y soplo como una ballena de parto, para quitarme de la cabeza la razón por la que estoy allí y la gente a la que he perdido.

Para quitarme de la cabeza el asesinato.

Las Navidades estaban a la vuelta de la esquina y a alguien le dio por colgar la cabeza de un Santa Claus de plástico sonriente en la puerta de la sala de disección y esparcir sus miembros seccionados por la estancia.

–Qué subnormales –dijo Rob.

–Sí –comentó Patrick–. No los han etiquetado. ¿Así cómo van a saber si son todos del mismo?

Meg les dio a cada uno una tarjeta con purpurina. Número 19 lo único que les dio fue un estómago vacío, intestinos llenos y sudores.

En la última semana del trimestre trabajaron en la espalda como peones de obra: quitaron las capas de músculo como papel pintado viejo, desollaron ambos lados de la columna vertebral con la ayuda de serruchos hasta romperla finalmente a martillo y cincel para llegar al río reluciente de la espina dorsal.

Patrick se enjugó el sudor de la frente con la punta del codo y pensó: «¿Cómo puede un ser humano morir tan fácilmente, con lo que cuesta romperlo?».

17

Patrick recorrió en bici el largo trecho hasta la casa de su madre, a las afueras de Brecon; compartía el espacio con unas cuantas más, aunque era un lugar demasiado pequeño como para tener nombre propio. Eran setenta y dos kilómetros y le llovió durante toda la parte cuesta arriba, pero, aun así, le gustó la sensación de ir a algún sitio real en lugar de dar vueltas absurdas por la ciudad.

Diciembre pasó pronto del aguanieve a la nieve gélida, pero, pese a todo, Patrick seguía saliendo casi todos los días. Lo prefería a quedarse en casa con su madre.

A veces iba a la del vecino, Nick *el Rarito*, y jugaban al Grand Theft Auto, aunque se pasaba la mayor parte del tiempo paseando a solas por los Beacons, siguiendo las impresiones diminutas que marcaban los caminos de las ovejas por la nieve. En ocasiones llegaba hasta la cumbre llana del Penyfan. Sus días favoritos eran aquellos en que el cielo estaba casi tan blanco como las faldas de las colinas, hasta el punto de que costaba diferenciar dónde empezaba uno y terminaban las otras. En ese paisaje de ensueño el mundo de Patrick se reducía al intercambio de aire cálido y frío por la nariz, al crujido de la escarcha bajo las botas de andar y a la punzada de dolor en los dedos y las puntas de las orejas. Con una especie de nostalgia pensaba en todos los bichos muertos que revelaría el deshielo. Ya no los necesitaba, tenía algo mucho mejor.

En cierta ocasión se hizo a un lado para dejar pasar a un grupo de soldados que iban corriendo cargados con bultos que habrían doblado el lomo de cualquier burro.

–¿Te has perdido? –le preguntó el último sin pararse.

–No –respondió Patrick.

Nunca se había perdido en los Beacons ni tenía intención alguna de hacerlo. Los soldados siguieron con su carrera y Patrick los contempló hasta que desaparecieron por una loma y lo dejaron en paz en su mundo blanco.

En casa pasaba casi todo el tiempo en su cuarto. Cuando la señal de televisión se perdía –muy habitual por aquellos montes–, Patrick recorría con la bici los ocho kilómetros hasta Brecon esculpiendo tras él una cicatriz profunda en la nieve.

El despacho de apuestas le devolvía recuerdos a la cabeza que habría preferido no tener, pero no quería perderse nada. Cada vez que iba hasta el local miraba de reojo bajo el mostrador; sabía que el labrador llevaba tiempo muerto pero no podía evitarlo. Los hombres, sin embargo, eran los mismos. Diez años más viejos, más gordos, canosos y pobres: igual que lo habría sido su padre. El hombre de la chocolatina siempre saludaba a Patrick, que le devolvía a su vez el saludo. Eso era todo. Nunca se unía al bullicio amigable y chabacano ni apostaba a nada, ni siquiera cuando la mujer de detrás del mostrador le guiñaba el ojo y lo llamaba «manirroto». Patrick no era tonto: el linóleo de la ventanilla de apuestas estaba gastado hasta el hormigón, mientras que en la de pagos estaba limpio y reluciente como el primer día.

De modo que se limitaba a sentarse con el cuadernillo negro en el regazo y mirar, y esperar un atisbo de muerte.

El señor Deal besó a Tracy Evans. En teoría era un beso de agradecimiento por cuidar de su mujer pero le había dejado la mano en el brazo y los labios en la mejilla el tiempo suficiente para que ella supiera que era más bien un beso de ¿estás disponible o no?

Mientras que el interés o la paciencia de Tracy por interpretar las letras del abecedario para sus pacientes cuadripléjicos era mínimo, hasta el último nervio de su ser estaba minuciosamente sintonizado para captar cualquier asomo de intención sexual: se reprimió como pudo para no coger al señor Deal por la bragueta y hacerle ver que sí, que estaba disponible. Eso era para las discotecas, y aquello era el trabajo, de modo que tenía que jugar mejor sus cartas. En lugar de eso le preguntó qué loción de afeitado usaba, y cuando él le respondió que ninguno –como sabía que diría–, batió las pestañas y le dijo: «Ah, pues hueles a Armani», por mucho que no hubiera olido en su vida la auténtica, solo la de imitación que solía comprar en el mercadillo de Splott para el día del Padre.

Era solo el principio. La adulación era clave con los hombres. Coches buenos, bíceps fuertes, dinero y..., por supuesto..., pollas grandes. Esas eran las bazas que había que jugar –que admirar– si una quería que la recordasen, que la escogieran. Tracy no sabía si la señora Deal había atrapado así a su marido, pero desde luego no iba a conservarlo de la misma manera.

Ahora que se había inclinado para recibir el beso del señor Deal y había empezado la seducción del halago, Tracy sabía que, por fin, le había sacado la delantera a la mujer que, en aquella cama, se retorcía lentamente hacia el olvido.

Sarah se disculpó por haber comprado cordero en lugar de pavo.

–Como somos solo los dos... –le explicó, por si acaso no se había fijado en que su padre había muerto.

Otra vez.

Por lo menos con el cordero podía poner luego flan de postre sin que Patrick le viniera con sus historias alfabéticas.

Ella le regaló un libro sobre la Gold Cup de Cheltenham. Él a ella, nada; no sabía que lo de regalar podía ser recíproco.

Mientras comían, Sarah le preguntó cómo le iban los estudios y, para su asombro, su hijo le respondió, al principio como de pasada, pero después emocionándose con el tema: le contó lo difícil que era separar la grasa del músculo, que la sangre se volvía negra y granulosa en las arterias embalsamadas o que los estómagos podían regalarle joyas como la zanahoria blanda y esmirriada que encontraron en Número 11 o las pepitas mugrientas de Número 25, que resultaron ser de uva.

–En el nuestro no había nada –añadió con cierta melancolía.

Sarah intentaba no escuchar y luchaba contra las ganas de tomarse una copa. Las Navidades siempre habían sido difíciles. Las Navidades, el Año Nuevo, el día de San Valentín, la Pascua, y su cumpleaños, y el de Matt, y su aniversario. Las noches de los sábados y todo el domingo. Y los días terminados en «es».

Empezó cuando Patrick tenía tres años. Sus padres apenas bebían, más allá de un jerez en las ocasiones especiales. En cuanto su padre se tomaba un whisky su madre empezaba a refunfuñar. De modo que al principio la copa de vodka con naranja de los momentos críticos había hecho que Sarah se sintiera independiente y con el control de la situación. Para cuando su hijo cumplió los cinco, prescindía de la naranjada. A los seis, ya no necesitaba ni el vaso. Pero cuando Matt... murió, lo dejó. Así, de golpe. Aunque la gente dijera que así era más fácil, a ella le parecía imposible que pudiera ser peor.

En esos momentos escuchaba a su hijo, que estaba describiéndole, con unas manos meticulosas y los ojos clavados en las sobras del cordero, el trabajo de los últimos tres meses. Sarah pensó en la piel fría y en cómo le había quitado las entrañas y las había echado en una bolsa de plástico caldosa. Se le revolvió el estómago, ahogó un eructo y, como castigo, se le repitió el bicho muerto.

Al volver al presente, Patrick estaba explicándole que, cuando Dilip había agujereado los intestinos, el olor les pareció lo más humano que habían encontrado hasta el momento en el cadáver embalsamado.

–¡Ay, por el amor de Dios, Patrick! –Sarah dio un palmetazo

en la mesa que hizo temblar los cuchillos–. ¡Que estamos comiendo!

–Yo no. Ya he terminado.

Le entraron ganas de abofetearlo. Ya casi saboreaba el vodka en su boca.

Se levantó y volvió a aporrear la mesa, aunque esa vez con menos éxito: mandó un tenedor al suelo con todo su estrépito.

–No todo gira en torno a ti. La cena no se ha acabado, así que todavía estamos comiendo, ¿entendido?

–Entendido.

–Y otra cosa: ¡cuando alguien te da un regalo, lo menos que puedes hacer es decir «gracias»! No espero nada a cambio, Patrick, pero sí un poco de modales.

–Entendido. Gracias.

No fue suficiente.

–Eres tan egoísta... Lo único que haces es coger, coger, coger... –Lo miró como esperando una epifanía.

No llegó. Patrick recogió el tenedor del suelo y lo colocó al lado del plato de su madre, dándole toquecitos hasta ponerlo en paralelo al cuchillo.

Sarah se rindió. ¿Qué sentido tenía? Nunca cambiaba nada y nunca lo haría.

–Perdón.

Patrick miró la nevera y preguntó:

–¿Qué hay de postre?

Sarah suspiró. Eso era lo que tenía Patrick: no entendía los sacrificios que hacía su madre por él pero tampoco su rabia ni su resentimiento. En cierto modo era positivo, se dijo, para los dos...

–Flan –le contestó, y se levantó para recoger la mesa mientras él se ponía a leer el libro. No alzó la vista hasta que no le puso el cuenco delante y se sentó.

–Bueno y –volvió a retomar la conversación mientras se tomaba la nata a cucharadas– estos Scott y Meg y...

–¿Y qué?
–¿Cómo se llaman los otros del grupo?
–Ah, Rob y Dilip.
–Y Rob y Dilip. ¿Os habéis hecho amigos?
–Sí –respondió saboreando el flan.

Sarah se alegró de haber preguntado. Era una novedad. Patrick nunca había reconocido el concepto de amigo –ni suyos ni de los demás–, y le produjo la emoción que más se le resistía: esperanza.

Con cautela siguió preguntando:
–¿Y cómo es Meg?
–Muy nerviosa con el bisturí.
–Me refiero como persona.

Patrick arrugó mucho el ceño y por fin logró responder:
–Sentimental.
–¿Y eso?
–Quiere ponerle un nombre.
–¿Ponerle un nombre a qué?
–Al cadáver.
–Ah –dijo Sarah, sorprendida de que no lo hubieran hecho el primer día–. ¿Y es guapa?
–Es un hombre.
–No, que si Meg es guapa.

Patrick torció el gesto una vez más y, por su cara, parecía que le hubiera pedido que le resumiera la teoría de cuerdas.
–No lo sé –dijo por fin.

Se guardó las ganas de soltarle una bordería y en lugar de eso le dijo alegremente:
–Bueno, me alegro de que tengas amigos. ¿Y qué hacéis cuando os juntáis? ¿Vais a fiestas... o al pub?

Patrick se encogió de hombros y pasó un dedo por el cuenco para rebañar los restos del flan.
–Nada, solo cortamos al muerto.

18

¿DÓNE ESTÁ MI MOJAR?

Tracy Evans es subnormal. A saber cómo aprobó los exámenes de enfermería, pero tiene la alfabetización y la capacidad de concentración de un crío puesto de cola. ¿Cómo puede confundir «mojar» con «mujer»? ¿Qué tiene que ver mojar con mujer?

Se queda mirando la pantalla y mueve los labios casi en silencio.

–¿Done... estami...? –repite pero entonces pone mala cara–. ¿Qué quiere decir «mojar»?

«Exacto.»

–¿Quieres decir «mujer»?

Parpadeo.

–Ah. Luego viene.

Lo dice alegremente, como si mi mojar viniera a verme todos los días, pero el corazón me da un vuelco y casi se me sale del pecho de la emoción. ¡Va a venir Alice! ¡Alice va a venir a verme! ¿Traerá a Lexi? ¡Hace tanto tiempo! O al menos ¡me lo parece! Espero que Lexi no vaya maquillada ni lleve nada chabacano. Los chicos empiezan tan jóvenes hoy en día... y cambian tan rápido. ¿Habrá cambiado? ¿Y Alice?

¿Y yo?

Parpadeo rápido para llamar la atención de Tracy y deletreo la palabra EPEJO. Aunque se me olvida la ese y ella lo ignora.

–¿Quieres un espejo? –me pregunta.

Como cuesta mucho ser sarcástico con parpadeos, le contesto normal.

Desaparece. Mientras espero veo a dos enfermeras que levantan a la mujer de enfrente en una cama especial que se pone vertical. Ahora sé que el Jesucristo en la cruz con pijama no era más que otro paciente. A saber qué más aluciné por entonces. Yo también he estado en la mesa volcada, y es como una vuelta en un cacharrito de feria para los más pequeños: de esos en los que montas a tus hijos sin miedo a que les pase nada. La vuelta que está dando ahora mi corazón es mucho más emocionante, una montaña rusa de esperanza, miedo y expectación. Seguramente me hará falta un afeitado. Alice dice que el vello facial hace que todo el mundo parezca sospechoso, y Lexi dice que le pincha cuando le doy el beso de buenas noches.

Tracy Evans vuelve con un espejo.

–Ten –me dice, y me lo sostiene tan mal que apenas veo una imagen temblorosa de media cara.

Me basta. Se me contrae el estómago del horror.

Ese no soy yo. ¡Ese no soy yo!

La cara del espejo es un hombre mucho mayor. ¡Diez o veinte años más viejo! Yo soy el hombre de la foto de la mesilla.

Es imposible. ¡No soy tan viejo! Tengo treinta y cinco, y Alice tiene treinta y tres, y Lexi, doce, y *Patch*, siete, y el pez –bueno, los peces vienen y van–, pero yo sé la edad que tengo. Sé que no he estado dormido tanto tiempo. Estoy seguro. La mujer que huele a caucho dice que llevo en coma solo dos meses. No dos décadas.

Es imposible.

El anciano tembloroso se emborrona cuando se me inundan los ojos de lágrimas y parpadeo como un tartamudo.

–¿Todo bien? –pregunta alegremente Tracy.

Sí. No. No lo sé. ¡Llama a la policía! ¡Llama a la policía! Alguien me ha robado pedazos grandes de mi vida y siento la conmoción de la ausencia como un amputado.

Tracy baja el espejo.

–Venga, ahora a dormir, que tu mujer va a venir más tarde.

Quiero aullar. Quiero aullar, gritar y aporrear las mesas con los puños y partirle la cara a alguien. ¿Qué me ha pasado? Tiene que haber un culpable, un responsable. Esto no está bien. Está fatal. Me han cambiado; me han engañado y nadie parece darse cuenta o preocuparse.

En la cabeza soy un diablo vengador, un Hulk cabreado, un Godzilla destrozando la civilización.

En realidad estoy aquí tirado como un trozo de carne.

–¡Aaaaaa! ¡Aaaaaa! ¡Aaaaa! –Así es como no lloro yo, porque no soy yo.

Y no sé dónde me he metido.

19

Estaba siendo un enero frío y en la sala de disección había una luz mustia y gris cuando por fin descubrieron la cara de Número 19.

Las caderas, los nudillos y los estómagos no eran más que versiones en 3D de *Fundamentos de anatomía clínica*. Una vez superada la aversión natural a cortar a otro ser humano, se volvían rutinarias, casi aburridas. Aquello, sin embargo, era muy distinto, y se sumieron en un largo silencio cuando contemplaron por primera vez la cara de la persona cuyo cuerpo conocían más íntimamente que la propia madre o la pareja del difunto.

Era el hombre de mediana edad que tanto tiempo habían esperado conocer. Mick le había afeitado la cabeza antes de embalsamarlo pero seguía teniendo pelos blancos en la nariz y las patas de gallo tan marcadas que habían sobrevivido incluso a la hinchazón de la formalina y la glicerina.

Patrick constató aliviado que tenía los ojos cerrados... y que Scott no hizo ningún intento por abrírselos. También se fijó en que a Meg le temblaba el labio inferior y observó con interés cómo se le deformaba la barbilla.

–¿Por qué estás llorando? –le preguntó.

–No estoy llorando. Calla.

–Tienes lágrimas en los ojos.

–Cállate, Patrick –lo cortó Rob.

Al repasar las caras de la mesa vio que todos estaban sintiendo algo que él no sentía. Sus compañeros parecían... ¿fastidiados? No, no era eso.

De pronto se acordó de la cara de su padre el día que murió *Persian Punch*, y el corazón le dio un vuelco ante la asociación inesperada. ¡Tristes! Sus compañeros estaban tristes. Incluso el doctor Spicer había perdido el color y no dijo nada, algo poco propio de él, y, por primera vez desde que tenía uso de razón, Patrick creyó entender los sentimientos ajenos. Estaba convencido de que tenía razón. El entusiasmo casi lo abrumó. Lo único que quería era asimilar los indicios de las caras para poder reconocer «triste» la próxima vez que lo viera.

–Tiene cara de Bill –dijo Meg, que volvió a restregarse los mocos con la manga de la bata de papel, que ya estaba asquerosa por la grasa amarilla y la sangre color ladrillo.

–Sí, es verdad –corroboró Scott, que recibió una sonrisilla de la chica.

Spicer estaba en la cabeza con el bisturí, y se le unieron con algo más que un asomo de lo que parecían nervios del primer día. Nadie tenía cara de querer empezar. Pese a todas las incisiones que habían hecho hasta la fecha, cortar la garganta con la cara a la vista, era muy distinto; recordaba a una ejecución.

El tutor se disponía a hacer el primer corte cuando cambió de opinión y dijo:

–Creo que Patrick puede hacer los honores.

Los demás respiraron aliviados y se miraron entre sí. Si aquello era el castigo por su infracción previa, todos aprobaron la moción.

Cuando cogió el bisturí que le tendía Spicer, notó un ligero temblor en la mano de este y se preguntó si sería alcohólico. Muchos médicos lo eran, según contaban..., aunque su madre trabajaba en una tienda.

Siguió el dedo de Spicer hasta el punto de partida por debajo del hueso hioides, trazó una línea asesina por la garganta y a continuación hundió la hoja sin reparos por el abultado cartílago del tiroides, a través de la vieja cicatriz pálida, hasta la base del cuello.

–Bien hecho, colega –le dijo Rob, que le dio una palmadita en la espalda.

El gesto terminó antes de que Patrick pudiera removerse.

Orientados por Spicer todos fueron cortando, limpiando y hurgando por turnos, retirando capas flácidas de músculo del cuello hasta que la garganta de Bill estuvo extendida sobre él como los colgajos de un basilisco azorado.

–Tiene algo en el esófago –anunció Dilip, y todos miraron mientras rajaba y abría una hendidura de quince centímetros por el conducto musculoso. Las membranas rosas del interior estaban salpicadas de fragmentos oscuros y gruesos.

–Los detritus faríngeos son muy comunes –los informó Spicer–. Suelen ser sangre o vómito. Solo hay que limpiarlos con los frotis.

–¿Es relevante para la causa de la muerte? –preguntó Scott.

–Puede ser.

–De lujo. Entonces ¿puede que se ahogara o que tuviera una hemorragia interna o algo?

Spicer sonrió vagamente sin revelar nada. Patrick deseó que no fuera así; quería ser fiel a la perla de tumor.

Meg empezó a limpiar los detritus y reveló los múltiples pliegues de la garganta. Al contrario que la carne, a la que los líquidos de embalsamar habían tornado de un extraño color naranja, las membranas y los órganos conservaban el rosa, como en vida.

Había varios rasguños y cortes en el paladar blando y en la parte posterior de la garganta por donde Patrick vio que Dilip había cortado torpemente con el bisturí y, al ver un trozo de látex azul, se miró los guantes como un loco para comprobar que estaban bien. No eran infalibles, sobre todo alrededor de los bordes afilados de costillas y dientes. Patrick respiró aliviado al ver que seguían intactos, aunque, aun así, se los quitó y se puso un par nuevo.

Cuando volvió, Meg había terminado de limpiar la garganta, que resplandecía extraterrestre. Tenía la raíz de la lengua abultada por las papilas gustativas y otros corpúsculos.

–¿Qué es eso? –preguntó Patrick.

–¿El qué? –inquirió Meg.

Estaba tan concentrado que se rozó con el hombro de la chica sin darse cuenta, al inclinarse para tocar un bulto especialmente blanco y descolorido. Logró moverlo un poco, lo sacó con el fórceps y lo puso a la luz.

–¿Qué es eso? –quiso saber Dilip.

–¡Que le has sacado las amígdalas, so bruto! –lo increpó Scott.

–No. No estaba agarrado.

Patrick giró el bulto ligeramente bajo la luz de la tarde. Estaba un poco tostado y medía la mitad que su uña más pequeña, curvado por un lado y liso por el otro, con una pequeña hendidura longitudinal.

–¿Crees que es un tumor? –preguntó Meg, tan preocupada como si tuvieran que darle la mala nueva al cadáver.

–Parece más bien un quiste –sugirió Scott.

–O un nódulo –apuntó Rob–. Suelen salir en las cuerdas vocales.

–Es un cacahuete –dijo Patrick.

Los demás se echaron a reír a pesar de su gesto serio.

El doctor Spicer confirmó el diagnóstico de Patrick.

–Seguramente le habrá subido desde el estómago con el resto de los detritus.

–En el estómago no tenía nada –le recordó Patrick.

–Pues será por eso –intervino Rob.

–Seguro que se ahogó con él –insistió Scott.

–Es muy pequeño, ¿no? Algo de ese tamaño no puede impedir el paso del aire. Se le colaría por los pulmones y punto –comentó Dilip.

–¿Cuáles son los síntomas post mórtem de la asfixia? –preguntó Spicer.

–¿Sangre en los ojos? –sugirió Meg.

Scott se inclinó sobre la cara y Patrick apartó la vista mientras le comprobaba los ojos hundidos.

–*Ttc, ttc*. Mierda. Me rindo. Voy a preguntarle a Mick.

Scott se alejó y Patrick metió el cacahuete en otra bolsa.

–No creo que eso sea necesario –dijo riendo Spicer.

–Todo lo que saquemos o quitemos de los cadáveres se embolsa y se etiqueta para devolverlo a final de curso, cuando se proceda al enterramiento o la incineración –contestó Patrick, y Spicer puso cara de perplejidad al oírse citado literalmente.

–¿Quieres hacerte el gracioso? –le preguntó con cautela.

–No lo creo –dijo Patrick, que cerró la bolsa, la etiquetó y la puso bajo la mesa de disección, junto al brazo izquierdo y los dos pies de Bill y la grasa y la piel de ese día.

Spicer sacudió la cabeza y volvió la atención a la mesa.

Scott regresó de la oficina con el ceño fruncido y todos se le quedaron mirando, expectantes.

–No es asfixia, pero tampoco quiere decirme qué es. Al cabrón le mola vernos sufrir.

Todos se volvieron hacia la oficina acristalada. El técnico de laboratorio calvo los saludó con la cara más alegre que le habían visto hasta la fecha.

Cuando dieron las cinco los alumnos empezaron a quitarse los guantes para irse.

–Nos vemos mañana, Bill –dijo Meg.

Patrick no se fue.

En lugar de eso metió los dedos en la boca del cadáver y tanteó el interior de los labios tiesos y la lengua acartonada. Después los pasó también por el otro lado, meneando el índice por detrás del paladar blando y la cavidad nasal.

–¿Qué haces? –le preguntó Meg, volviendo hacia la mesa.

–Buscando vómito.

–¿Ha habido suerte?

Patrick la miró al otro lado del cadáver.

–¿Encontrar vómito con el dedo en la boca de un muerto es tener suerte o no?

Meg hizo una pausa y luego sonrió.

–Estás bromeando.

–Puedes reírte si quieres.

La chica se encogió de hombros y respondió:

–A lo mejor luego.

Patrick rebuscó concienzudamente y luego levantó un dedo azul limpio.

–Qué suerte –dijo, y Meg se echó a reír.

20

Hoy he cerrado la boca hasta que los dientes se han tocado. He hecho fuerza, he sudado, he gruñido y he gesticulado y, al sentir el esmalte contra el esmalte, he llorado de alegría, como no lo hacía desde que nació Lexi. Tanto que Jean ha tenido que venir para sonarme la nariz con un rociador de salsas..., o algo muy parecido.

–¡Bien hecho! –me ha dicho, enjugándome los ojos y las mejillas, y sonriendo como si lo sintiera de verdad.

Ha sido muy importante. Si quiero averiguar lo que me ha pasado, tengo que ser capaz de hablar. Tengo que saber cuánto tiempo llevo aquí y qué ha pasado desde el accidente. O incluso antes. O durante. ¿Puedo siquiera confiar en esos recuerdos?

La mujer que dice ser mi esposa sigue viniendo a verme y continúa siendo una extraña. Alice y Lexi siguen sin venir. ¿Será por algo que hice mal? Sigo teniendo la sensación de haber hecho algo mal pero ¡no sé qué!

Y no lo voy a averiguar guiñando los ojos.

Cuanto más puedo hacer, más me doy cuenta de que lo necesito. Abrir los ojos fue lo primero, y eso caducó rápidamente. Luego sacar la lengua sentó un precedente. Ahora cerrar la boca para ayudar a formar las palabras se ha vuelto también crucial, y el roce de los dientes me llena de euforia.

Estoy tan contento que no me avergüenzo de llorar.

A Leslie, por supuesto, no le impresionó mi alegría.

–Qué mayor –me soltó, y luego me tiró una almohadilla rellena contra el pecho.

Patrick bajó por Park Place en la bici con mil cosas en la cabeza. Había sido un día para enmarcar.

Había reconocido la tristeza en sus compañeros: había comprendido de verdad algo sobre la gente, en lugar de sentir solamente desinterés o confusión. Era un avance extraño –teñido con el desasosiego por el recuerdo de su padre–, pero no podía quitarse de la cabeza la sensación de que había sido un momento especial.

También sentía que, aunque todavía no sabían la causa de la muerte, estaban acercándose, aunque solo fuese por un proceso de eliminación. El tumor cerebral era cada vez más probable, y la perspectiva de tener razón siempre era buena. Es más, le habían permitido hacer las primeras incisiones en la garganta, las más difíciles, lo que suponía que el doctor Spicer debía de pensar que era el más válido del grupo..., mejor que Scott. La idea de ganar el premio al mejor alumno de disección le resultaba atractiva.

Después, Rob le había tocado y no le había entrado el pánico, por mucho que el hombro se le hubiera encogido al contacto. Y había verificado que no había más vómito en la boca del cadáver. Patrick no estaba seguro de por qué lo había hecho, pero sintió la obligación de comprobarlo.

Por último, y para su sorpresa, había hecho reír a Meg. Eso también lo había sorprendido, aparte de producirle otra sensación interesante que le costó un rato identificar como placer.

Estaba demasiado entusiasmado como para volver a casa. Vagó por la ciudad sin rumbo fijo durante horas mientras las oficinas apagaban las luces; después volvió a los jardines del castillo y corrió por los caminos oscuros entre rosas durmientes, hasta que no pudo pensar en otra cosa que en el ardor de los pulmones y los miembros. Entonces apoyó la bici contra un roble y se sentó en la hierba. Cuando la respiración se le hubo ralentizado, apoyó la espalda contra el tronco y disfrutó del enfriamiento.

Cerró los ojos y oyó el cimbreo de las ramas y el frufrú de los animalillos que lo rodeaban. En la oscuridad, y con el olor a hierba y tierra por el aire, casi esperó oír la tos cordial de una oveja. Se quedó dormido al poco tiempo, con las piernas cruzadas, la cabeza apoyada y las manos vueltas en el regazo, como si buscara iluminación en la salida de la luna.

Se levantó temblando, justo antes del alba gris malta, y se vio ante un joven con un chándal blanco que estaba sentado casi en la misma posición que él, pero con un destornillador grande en las manos vueltas.

–Podría haberte matado mientras dormías –le dijo como si tal cosa.

Patrick se levantó lentamente, cogió la bicicleta y se fue. Al volver atrás, el joven no era más que un tenue borrón con la vista clavada en el tronco vacío.

De vuelta a casa se encontró con que se había perdido una fiesta. Había alguien desmayado bloqueando la puerta y le costó cinco minutos entrar, y otros dos asegurarse de que la chica del suelo no estaba muerta.

El pasillo estaba minado de vasos de plástico y botellas vacías, y a mitad de la escalera se encontró un cuenco de palomitas con un zapato dentro.

Kim estaba en el sofá del salón comiéndose una tostada con un hombre de unos cuarenta años que solo llevaba puesto el quimono corto de la chica.

–Buenas, Patrick –lo saludó ella con una risita–. Te presento a mi novio, Pete.

Patrick estaba confundido.

–Yo creía que eras lesbiana.

Kim volvió a reírse y Pete le guiñó un ojo a Patrick.

–Eso creía ella también.

–Ah –dijo Patrick. La mañana empezaba a postularse como la más rara de la historia.

Pete se inclinó para lamer los restos de mantequilla que tenía Kim en la mejilla. Patrick se quedó mirando el televisor.

–No te cortes –le dijo Kim.

–No estoy cortado. Pero le veo los huevos a Pete.

Dejó la bici en el pasillo y subió a ducharse. Jackson le salió al paso en lo alto de la escalera.

–¿Lo has visto? –le preguntó en un susurro.

–¿Que si he visto a quién?

–¡A Pete!

–Sí, todo su ser.

–¡Se suponía que era lesbiana! –bufó Jackson–. Si pensaba cambiar de acera, podría habérmelo dicho.

Patrick no entendía por qué Kim tenía que decirle nada a nadie.

Personalmente él habría preferido no saber nada sobre su lesbianismo, su vegetarianismo, su arte informe o las pelotas afeitadas de su novio. Era todo un entuerto mental para él.

–¿Y para qué querrías saberlo?

Jackson resopló e hizo un aspaviento.

–Déjalo, nunca lo entenderías.

Patrick había oído esas palabras miles de veces en su corta vida, y siempre las había creído. Pero de pronto, por primera vez, sintió que tal vez no fueran ciertas. A lo mejor no lo entendía en el momento, pero ¿y si lo comprendiera en algún momento futuro? ¿Acaso no había entendido la tristeza? Había hecho reír a Meg. ¿Y si entender a la gente viva era algo que pudiera aprenderse, como la anatomía o el abecedario?

–A lo mejor sí que puedo –le dijo con cautela; no quería comprometerse a nada demasiado drástico.

–Ya, claro –respondió con sorna el otro chico–. A lo mejor.

Le subió los ánimos aún más. ¡Jackson estaba de acuerdo! ¡A lo mejor sí que podía aprender! Y si algo podía aprenderse, entonces Patrick sabía cómo.

Solo hacía falta perseverancia.

21

Patrick faltó el día que tocaron los ojos, pero cuando volvió a la clase siguiente, se encontró con que habían serrado las tapas de los cráneos de todos los cadáveres.

Había treinta cerebros como otras tantas nueces gigantes, y el olor a polvo de hueso recién cortado flotaba en el aire. La sierra circular estaba donde Mick la había dejado en la encimera, al lado de la puerta, como un atrezo de una película de miedo, con piel y carne desgarrada colgando aún de los dientes.

Se disponían a emprender la última fase de la disección y Patrick sentía los nervios de la expectación. De pronto fue muy consciente de su propia cabeza, e imaginó todo lo que pasaba por dentro, la electricidad, las conexiones y la creatividad. Algo surgido de la nada que estallaba desde la penumbra e iluminaba el camino hacia el universo.

¿Cómo acababa todo eso?

¿Dónde iba a parar?

Y una vez que se apagaba, ¿podía volver a encenderse?

De momento Número 19 se empeñaba en seguir muerto. Pero si quedaba alguna chispa –o alguna promesa de algo más que una chispa–, debía encontrarse allí, en el más tentador de los órganos.

A lo largo de la mañana, sacaron el cerebro haciendo palanca con las cucharas, y chapoteó en las manos de Patrick como un globo lleno de agua. Tembló un poco mientras le daba la vuelta, con los ojos y los dedos tanteando la mente de gelatina en busca de pistas, mientras los demás lo miraban desde detrás y lo señalaban con dedos azules.

Patrick sintió que el entusiasmo se transformaba en decepción. Y no la de un niño al que se le niega un capricho, sino de esa que hace que te duela el pecho y que la barriga se te revuelva con las náuseas, cuando te arrebatan todas las esperanzas.

No había nada.

Las circunvoluciones apiñadas estaban envueltas en duramadre, decoradas con una maraña de nervios y alimentadas por gruesos carriles arteriales como minas abiertas en pudin blanco. Los pliegues gris rosado atraían a Patrick con su misterio perfecto. Tenía entre sus manos lo que quiera que había hecho de Número 19 la persona que fue, y aun así no había rastro de él, ni pistas de cómo había desaparecido. No había perlas, ni tumores ni pasadizos secretos al más allá.

Sintió que lo abandonaban las esperanzas.

La muerte era un Big Bang a la inversa; un juego de magia imposible en el que todo se había convertido en nada en el mismo instante en el que un estado había sido sustituido de tal manera por otro que no se podían detectar indicios del primero, y en que el catalizador se había evaporado por el mero impacto de lo nuevo.

Patrick sintió que se le acaloraba la cara y se quedó mirando como un tonto la broma perfecta que se le desparramaba por las palmas.

Si no había respuestas ahí, entonces ya no sabía dónde buscarlas.

Le tendió el cerebro a Dilip y salió de la sala de disección confundido.

Patrick estaba en el comedor sin comer patatas fritas, pudin de chocolate ni bocadillo de jamón york, en ese orden.

Al otro lado de la ventana, enfrente de la que siempre se sentaba, estaba la barra donde siempre ataba la bici. Podía cogerla y largarse. Ya no había allí nada para él: ahora que sabía que un hombre muerto no le daría más que un pájaro muerto..., que un padre muerto.

Si hubiera cogido su mano, ¿lo habría anclado eso a la vida?

¿No lo habría atropellado el coche?

¿O los habría atropellado a los dos... y les habría revelado la verdad a los dos en vez de solo a uno?

–¿Puedo sentarme contigo? –le preguntó Meg, que se sentó antes de que él pudiera decir nada al respecto–. Un penique por tus pensamientos.

–¿Cómo?

–Un penique por tus pensamientos. –Patrick la miró inexpresivo y Meg se ruborizó lentamente–. Solía decírmelo mi abuelo. Si te doy un penique, tú me dices lo que estás pensando.

A Patrick no le gustó cómo sonaba el juego.

–¿Es obligatorio?

–No, claro que no.

–Es que ni siquiera me has dado un penique.

–Es un dicho tonto. No tienes que tomártelo al pie de la letra.

Pero Patrick seguía turbado por el concepto.

–Y además un penique no es nada. Con un penique no se compra nada. Tendrías que pagar mucho más.

Meg suspiró.

–No tienes que contarme nada.

–Ya lo sé.

–Lo único que quería saber es si estabas bien, nada más.

–No, no lo estoy.

–¿Qué te pasa?

Patrick removió el pudin de chocolate mecánicamente, haciendo rechinar la loza con la cuchara.

–No hay nada ahí, solo carne. Carne y mierda.

–Ah, ¿y qué esperabas? –le preguntó con cautela.

–Otra cosa, ¡algo más!

Era raro, pero tenía ganas de llorar y sentía un nudo en el estómago que le dolía como aquel día, cuando lo del empujón por la espalda y el bate en la cara. Ahora sabía cómo identificar triste. ¿Era eso lo que se sentía? No le gustaba.

–Pero hay más –contestó Meg, cogiendo el salero para acentuar las palabras–. Que no lo sepamos no quiere decir que sea menos... fascinante. ¿No lo notas?

–No, no puedo. Si alguien muere y no lo ves, ¿cómo sabes si ha pasado realmente?

–Si no ves ¿qué?

–La cosa que cambia entre aquí y allí, entre la vida y la muerte. No puedo sentirlo; quiero verlo. Quiero saber lo que es.

–Todos llegamos a saberlo algún día.

–¡Pero yo quiero saberlo ya! –espetó.

Se hizo un silencio mientras Meg miraba el agujero costroso donde vivía la sal. Carraspeó y le dijo:

–Tú eres diferente, ya lo sabes.

–Soy diferente de ti, pero no de mí.

–Es verdad. –Le sonrió y luego volcó con cuidado una montañita de sal sobre la mesa–. ¿Cómo es ser tú? –le preguntó entonces.

A Patrick lo pilló desprevenido. Nadie nunca le había preguntado cómo era ser él, ni siquiera su madre.

¿Cómo era? Ni él mismo había considerado antes la pregunta. Nunca le habían pedido que llegara a una conclusión y la compartiera con otros. Pero Meg no lo había insultado y no estaba cargando contra él, así que, por primera vez en su vida, buscó dentro de sí con la esperanza de contarle algo, algo que mostrarle, igual que Número 19 había aceptado que lo abrieran y lo desmontaran.

–Es... –Restregó líneas de chocolate por el fondo del cuenco mientras intentaba acorralar sus sentimientos y expresarlos en palabras. Meg aguardó–. Es muy...

Apretó los dientes. Era una locura. Había tanto..., podía sentir un millón de cosas surcándole por dentro, y aun así seguía saliendo con las manos vacías. Era como meter la mano en una pecera llena de pececillos e intentar coger uno. Lo probó una vez en una tienda de animales y no había funcionado, y además su madre le había dado un cachete.

Meg seguía esperando y, de pronto, Patrick sintió una gran frustración, ardiente y tensa, por su incapacidad para explicar cómo era.

–Es muy –dijo con energía–. Muy muy.

–¿Muy qué? –le preguntó tranquilamente.

Pero no tenía nada que darle, pese a sus esfuerzos.

Metió la cuchara en el cuenco con tal fuerza que resonó, y el chocolate salió disparado por la mesa.

–Muy –dijo Patrick.

La gente se volvió para mirarlos con un cuchicheo repentino. Luego las caras se volvieron y se apagó el zumbido bajo de voces y ecos.

Meg se limitó a asentir.

–Sí, tiene que serlo.

22

Están intentando matarme.

No creo que sean imaginaciones mías, por mucho que sea justo eso que está diciéndole el médico a la mujer que dice ser mi esposa. Cuando pienso en ella pienso en mi «mojar»..., que no es lo mismo.

–La paranoia es común... al salir del coma... –susurra intentando que no lo oiga, pero capto perfectamente la esencia–. Una respuesta normal..., situación.

Ambos me miran con la misma expresión: preocupación y pena, y la necesidad de ocultarme las cosas por mi propio bien.

A lo mejor no estaría paranoico si no fueran a por mí: a la imbécil de Tracy Evans le da por desenchufarme el monitor del corazón para enchufar la maquinilla de afeitar; a la limpiadora le gusta darle a la cama con la fregona para ver si me despierto; y los médicos, que se ponen a mi lado –muy pegados y vigilantes– y toman notas ávidas que cuelgan en mi cama para que las vea todo el mundo menos yo. Cada vez que tengo uno a mi lado, el sudor me baja hasta los ojos y me los escuece a modo de advertencia.

Incluso mi mojar. Se supone que tiene que estar de mi parte. No parece darse cuenta de que soy un viejo. Dice que me quiere; me llama «cariño».

«Alguien mató al hombre de esa cama.»

Miró la pantalla del cacharro y luego a la otra cama con el

ceño fruncido: como si el hecho de que el hombre ya no estuviera allí arrojara dudas sobre mi afirmación.

«Secreto –le rogué con los párpados–. Secreto.»

¿Es que no sabe inglés?

Ahora el médico me mira, pero le susurra a ella:

–Infección..., varios días. A veces..., ataque cardíaco repentino..., vulnerable.

Otra vez: «Vulnerable».

Lo que me hace más vulnerable sois vosotros, cabrones, murmurando sobre mí por las esquinas. ¡Puede incluso que sea el mismo médico! ¡El asesino! Ahora sabe que he visto algo. ¡Ahora lo sabe! ¿Qué va a hacer al respecto?

Lo

que

quiera.

Que os den, médicos. Que os den, enfermeras. Que te den, mojar. Es la última vez que me fío de vosotros. La última vez que me confío.

Vuelve y empieza a repetir las mentiras.

–Sam, cielo, el médico dice...

–Aaaaaaaaa. Iiiiiiiiiiiii... –Hondo y rechinando.

–Cariño, estoy intentando...

–AAAAAAAAA. IIIIIIIIIIIII... ¡Ga! ¡Ga! ¡Ga!

Quiero que me devuelvan a mi mujer. Quiero a mi hija. Quiero hablar, comer y mover mis propios pies. Quiero saber qué le pasó al hombre de la cama de al lado y qué me pasó a mí. Si tengo que hacerlo yo todo, lo haré; no puedo confiar en nadie más... Ahora lo comprendo.

–¡Ga! ¡Ga! ¡Ga! –Me esfuerzo todo lo que puedo para hacerle entender lo enfadado que estoy.

–Sam, por favor...

Me coge de la mano y cierro los ojos; sé lo mucho que le duele.

Empieza a llorar, y a mí me da exactamente igual.

23

Cuanto más frotaba la alfombra de su cuarto, más se sentía Patrick traicionado por el cadáver. Número 19 no era un conejo ni un cuervo; era un hombre, como su padre, y tenía la impresión de que, de algún modo, había incumplido un contrato de la especie por el que tendría que darle las respuestas que buscaba. En lugar de revelarle lo que pasa cuando una persona deja de funcionar, Número 19 solo había acrecentado su confusión con su causa de muerte misteriosa. Y Meg se lo había restregado en la cara con eso de lo ignorantes que eran todos. Como si Patrick no lo supiera...

Le ponía malo estar confundido, que todo lo confundiera.

Al principio perder a su padre le había provocado una confusión similar a perder un guante o un calcetín. Esas cosas no dejan de existir solo porque no se vean; siempre existen en alguna parte: debajo de la cama, en la lavadora, entremetidas en el sofá..., y siempre acaban apareciendo.

Tarde o temprano, dependiendo del empeño con que se busquen.

Y Patrick había puesto mucho empeño. Desde que la orientadora del colegio le dijera lo de la puerta de un solo sentido, había intentado encontrar alguna señal de dónde estaba y cómo se abría. Al principio, la buscó en los animales y los pájaros que recogía por los Beacons y llevaba a casa, luego en las caras de los muertos que encontraba en las colecciones de postales macabras, o en los moribundos de los hospitales de campaña de África que salían en el telediario de las diez. Por último la buscaba en los ojos de los caballos de carreras mientras esperaban pacientemente la bala por sus patas partidas, en el único deporte en que la muerte se televisaba como si tal cosa. Incluso en todas las caídas, Patrick sentía la conmoción de lo inevitable, y luego un hormigueo por la barriga: una burbuja de expectación por si era esa, ese el caballo, ese el momento en que todo se le revelaría, en que la puerta se abriría con un chasquido y le dejaría vislumbrar un Narnia de muerte al otro lado.

Nunca había estado cerca.

Demorros, *Málaga*, *Freezeout*, *Tómbola*. Todos sabían ya el secreto que él deseaba conocer con tanta desesperación, pero verlos morir solo lo dejaba más vacío aún. Así y todo Patrick escribía a lápiz los nombres en listas mudas, porque ¿quién si no iba a señalar su fallecimiento? Su padre había recordado a *Persian Punch* con una pinta y un botellín de Coca-Cola; creía que era justo hacer algo.

La alfombra estaba asquerosa. Ya había vaciado dos veces el cubo del agua sucia y solo había conseguido limpiar bien un trozo de un palmo cuadrado. Bajo el marrón oscuro estaba el naranja feo. A Patrick no le gustaba, pero estaba empeñado en volver a sacarlo a la luz.

Vació más agua negra en el baño, rellenó el cubo y añadió otro chorreón de lejía.

–¿Qué haces? –le preguntó Jackson.

–Nunca lo entenderías –le respondió Patrick.

–¿Eh? –contestó el otro, y Patrick le enseñó el cepillo de frotar.

–Estoy limpiando.

–Ja, ja, muy gracioso –dijo Jackson, que siguió entonces a Patrick hasta su cuarto y se quedó en el umbral como si la limpieza fuera el nuevo deporte de moda.

–¿Has visto a Pete últimamente?

–¿Cómo de últimamente?

–¿En las últimas dos semanas?

–No.

Patrick se dio cuenta de que no iba a poder con todo de una tacada, de modo que dividió mentalmente en cuadrados la parte visible de la alfombra.

–Creo que han roto –prosiguió Jackson.

No sintió que debiera responder. Aunque tampoco tenía nada que decir. O una opinión…, pero albergaba la esperanza de que Kim hubiese lavado el quimono.

–¿Crees que tengo alguna oportunidad?

Se sentó sobre los talones y lo pensó. No tenía claro de qué estaba hablándole, pero las carreras de caballos le habían enseñado que todo tenía una oportunidad: la gloria o la muerte.

La idea lo envalentonó, y de pronto sintió que su determinación volvía a la superficie desde el lodo de la traición. Tenía la misión de resolver un misterio mucho mayor que la causa de la muerte de Número 19, de modo que ¡no iba a permitir que algo tan simple como eso pudiera con él!

–Sí, lo creo.

–¡Gracias! –le dijo Jackson, que en un arranque de generosidad añadió–: La alfombra te está quedando perfecta.

«Todavía no», pensó Patrick, pero le quedaría perfecta. Se levantó y dejó el cepillo en el cubo, que salpicó agua. Estaba lleno de esperanzas renovadas, y volvía a tener despejadas la cabeza y la nariz. Se preguntó por un momento si sería por la lejía.

Cogió la bici de la pared y bajó la escalera.

No iba a dejar que le vencieran ni una alfombra ni un cadáver.

4017.

Patrick se enervó: no había necesidad de un código tan aleatoriamente ofensivo.

La puerta del ala de anatomía se cerró tras él, conteniendo el flujo de estudiantes y dejándolo a solas en el sereno arroyo del pasillo que daba a la sala de disección y, más allá, a la escalera que bajaba a la sala de embalsamado donde Mick pasaba gran parte del tiempo.

Las Pumas rechinaron sobre las baldosas rayadas.

La puerta blanca doble de la sala no estaba cerrada. No era día de disección, de modo que los cadáveres yacían pacientes en sus mesas, perdidos sin los estudiantes que los cuidaban. Patrick distinguió la forma curva de Número 19 desde el otro lado de la sala y le embargó una sensación de desafío que nunca antes había experimentado.

«No puedes ocultarme ningún secreto.»

Mick no estaba en la oficina; una nota que había en la puerta esmerilada le informó de que volvería a las tres. Miró la hora; solo eran las once de la mañana y estaba saliendo todo muy rodado como para tener que volver a las tres y media. Las tres y media quedaban a años luz.

Probó a girar el pomo y la puerta se abrió. Entró.

Mick era un buen amo de su oficina. Los estantes estaban bien ordenados, el suelo muy limpio y solo había una maceta sobre el archivador. La mesa estaba despejada, salvo por un cubilete con dos bolígrafos y una bandeja para cartas con tres compartimentos que solo contenían formularios de donación y cremación. Patrick aprobó el orden, aunque eso supusiera que la lista con las causas de muerte no estuviese a la vista.

Su determinación se convirtió en frustración en un visto y no visto. El cadáver seguía intentando engañarlo. Aún atesoraba sus misterios, a pesar de estar muerto y de que ya no le servían de nada.

Pero Patrick había esperado demasiado y había trabajado muy duro. Se merecía saber las respuestas, no era nada malo, y estaba en su derecho.

Había visto series y películas en televisión en las que la gente hacía cosas como colarse en la guarida de los villanos para descubrir secretos de Estado, de modo que sabía que era posible, por mucho que en el cine lo pintaran como una operación de nivel que no podía conseguirse sin satélites de comunicación y una ganzúa..., y al menos un jersey negro de cuello vuelto. No tenía nada de eso. Tras repasar con la vista el cuartucho vacío, volvió a la sala de disección y cogió un robusto tenedor de trinchar de la bandeja blanca que había al lado de la puerta.

Introdujo las púas en el cajón metálico para hacer palanca y abrirlo. Se fijó en que al hacerlo la maceta de encima del archivador se ladeó ligeramente. No podía dejarla así..., lo supo nada más verla. Ni siquiera podía concentrarse en la tarea que tenía entre manos hasta que no estuviese bien.

Soltó el trinchador.

Bajo la maceta había un platillo y, debajo, la llave del archivador.

Dentro del primer cajón que abrió, el de arriba, estaba la lista.

Así de fácil.

En la carpeta estaba el formulario que solo había vislumbrado antes en las ocasiones en que Mick se paseaba entre ellos deseándoles lo peor. Los ojos de Patrick fueron directamente a la última columna, con el encabezado de «CDM», «causa de la muerte».

Número 19 había muerto de un fallo cardíaco.

Era imposible.

Patrick había sostenido el corazón entre sus manos. No tenía estenosis, ni coágulos ni aneurismas. Había ido hasta allí para revelar un secreto y resultaba que era mentira. Se quedó mirando la lista, sintiéndose engañado y queriendo algo más, y se fijó en que en la primera columna ponía «Nombre». Bajó los ojos por la lista.

–¿Qué haces aquí?

Se volvió. Mick estaba en el umbral.

Patrick miró la hora.

–¿Qué está haciendo aquí? En la nota ponía que no volvía hasta las tres y media.

Mick abrió la boca y arqueó tanto las cejas que casi rozaban donde habría estado el nacimiento del pelo de no ser calvo. Franqueó el par de pasos que los separaban y le arrebató la carpeta de las manos.

–Esto es información confidencial.

–Quería ver la causa de la muerte. Eso no es confidencial. El doctor Spicer nos dijo que podíamos preguntarle en cualquier momento, y ahora es cualquier momento, y no estaba para preguntarle, por eso lo he mirado.

–Has abierto un archivador cerrado.

–He usado la llave.

–La llave escondida.

–Si hubiera estado escondida, no la habría encontrado porque no estaba buscándola.

Mick pasó a su lado y devolvió la carpeta al cajón. Luego lo cerró de golpe y echó la llave, que se guardó en el bolsillo.

–¿Cómo te llamas?

¿Por qué todo el mundo se empeñaba en saber cómo se llamaba?

–Patrick Fort.

–Estás en un buen lío.

–¿Y eso?

–Acabo de decírtelo.

–¿Por qué? –Patrick estaba confundido; se lo había explicado todo.

–A mí no me vengas con jueguecitos. Voy a contárselo al profesor Madoc.

–Vale.

Mick parecía decepcionado por que no se mostrase más preocupado ante la perspectiva.

–Bueno, venga, ya puedes largarte.

–Vale –dijo Patrick, pero no se fue–. Creo que la causa de la muerte no está bien.

–¿Cuál?

–La de Número 19. Pone fallo cardíaco, pero el corazón estaba bien.

–Si es lo que pone en el certificado médico, eso es lo que hay. Yo no soy médico y tú tampoco... Todavía te queda mucho.

–Ya lo sé. Pero...

–Ni pero ni pera. Esta conversación se ha terminado.

–Vale –dijo Patrick, que entonces empezó otra–. Cuando la gente muere, usted embalsama los cuerpos, ¿no es eso?

Mick lo miró, pero no respondió, de modo que prosiguió:

–¿Dónde van luego?

–Los traen aquí. Y cuando vosotros acabáis con ellos, vuelvo a poner todos los trozos en la bolsa y se los devuelven a las familias para que hagan el funeral.

–Los cadáveres no. La gente.

–¿Cómo?

–¿Hay una salida?

–¿Una qué?

–Una salida..., en sus cabezas. Como una puerta por la que pasan.

–¿Igual que la que yo tendría que haber cerrado?

–Sí, como esa. Una especie de barrera por la que la gente pasa cuando muere.

Mick entornó los ojos; sacudió la cabeza y puso cara de extrañeza.

–No –dijo por fin.

–Entonces ¿qué les pasa? ¿Adónde van? ¿Pueden volver?

El técnico se quedó mirando a Patrick un buen rato y luego alargó la mano para coger el teléfono.

–Espera un segundo. Voy a ver si la policía lo sabe.

–Vale –contestó el chico, que se quedó esperando a ver si la policía lo sabía.

El otro marcó los dos primeros nueves con mucha parsimonia, sin dejar de mirarlo, pero entonces suspiró y colgó.

–Anda, lárgate, haz el favor.

–Vale.

Con la emoción se le había olvidado ponerse los guantes y, para cuando volvió a casa con la bici, tenía los dedos rojos y entumecidos. Abrió el agua caliente del fregadero y las metió debajo del chorro, mirando por la ventana que daba a la verja del vecino, mientras dejaba vagar su mente como un alga en la marea cambiante. La ventana estaba sucia; iba a tener que limpiarla. Tenía hambre y se había quedado sin pan. Cuando se calentase las manos se pondría los guantes e iría a comprar patatas a la vuelta de la esquina. Se le hizo la boca agua ante la idea del vinagre, y pensó en los recodos y vericuetos que tendrían que dar las patatas hasta bajarle al estómago; en todos los sitios que tendrían que evitar colarse; en todas las opciones que su cuerpo tomaría por ellas, toda la química que tendría que emplear para hacerlas bajar; en cómo los músculos peristálticos las guiarían por la ronda de circunvalación de sus intestinos hasta expulsarlas al día siguiente por la mañana.

Patrick apartó las manos del agua y se las secó con un trapo mientras el cerebro volvía inevitablemente al timón hacia lo que mató a Número 19.

La lista de la carpeta era casi tan decepcionante como lo había sido el cerebro del muerto. Solo había podido vislumbrar un poco más de información, una victoria muy menor en una guerra fallida de secretos.

El cadáver se llamaba Samuel Galen.

24

–No está mal, Sam –me dice Leslie con su habitual desánimo. Pero en su idioma son halagos, así que redoblo los esfuerzos para entrenar mi lengua: estirar, succionar, soplar y rebuznar–. Ya mismo estás comiendo y bebiendo –añade de mala gana.

Aunque es una mentira como una casa de grande, es cierto que algo avanzo. La lengua es un artilugio extraordinario. Lo pienso a menudo, ahora que tengo depositados todos mis sueños y esperanzas en ella, y menos de una semana después de que mi mojar me traicionara con un asesino en potencia, Jean y Tracy me incorporan en la cama y me meten zumo de naranja por la garganta.

Maná de los dioses. Sé que todo es relativo pero me ha sabido tan bien que me he echado a llorar y todo.

–¡Ay, mira lo contento que está! –observa Jean.

–Ayyy –repite Tracy Evans como un papagayo, pero se nota que no le interesa.

Apenas me mira y no deja de darme con la cucharilla en los dientes. Está buscando al hombre al que intenta..., en fin, seducir es una palabra demasiado elegante. Se cree que no nos damos cuenta. Supongo que piensa que somos todos unos vegetales, pero yo la veo venir; sé lo que anda tramando. Conozco a las chicas como ella de la Hot Stuff de Merthyr. Todos los tíos las conocen..., en ocasiones un par de veces por noche.

Me echa el zumo demasiado rápido y siento la horrible y extraña sensación de que se me va por el lado que no es.

–¡Aa!

Jean se da cuenta... Dios la bendiga. Pega un brinco y se va en busca de una máquina que he visto utilizar con otros pacientes. Es como una aspiradora, y me la mete por la garganta y con un desagradable traqueteo me succiona todo lo que hay en el conducto del aire mientras Tracy se queda de brazos cruzados, como si yo estuviera montando un numerito por nada y más me valiera no culparla. Pero en los ojos de Jean veo lo serio que puede ser.

Vuelve a meterme el tubo horrible otras dos veces y recoge mucosa aguada y naranja en una bandeja con forma de riñón mientras los ojos me lloran con algo similar e intento seguir respirando.

Por fin para y se lleva a Tracy. Para echarle la bronca, espero.

Me quedo jadeando, y sintiéndome como si me hubieran pegado por dentro, y toda mi esperanza renovada se arruga en una pelota tonta que lanzo lejos.

Aunque no estén intentando matarme, podrían llegar a conseguirlo y todo.

No puedo hacer otra cosa que estar aquí tendido y esperar.

–Patrick Fort –le dijo el profesor Madoc como si fuera un amigo al que no hubiera visto desde hacía mucho–. Siéntate.

El chico lo obedeció y miró a su alrededor. El profesor jugueteó con un cubo de Rubik tras la vasta mesa de madera, sobre la que había dos fotografías con marcos de plata: una de una joven sonriente y la otra de un barco. En la pared de detrás tenía otra del mismo barco, con él bronceado y con cara de rico, saludando desde las profundidades acolchadas y rojas de un chaleco salvavidas. Patrick leyó el nombre pintado en la proa: *La Cortante.*

–Dichoso trasto –increpó el profesor al cubo–. ¿Alguna vez lo has hecho?

–Sí –respondió Patrick.

Dejó el cubo en la mesa y se aclaró la garganta.

–Me han contado que has tenido un par de roces, Patrick. Unos problemillas.

–No, ningún problema.

–Eso no es lo que me han dicho.

–Vale.

El profesor leyó de un papel que tenía delante:

–Conducta inapropiada con el personal, un altercado que casi llega a las manos con un compañero al lado de un cadáver, ignorar el protocolo de disección y acceder sin autorización a detalles confidenciales de una donación.

–Quería saber la causa de la muerte; eso no es confidencial.

–Esa no es la cuestión. –Las manos se le fueron hacia el cubo, pero las retuvo a tiempo y, en su lugar, tamborileó con los dedos sobre el escritorio–. Abriste un archivador cerrado.

–Utilicé la llave.

–Si estaba cerrado era por algo.

–¿Qué algo?

–Por una cuestión de confidencialidad.

–Pero la causa de la muerte no es confidencial.

¿Cuántas veces iba a tener que repetirlo?

–Pero la identidad del donante sí.

–Pero a mí me da igual la identidad del donante. Yo solo quería saber la causa de la muerte.

–Mira –replicó el profesor en un tono más seco–, esto es una facultad de medicina, no una guardería. No vamos a tolerar esa clase de perturbaciones por parte de nuestros estudiantes, ni siquiera con los que tienen problemas.

–¿Qué problemas?

El profesor Madoc se tomó su tiempo para rectificar su franqueza.

–Entendemos que tienes Asperger, Patrick, y sin duda hemos hecho nuestras concesiones por ello, pero tengo que advertirte oficialmente de que no podemos hacer concesiones infinitas. Si recibo más informes de incidentes de esta naturaleza, me veré obligado a suspender tus estudios en Cardiff. ¿Me entiendes? –Patrick arrugó los labios–. ¿Me entiendes o no?

–Sí, le entiendo. Solo estaba intentando decidir si me importaba o no.

El profesor Madoc arqueó las cejas igual que había hecho Mick.

–¿Qué quieres decir?

–Que puede que no me importe, que a lo mejor ya haya terminado aquí. No sé si tiene sentido seguir.

–¿Si tiene sentido seguir? ¿Qué quiere decir eso?

La mano del profesor volvió a irse hacia el cubo.

Patrick pensó que aquel hombre también tenía su dosis de Asperger, pues no parecía entender nada de lo que le decía.

–Creo que la causa de la muerte de la lista es incorrecta. ¿Qué sentido tiene seguir si baso mis juicios en una información errónea?

–La causa de la muerte la dictamina un médico.

–Los médicos se equivocan todo el rato. Lo he visto en la tele.

La mano del profesor Madoc volvió a removerse, y esa vez le dejó coger y girar los cuadraditos de colores del cubo, mientras proseguía con mala cara:

–El técnico de disección me dijo que le preguntaste por una... puerta en el cerebro. ¿Tiene eso algo que ver con todo esto?

–Sí –contestó Patrick, que se quedó mirando los giros del cubo en los dedos finos y largos del hombre–. Quiero saber qué pasa.

El profesor suspiró hondo y dejó el cubo en la mesa.

–Patrick, todo lo que vemos en la sala de disección es la secuela física de una vida. Un estudiante de Medicina empieza su viaje con la muerte y va trabajando hacia atrás.

El chico torció el gesto y repuso:

–Pero yo quiero empezar con la muerte y trabajar hacia delante.

El profesor dejó escapar una risilla.

–Los muertos no nos hablan, Patrick, aunque nuestra vida sería muchísimo más fácil si fuera así. Los médicos pueden buenamente descubrir los mecanismos de cómo murieron, pero se les niega la comprensión del porqué o de qué les pasa después de morir. Para resolver esos acertijos, creo que tendrías que consultar con un detective... y un cura.

El profesor sonrió pero Patrick no.

–¿Y cómo resuelven ellos esos acertijos? –preguntó echándose hacia delante.

Madoc pareció algo perplejo ante el repentino interés por una observación sin importancia. Extendió las manos ante la nueva incertidumbre.

–Bueno, me imagino que en realidad los curas no saben. Es una cuestión de fe.

–Superstición –lo corrigió Patrick–. ¿Y cómo lo sabe el detective?

El profesor consideró la pregunta seriamente.

–Bueno, supongo que para averiguar por qué ha muerto alguien, un detective les preguntaría a los vivos.

–¿Qué clase de vivos?

–Amigos y familiares. Testigos. Profesionales médicos. Gente así, supongo.

Patrick se recostó en la silla y el profesor soltó aliviado el aire que tenía en los carrillos. No entendía cómo la conversación había pasado de una advertencia formal a un estudiante a convertirse en un tiroteo de preguntas metafísicas por parte del chico. Tenía que recobrar el control de la situación.

–Mira, Patrick, el doctor Spicer me ha contado que, pese a las dificultades, demuestras un gran talento en la sala de disección. Me ha dicho que eres un buen candidato para el Premio

Goldman. Sería una lástima que te rindieras ahora, ¿no te parece?

El chico se quedó callado un tiempo que se hizo incómodo por lo largo. Por fin asintió en silencio y se puso en pie. Después se detuvo y alargó la mano hacia el escritorio. El profesor se apartó ligeramente pero Patrick cogió el cubo de Rubik.

Madoc vio cómo se extendía cada color por las seis caras del cubo hasta que estuvo terminado. El chico lo dejó en el escritorio.

–No es difícil. Si quiere, puedo enseñarle.

–Gracias –respondió el profesor, y Patrick se fue.

25

El zumo de naranja se me ha ido al pecho.

Neumonía. No me lo dicen, pero sé que es lo que se temen. La gente muere de neumonía..., incluso la sana. Pero yo estoy «extremadamente vulnerable». La flema me resuena por la garganta y me duele la espalda cada vez que respiro, de modo que intento evitarlo.

No funciona.

Jean y Angie se pasan el día poniéndome la aspiradora. Es asqueroso y doloroso. Vienen dos médicos y me pregunto si uno será el asesino. ¿Quién sabe? Yo lo sabría si pudiera mantener los ojos abiertos por la noche. ¿Sería mejor o peor saber si tengo un asesino delante, tomándome el pulso y controlándome el gotero? Ahora mismo me da igual si uno mató al hombre de la cama de al lado, siempre que me ayude a mí.

–Parpadea dos veces si te duele –me dice uno palpándome el pecho de esa manera inquietante tan propia de los médicos..., como si intentaran encontrar un pasaje secreto a través de un butrón.

Parpadeo un montón de veces e intercambian miradas de preocupación.

Sin previo aviso, me ruedan lágrimas de los ojos que me llegan a las orejas. Voy a morir, y nunca volveré a ver a Alice ni a Lexi. Nunca les diré lo mucho que las quiero, nunca sabrán por qué no volví a casa ese día o dónde he estado desde entonces.

–¡Aaaa!

–No intente hablar –me dice el médico más joven–. Lo único que conseguirá es hacerse daño.

Tiene razón, pero me da igual: no quiero desmayarme y morir sin hacer todo lo posible por dejar alguna huella, aunque sea una sola palabra.

–Aaaa –digo–. Dii.

–Chiss –me dice Jean, cogiéndome de la mano y con cara de angustia.

Soy consciente de que, como me muera, a Tracy y a ella se les va a caer el pelo. Leslie seguramente se cabreará... a su modo monosilábico; tanto esfuerzo para nada... La lengua está curvándoseme ya hacia el lado que no es y tengo que concentrarme y pensar en todo lo que me ha enseñado. Hago un esfuerzo enorme, lleno de gruñidos y flema.

–Aaaan. Dii.

–¿Qué dice? –pregunta el médico más veterano, que luego le pregunta a Jean–. ¿Sabes qué está diciendo?

–Voy a por el cacharro –dice.

Pero yo me niego. Quiero oír mi propia voz.

–¡Aandii! –digo mientras se me encogen los pulmones del dolor, me da una punzada por la espalda y me rueda el sudor y las lágrimas por la nariz y las mejillas.

La equis no me sale.

–¡Aandii!

¡Eso es! ¡Lo tengo!

–¿Angie? –pregunta Jean.

Angie no, ¡por el amor de Dios! ¡Lexi! Pero no puedo hacer nada más, y en realidad poco importa si me entienden o no. Sea la primera de mil palabras o la última que pasará por mis labios, al menos he nombrado lo más importante de mi vida.

–¡Bien hecho! –me jalea Jean, aliviada y animada a partes iguales–. Voy a por Angie para que venga a saludarte. Para la hora de comer ya estarás pidiendo la comida.

Otra trola.

¿Qué más da? Ya ni siquiera sé qué es verdad. Si no puedes fiarte de un espejo, ¿en qué más puedes creer?

Jean se va con el médico mayor. El joven se queda tomando notas a los pies de mi cama. No lo veo –solo vislumbro la coronilla–, pero conozco la sensación y el sonido como mi propia respiración. El ruidillo metálico y grumoso y la vibración que trasmite por el armazón de acero y el colchón. La princesa tenía un guisante; yo tengo mis notas.

Cuando se mueve ligeramente veo que las lee concentrado. Me pregunto qué aparecerá: ¿solo las heridas causadas en el Ford Focus volador... o todo, desde las paperas infantiles en adelante? Las lee como si fueran instrucciones para desactivar una bomba. Luego se acerca, me pincha una aguja en la cadera y cierro los ojos, exhausto por el esfuerzo y el dolor de vivir.

Si me levanto muerto, que así sea.

26

En el listín telefónico de Cardiff solamente aparecían dos Galen, y solo uno con «S» inicial.

La casa estaba en la zona alta de la calle Penylan, un chalé grande de ladrillo rojo cuya parte de atrás daba a un jardín amplio y poco original donde las únicas flores que había eran prímulas y campanillas de invierno, en fila india a ambos lados del camino de gravilla. El resto era todo arbustos de laurel y coníferas. Patrick, que era alérgico, las miró con recelo. Si fuera su casa, las arrancaría todas de cuajo y haría una hoguera.

Pasó con la bici por delante de un BMW de matrícula reciente. Así vivía Número 19: bien. Por algo se empezaba, aunque se dijo quc si quería averiguar las circunstancias de la muerte necesitaría algo más que la marca de coche del difunto. No tenía claro qué precisaba o cómo iba a conseguirlo pero sí sabía que había demasiadas variables para formular un plan de acción concreto. Podía abrirle la puerta cualquiera –una esposa, una madre, un hijo, una limpiadora–, y cada cual exigiría una estrategia distinta.

Ahora bien, él solo tenía una.

Por eso la única presentación concreta que había preparado era: «Me llamo Patrick Fort y quiero información sobre el señor Samuel Galen». Confiaba en que a partir de ahí todo fuese rodado.

Le echó la pata de cabra a la bici y llamó a la puerta. Vislumbró su propia silueta en la pintura negra brillante y la cara en el buzón cromado.

–¡Fuera! ¡Fuera o llamo a la policía!

Patrick parpadeó sorprendido. Era una voz de mujer, aguda y chillona. E ilógica. ¿Por qué querría avisar a la policía antes incluso de que hubiese llamado a la puerta? No podía saber a qué había ido.

Así y todo retrocedió un paso, cauteloso. Tal vez hubiera hecho algo malo que no entendía. Le pasaba continuamente. Una vez, con catorce años, casi lo arrestan por salir del Asda con unos vaqueros y una camiseta de rayas azul para que su madre, que estaba en el coche, le diera el visto bueno. Patrick tuvo que explicarle al guardia de seguridad que se había dejado su propia ropa en el probador, de modo que ¿cómo iba a robar esa? Y más con las etiquetas colgando por detrás.

A lo mejor había ocurrido algo parecido; se había topado con alguien que no entendía las cosas.

Un sonido amortiguado de cristales rotos lo llevó a rodear la casa con la bicicleta hasta el jardín trasero. Se encogió asustado cuando oyó que se rompían más cerca aún.

Había una chica en el jardín, o tal vez fuese una mujer; Patrick no tenía muy claro cuando la una se convertía en la otra. Era delgada como una chica, pero parecía enfadada como una mujer. Tenía el pelo como un erizo, rubio casi blanco, y, pese al relente de finales de invierno, llevaba una camiseta blanca, una minifalda de cuero negra y botas de motera.

Cogió impulso con el brazo y estrelló lo que parecía la mitad de un ladrillo contra una ventana de la planta baja.

–¡¡He llamado a la policía!!

–¡Ya somos dos –gritó la chica/mujer en dirección a la casa–, guarra asquerosa!

Cuando esta dio media vuelta, Patrick pensó que iba a echar a correr, pero, en cambio, empezó a mirar alrededor en busca de algo más que tirar. Iba a ser complicado; el jardín estaba tan impecable como la casa, aparte de las ventanas rotas. Hasta la tierra bajo los arbustos parecía repeler las piedras. Patrick no entendía de dónde había sacado el ladrillo partido.

–Hola –le dijo Patrick.

La chica/mujer se fijó en él por primera vez.

–¿Quién eres tú?

–Patrick Fort. ¿Es usted la señora Galen?

–No, me cago en todo –espetó vehemente–. Ni tampoco ella.

Separó los arbustos y Patrick vio una piedrecilla al lado de su pie.

–Ten –le dijo tendiéndosela.

Aunque lo miró con recelo, se acercó y se la quitó de la mano como un monillo desconfiado.

–Chachi –le dijo, y la lanzó a una ventana de la planta de arriba. Dibujó un agujero negro perfecto y una telaraña de grietas blancas.

–Viene la policía –le advirtió Patrick señalando hacia la carretera, y la chica volvió la cabeza hacia el sonido de las sirenas que se acercaban.

–Mierda puta.

–Creía que la habías llamado tú.

–Sí, claro –dijo con sorna, y se dirigió hacia la cerca de madera de un metro ochenta que rodeaba el jardín–. ¿Vas a ayudarme a subir o qué?

Patrick atravesó el césped con la bici y se abrió paso como pudo por los setos. Vaciló, pero luego colocó las manos en la cintura de la chica para auparla.

–¡Oye, tú, mira dónde pones las manos, colega! –exclamó, y Patrick dio un paso atrás–. ¡Así!

Formó un estribo con los dedos de ambas manos.

Se encogió al roce del pie de la chica en sus dedos entrelazados, pero, entre lo poco que pesaba y las ganas que tenía de quitársela de encima, la mandó al otro lado de un único impulso. Después se restregó las manos en los vaqueros con fuerza.

–¿Vienes? –le preguntó desde el otro lado.

¿Iba? Patrick se tomó un momento para considerar sus opciones y objetivos: quería información y la mujer de la casa no parecía muy dispuesta a hablar con él mientras que la chica del jardín ya lo había hecho. Era su mejor baza.

–Vale.

Nunca antes había escapado por una cerca y no tenía muy claro cuál era el procedimiento. Apoyó la bici contra la madera, se subió a la barra y se montó a horcajadas en la cerca, en una posición muy precaria, con los tablones de madera clavándosele en una larga línea de incomodidad del hombro a los huevos, mientras se agarraba con los pies y una mano. Se tambaleó ligeramente y estiró el brazo para coger la bici por la barra. Tendría que haberla pasado primero.

–¡Venga!

–Estoy cogiendo la bici –le explicó.

–¡No hay tiempo!

Dos agentes uniformados rodearon a paso rápido un lateral de la casa; en esos momentos Patrick se dio cuenta demasiado tarde de que se había equivocado de bando. En cuanto lo vieron echaron a correr hacia él por el césped.

–¡Chis, chis! –gritó uno–. ¡Ahí quieto!

El subidón de adrenalina lo pilló totalmente desprevenido. Le disparó una corriente de entusiasmo rojo candente por todo el cuerpo. Ningún videojuego le había hecho sentirse así nunca, y se echó a reír en la cara de los policías, que corrían por el césped.

Pero la bici lo tenía varado en el lado equivocado de la cerca. Iba a tener que dejarla.

No la dejó. La alzó con una mano; el hombro le ardía del dolor y el pecho y los huevos le suplicaban que los librase del estrecho filo de madera. El peso le habría hecho caerse de vuelta al jardín si la chica que no era la señora Galen no lo hubiera agarrado con ambas manos –por los vaqueros y la sudadera– y le hubiera dado el equilibrio necesario para subir la bici, hasta que cambió el peso de lado, y ambos rodaron al otro lado de la cerca y cayeron de bruces en el suelo; no chocó contra la chica porque esta pegó un salto y se apartó con un chillido.

Se vio tirado en medio de un callejón, jadeando y mirando el mismo cielo que aquel día del castillo de barras y el columpio.

El primer policía golpeó el otro lado de la cerca de madera y soltó un gruñido.

–¡Corre, corre! –le gritó la chica, que acto seguido siguió su propio consejo y desapareció de su campo de visión.

Patrick se incorporó rápidamente y corrió con la bici a un lado hasta que se le ocurrió subirse al sillín, como el asaltador de Dodge City que huye en un poni.

Oyó los gritos del policía pero no miró atrás en ningún momento, y pronto el pedaleo lo llevó a un lugar más tranquilo y apacible, como solía suceder.

Alcanzó a la chica a la altura del parque que había a los pies de la loma. Iba andando, había dejado de correr, y se mantenía pegada a las sombras de los rododendros.

Redujo la marcha, se puso a su lado y le dijo:

–Hola.

La chica se llevó la mano al pecho.

–¡Joder! ¡Casi me da un infarto!

Pero entonces se echó a reír y no paró hasta que se puso a llorar.

–Joder –repitió–. Será zorra... –Se enjugó los ojos, dibujando unos surcos negros de los ojos a las sienes. Patrick esperó a que terminara–. ¿Quieres una copa?

–No bebo.

–Anda ya, no seas tonto.

Fueron al Claude de la calle Albany.

–¿Tienes pasta? –le preguntó. Patrick la invitó a un ron con cola y se pidió una cola sin ron para él.

–Entonces es verdad que no bebes. ¿Y eso?

–Por nada.

–Mentiroso.

Patrick se preguntó cómo lo sabría, pero no dijo nada. Se sentaron a una mesa cerca de la puerta y la chica entrechocó la copa con la suya.

–Hasta el fondo. –Se bebió la mitad del ron con cola de un trago–. ¿Cómo has dicho que te llamabas? –Como tenía práctica con esa respuesta, se la dijo sin apenas titubear–. Gracias por ayudarme en la cerca.

Patrick asintió y le preguntó:

–¿Y tú?

–¿Yo qué?

–Cómo te llamas.

–Lexi –dijo, y apuró la copa–. ¿Quieres otra?

–Todavía no me la he terminado.

Disimuló un eructo tras el puño, alargó la mano, le cogió el refresco de la mano y se lo bebió en tres sorbos rápidos.

–¿Y ahora quieres otra?

La invitó a una segunda copa y se pidió un café para él, pensando que sería más barato, pero no fue así.

–¿Tú no eres la mujer de Samuel Galen? –le preguntó a la chica cuando volvió con las bebidas.

Esta dio otro trago y sacudió la cabeza.

–Era mi padre.

–Pero ella tampoco es su mujer, ¿no?

–Qué va, es solo una cazafortunas. ¿Tienes un pitillo?

–No.

Lexi sacó un paquete de tabaco de liar y se hizo uno.

–La muy cabrona vive en una puta mansión con un pedazo de Beemers de mierda en la puerta, mientras yo me pudro en el sofá de un colega encima de una puta tienda de animales. ¿Tienes fuego?

–No.

Lexi fue a la barra a pedir fuego y el camarero le dijo que no se podía fumar en el pub.

–¡Joder, compadre! –exclamó, y se quitó el cigarro de los labios y volvió dando pisotones–. El muy cabrón dice que no se puede fumar. ¡En un puto pub!

–Es la ley –apuntó Patrick.

–Ya sé que es la ley.

–Por los fumadores pasivos.

–Gracias por la información, ministro de Hacienda.

–Yo no soy el ministro de Hacienda.

–No me digas. –Patrick estaba confuso: ¿no acababa de decírselo?–. Pues me cago en las normas de mierda –dijo, y se guardó el cigarro en el escote–. ¿Y a ti qué te ha pasado en la mano?

Patrick se miró los nudillos, que estaban rojos y tenían unas pompas grandes y amarillas.

Los setos.

–Coníferas. Soy alérgico.

–Joder con las putas alergias –dijo Lexi entusiasmada–. Yo tengo millones. Que si el pescado, los gatos, los huevos..., para dar y regalar. Aunque a los árboles no. ¿Te duele?

–Escuece.

A Patrick le costaba seguir el ritmo de aquella riada de palabras, emociones e improperios de Lexi. Parecía decir todo lo que se le pasaba por la cabeza. Lo único que tenía que hacer era separar el grano de la paja, se dijo. Pero no tenía claro qué era qué, así que se dejó inundar por su corriente de consciencia con la esperanza de poder averiguarlo luego.

–¿Qué ha pasado en la casa?

–¿Que qué ha pasado? –respondió con mala cara–. Pues nada, que he ido a pedirle mi dinero y a la colega se le ha ido la pinza.

–¿Qué dinero?

–El que me dejó mi padre en su testamento. Lo necesito ya, me cago en la puta, no cuando tenga veinticinco años.

–No hace falta decir palabrotas.

–¡Pues claro que hace falta! –le contestó dando un palmetazo en la mesa que hizo que el chico se encogiera–. ¡Las palabrotas son lo único que me queda en esta vida! ¿En qué mundo de mierda vives tú, que no necesitas decir palabrotas? ¿Un mundo en el que no bebes, no fumas y nada te cabrea? Me apuesto algo a que tampoco follas. De puta madre, colega.

Patrick notó que se le encendía la cara y se quedó mirando la taza del café. Nunca había pensado mucho en el sexo, pero, de pronto, no practicarlo le pareció un despiste muy tonto para alguien de su intelecto.

Se abrió una gran brecha en la conversación mientras por los altavoces distorsionados del pub ponían *Wonderwall*, de Oasis. «Año 1995 –pensó Patrick–. Antes de que todo se fuera al traste.»

Apuró el café.

–Lo siento. Soy una malhablada de mierda. Es que me pongo tan grrr... Y entonces no digo nada más que estupideces.

–Vale.

–En serio –insistió Lexi ladeando la cabeza para intentar hacer contacto visual con él–, soy subnormal.

La chica alargó la mano para coger la suya por encima de la mesa. Patrick lo vio venir y luchó contra su instinto. ¿Qué le había dicho su madre? «No espero nada a cambio, Patrick, pero sí un poco de modales.» Lo que significaba que sí que esperaba algo a cambio: le había dado un regalo y al parecer él tenía que decirle «Gracias». Los regalos llevaban unas cuerdas atadas, aunque no siempre fueran evidentes. El padre de Lexi había permitido que cinco desconocidos lo cortaran en pedacitos y lo metieran en contenedores amarillos y bolsas de plástico. Tenía la cuerda atada a ese regalo delante, avanzando hacia él por la mesa arañada y barnizada del pub.

No pudo; se puso las manos debajo de las piernas y le preguntó.

–¿Cómo murió tu padre?

A falta de manos, Lexi cogió la copa. No pareció sorprenderle la pregunta.

–Tuvo un accidente y luego estuvo unos meses en coma, hasta que murió. Dijeron que era normal. Que pasaba con frecuencia.

–¿Quién lo dijo?

–No sé. Los médicos, me imagino.

–¿Tú lo viste?

Sacudió la cabeza y se bebió de un sorbo lo que le quedaba de copa, a pesar de que prácticamente solo quedaba hielo.

–Fui a verlo una sola vez. Fue una mierda. Estaba llorando. Le cogí la mano pero ni siquiera sabía que era yo.

Patrick asintió.

–Estados alterados. Ha habido casos en que la gente se ha despertado del coma con habilidades que antes no tenía. Se creen que son Abraham Lincoln o hablan de repente con acento italiano. Cosas así. –A él siempre le habían parecido fascinantes esas historias, pero Lexi se quedó mirando a un punto fijo al otro lado del pub como si no hubiera dicho nada.

–Me da igual –anunció–. Además, era un capullo. Capullo no es una palabrota, ¿no? ¡Es que es verdad!

–Vale –respondió, y entonces recordó lo de trabajar hacia atrás y añadió–: ¿Por qué... era un... capullo?

Lexi se encogió de hombros con gesto teatral y jugueteó con la copa.

Patrick se fijó en las arterias dorsales del metacarpo que le atravesaban con su azul celeste el dorso de unas manos pálidas. Se preguntó si podrían identificarse como parientes a Lexi y a su padre si los pusieran juntos y les quitaran la piel. Sabía que él tenía los pulgares ligeramente torcidos igual que su madre, y que cuando se afeitaba veía la boca y los ojos de su padre en el espejo del cuarto de baño, igual que un fantasma en el cristal. ¿Cómo de profundo llegaban esos vínculos? ¿No pasaban de las cejas y los labios, o había venas e hígados que compartían rasgos familiares?

–Yo no le importaba una mierda. Le tenía hincha. –Y entonces, antes de que Patrick pudiera preguntarle por qué, dejó la copa en la mesa con aplomo y le preguntó–: ¿Tienes un sofá libre?

En cuanto se hacía con un sofá, nadie era capaz de desalojar a Lexi. Se quedó viendo *Hollyoaks* y *EastEnders* con Kim y Jackson, mientras Patrick se fue arriba a limpiar otros tres cuadrados de alfombra.

Cuando bajó a las diez, seguía allí, con el mando en la mano y viendo algo con muchos disparos y estruendo.

Jackson y Kim lo arrinconaron en la cocina.

–Tiene que largarse –le dijo en un susurro Kim.

–Es verdad –susurró a su vez Jackson–. Tiene que largarse.

–Vale –dijo Patrick, que empezó a hacerse un bocadillo de crema de cacahuete mientras ambos lo miraban.

–Tú la traes, tú se lo dices.

–Vale.

Limpió lo que había ensuciado. Después puso el bocadillo en un plato con un dibujo de una cebra rodeada por el abecedario. Aunque era de niño pequeño, el alfabeto siempre lo había tranquilizado, y por eso lo había echado en la maleta. Kim lo había etiquetado de «retro moderno». Se lo llevó al salón, donde Lexi se había despatarrado a lo ancho y largo del sofá.

–Tienes que irte –le informó.

–¿Qué comes? Tengo mucha hambre.

–Un bocadillo de crema de cacahuete.

La chica puso mala cara.

–¿Tienes algo de queso?

–Sí. Kim y Jackson dicen que tienes que irte.

–¿Puedo tomarme un bocadillo de queso?

Se quedó un momento parado sin saber qué hacer. Ya le había dicho que se fuera y ella lo había ignorado y le había pedido un bocadillo de queso. No entendía qué tenía que ver una cosa con la otra. Pero tampoco le importaba dárselo; a lo mejor, luego se iba. Aunque las cosas no pasaran en el orden esperado, acababan pasando.

–Vale –dijo, y volvió a la cocina.

–¿Se ha ido ya? –quiso saber Jackson.

–No. Quiere un bocadillo de queso.

–Mierda. Jackson, anda, dile que se largue.

Sin tenerlas todas consigo, el chico salió de la cocina. Cuando volvió, Patrick estaba dudando entre si cortar el bocadillo en diagonal o en horizontal.

–¿Se ha ido? –le preguntó Kim.

–Quiere una manta.

–Joder, Jackson, eres la hostia.

Kim salió como una exhalación de la cocina, y Patrick se decidió por el corte horizontal porque él siempre se lo hacía así, y si Kim largaba a Lexi, podría comérselo al día siguiente.

–Es que me ha ignorado –le dijo Jackson mordiéndose las uñas.

–A mí también.

–Ahora Kim cree que soy un calzonazos. –Patrick asintió–. Mierda –musitó Jackson entre dientes.

Del salón llegaron unos cuchicheos y luego se oyeron pisadas que subían y bajaban por la escalera. Después siguió más cuchicheo.

Kim volvió entonces a la cocina y no los miró. Abrió la nevera y pasó un rato removiendo las cosas de su estante.

–¿Se ha ido? –preguntó Jackson.

–¿Quién me ha cogido el yogur?

–Yo no –respondieron a la vez los chicos.

–Ya –dijo la chica, que cerró la puerta de la nevera y se fue a su cuarto, con Jackson detrás.

Cuando Patrick llevó el bocadillo al salón, Lexi estaba tapada con una manta roja en el sofá.

–Gracias –le dijo dándole un bocado al sándwich–. ¿Tienes algo de beber?

Cuando le llevó un vaso de agua, Lexi le preguntó:

–¿No tienes otra cosa?

Sabía a lo que se estaba refiriendo. Y también sabía que había media botella de vino blanco en el estante de Kim de la nevera.

–No.

–Pues vaya estudiantes estáis hechos...

–Yo soy el mejor en disección. Jackson dice que Kim es buena pero yo no sé de arte. A mí todo me parece abollado.

Lexi, sin parar quieta, se comió la mitad del bocadillo mientras el chico la observaba. Luego le preguntó dónde estaba el baño.

Y diez minutos después volvió con el vino.

–He encontrado esto en la nevera. Mañana lo repongo. –Patrick no dijo nada–. ¿Quieres?

Meneó la cabeza. Lexi regó con el agua la esmirriada planta de plástico y se llenó el vaso de vino. Se lo bebió como se había bebido el ron con cola, en tragos rápidos y seguidos, como si se muriera por ver el fondo del vaso. Nada más terminárselo lo rellenó.

–Bebes demasiado.

–Y tú hablas demasiado.

Vieron un programa de camiones que conducían por carreteras heladas. Cada vez que uno patinaba, Lexi se reía y lo miraba.

Comprobó dos veces que la botella se había terminado. Patrick sabía que no sería la última vez y no soportaba la idea de quedarse a verlo.

–Me voy a la cama.

–Oye, mira, Patrick, yo sé cuándo me paso con la priva. Llevo bebiendo desde que tenía..., yo qué sé, catorce años o así. Así que creo que sé lo que me hago.

–Vale.

–La gente se pasa la vida juzgando a los demás. Me pone de los putos nervios.

–Vale.

–Ay, perdona, no quería decir palabrotas. Lo siento.

«Lo siento», unas palabras que significaban muy poco para él. Era como un ruido de fondo que había aprendido a ignorar.

–Gracias por el bocadillo. Hasta mañana.

–Vale –dijo, y subió al cuarto.

A eso de la una de la mañana, se despertó y se encontró a Lexi acurrucada a su lado en la estrecha cama.

–Ese sofá es para enanos –le explicó, toda codos y culo.

Aunque ella seguía envuelta en la manta roja y él estaba metido en el saco, la sola idea del cuerpo de la chica presionando todo a lo largo de su ser lo paralizó. Se levantó y pasó por encima de ella con el saco de dormir, como si fuera una valla electrificada.

–¿Adónde vas?

–Abajo. Cuidado con la cabeza, no te des con la bici.

–¿Cómo? –Pero no le respondió.

Tras comprobar en sus propias carnes que el sofá estaba hecho para enanos, se acopló en la alfombra, de costado y con las rodillas dobladas para no darle al radiador inexistente, y se quedó pensando en Lexi.

Había mucho en lo que pensar. Era como un torbellino que lo hubiese levantado, lo hubiera revoleado en el aire y lo hubiera escupido, mareado, a un sembrado ajeno. Daba miedo, pero a la vez era estimulante.

Era difícil separar a Lexi de la información que le había dado. La cazafortunas de la casa grande, el ladrillo partido por la ventana, la herencia congelada, el ron con cola. Esas cosas le decían mucho sobre la chica, pero lo único que había descubierto de Samuel Galen era que había sido un hombre rico, malo y difunto.

Frunció el ceño en la penumbra y sintió la comezón familiar del puzle sin resolver. A lo mejor tendría que haberse quedado con la cazafortunas; tal vez ella habría sido más... coherente. Lo que estaba claro era que ni lo habría seguido hasta su casa ni le habría pedido un sofá, una manta y un bocadillo de queso; de ser así, seguramente estaría durmiendo en su cama y no en el suelo.

Suspiró y parpadeó contra el codo-almohada. Cuando se hizo a la oscuridad, distinguió una curva desvaída bajo el sofá. Intentó averiguar de qué se trataba, pero tuvo que acercarse para tocarlo y descubrir que era el plato en el que le había llevado el bocadillo a Lexi. Se había dejado las cortezas, y eso que le había echado queso hasta los bordes. Hacía muy buenos bocadillos; le gustaban porque la estructura le permitía echarles casi cualquier cosa con tal de que no empezara por A. Después, siempre que el relleno se dispusiera de fuera hacia dentro en estricto orden alfabético, tenía un mundo donde elegir. Su favorito era la crema de cacahuete, pero también tenía debilidad por las confituras y el *chutney*, tanto por lo económico de la progresión alfabética como por el sabor. Se preguntó vagamente si Lexi se habría comido la corteza si le hubiera echado *chutney*. Pero no le había pedido *chutney*, y había puesto mala cara a la crema de cacahuete, y le había dado corte ofrecerle Marmite o...

Patrick se tumbó bocarriba, y la respiración se le volvió superficial y la barriga se le tensó. Apuntó sus pulgares torcidos hacia el techo oscuro y pensó de nuevo en las delicadas venas azules del dorso de las manos de Lexi. Tenía una piel tan fina y pálida: nada que ver con la epidermis gruesa y naranja de Número 19. Hacerle una incisión en forma de H por la garganta sería otro mundo; los restos de barba no le pincharían los nudillos, ni habría una nuez que subir y bajar, ni olería a lilas y mierda. Solo los anillos retráctiles de la tráquea, que se le hundirían suavemente en la escotadura supraesternal de la base de aquel cuello liso. Nada sería igual que con Número 19, por mucho que las venas y los riñones revelasen la conexión familiar.

Pero ¿y si...?

¿Y si el parentesco iba más allá de la semejanza visual? ¿Y si también tenía que ver con la velocidad a la que las neuronas se disparan, o con la regularidad con la que las glándulas secretaban, o con la manera en que la sangre respondía a cambios químicos?

Se levantó y se liberó del saco de dormir, con la sangre bombeándole con fuerza por el corazón y una fina pátina de sudor cosquilleándole en la habitación fría.

Subió y encendió la luz del cuarto con un clic luminoso. Lexi estaba durmiendo de espaldas, con las manos metidas por debajo de la almohada, bajo la cabeza, como un bebé; se removió al notar la luz pero no abrió los ojos.

Patrick extendió la mano, en un amago, pero la retiró rápidamente.

–¿Estás despierta? –le preguntó con voz clara y alta.

A Lexi se le arrugó la frente.

–¿Qué?

–Que si estás despierta.

–No.

–Tienes que estarlo, si no, no habrías dicho «no».

–¿Qué quieres?

–¿Eres alérgica a los frutos secos?

Lexi abrió un ojo a regañadientes y se hizo visera con la mano para tapar la luz.

–¿Cómo?

–Que si eres alérgica a los cacahuetes.

–Sí. Podría morirme si me comiera uno.

–¿Y tu padre?

–También.

–Vale –dijo Patrick, que acto seguido abrió el armario y se puso la camiseta y la sudadera.

Lexi se incorporó, con el pelo en punta, y se abrazó las rodillas envueltas en la manta roja.

–¿Por qué? ¿Qué es lo que pasa?

No le respondió porque no la oyó. Estaba absorto en una imagen en bucle de su propio dedo azul hurgando en la carne arrugada de Samuel Galen, como el incrédulo de Santo Tomás hurgando en las costillas de Cristo, mientras una duda le recorría de pies a cabeza: «Si estaban alimentando a Número 19 por un tubo, ¿qué hacía con un cacahuete potencialmente letal en la garganta?».

Lexi lo contempló mientras se ponía los vaqueros y cogía la bicicleta del gancho de la pared con cuidado de no rozarla.

–Estás chalado.

Se cargó la bici en un hombro y corrió escalera abajo; la chica salió corriendo de la cama y se inclinó por la barandilla para gritarle:

–¡Y tu cuarto apesta a lejía!

27

Me levanto de un respingo en la oscuridad y la sombra que hay al lado de mi cama también se estremece. Nos ha dado un buen susto a los dos y, si pudiera reír, lo haría.

Es el médico que me puso el diez redondo, que ha venido a explorarme el pecho. Me palpa con dedos calientes y luego sopla en el estetoscopio para que no esté tan frío. Son los pequeños detalles los que te demuestran el desvelo de los profesionales. Aunque, bueno, nunca se sabe...

Me ausculta los pulmones, mirando la almohada en vez de a mí para ahorrarnos la vergüenza del contacto ocular cercano.

Me pregunto somnoliento qué escuchará ahí dentro, y si mis pulmones habrán superado la crisis del zumo de naranja. Sigue doliéndome cuando respiro pero no como hace una semana. Estoy recuperándome.

Clava la vista en la sábana al lado de mi oreja. Luego se incorpora y mira hacia el puesto de enfermeras. Vuelvo la cabeza con un pequeño arrebato de tesón atlético y sigo su mirada.

No hay nadie.

Estaba al caer.

Tracy Evans lo notaba en el aire. Tenía guardia tres noches seguidas. Se había echado bronceador de bote, se había depilado las cejas, se había hecho la cera en las piernas y, con todo el dolor del mundo, se había recortado el vello púbico en forma de corazoncito negro. No le iba con el tinte rubio del cabello pero tampoco había recibido quejas al respecto. Llevaba el sujetador a juego con las bragas –y además no estaban grises– y se había comprado un perfume de Britney..., no de la calva y gorda, sino de la guarrilla con corbata escolar y calcetines por las rodillas. Ahora llevaba la fea bata azul con sensualidad renovada: con sus sedosas maravillas nuevas deslizándose bajo la tela almidonada y utilitaria.

La primera noche el señor Deal había olisqueado el aire a su paso, pero no había sucumbido de inmediato, para fastidio de Tracy. Por lo menos, le había dado tiempo para que se le bajaran las ronchas del pubis...

Estaba en la segunda noche. Angie había cambiado el turno con Monica, que era nueva y fácil de mangonear. Tracy ya había asaltado la caja de Quality Street y se había zampado todos los morados grandes mientras Monica ayudaba a alguien con una cuña.

Oyó que se abrían las puertas del ascensor y sintió un pellizco sensacional al ver al señor Deal volver la esquina, perfilado por los fluorescentes inclementes.

Tracy escondió rápidamente *El desflore de Rose*, que leía ya por segunda vez, y cogió un montón de folios al azar, se los pegó al pecho, metió barriga y adoptó el aspecto más favorecedor para su figura y sus rasgos.

–Hola, Tracy –la saludó en voz baja, y esta se volvió fingiendo sorpresa y le dedicó la sonrisa recatada pero prometedora que tanto había practicado ante el espejo. «De monja guarrilla», la llamaba. Halló la recompensa al ver que el rostro taciturno se suavizaba y parecía alegrarse de verla.

¡Qué fáciles eran los hombres!

Pero más le valía al señorito hacer algún movimiento antes de que tuviera que afeitarse otra vez, o se iba a enterar.

El señor Deal se tiró una hora de espaldas a su mujer con una taza de café de máquina. A las nueve se tomó otra. Tracy sabía que nadie se tomaba dos tazas por gusto, de modo que resultaba evidente que estaba haciendo tiempo. Fue al baño de mujeres y tiró las cuñas de cartón que solía dejar apestando en el poyete de la ventana. Quería adecentar el lugar.

A las diez y media el señor Deal echó otra libra en la máquina del café y los pezones de Tracy reaccionaron.

Pasadas las once le sugirió a Monica que fuera a echarse un cigarro. Estando como estaban en la cuarta planta, sabía que era un viaje de doble sentido de un cuarto de hora para un cigarro de dos minutos, y por lo general Monica aprovechaba para fumarse dos en las puertas de la zona de ambulancias. Lo que le daba un margen total de veinte minutos.

Tiempo de sobra, como bien sabía por experiencia.

–¿Seguro?

–Claro, ve. Ya me las apaño yo.

En cuanto se cerraron las puertas del ascensor, Tracy se levantó y se subió los tirantes del sujetador.

El baile había sido lento y frustrante pero sabía que el desenlace le sería tan familiar como su propio reflejo en el espejo.

El médico vuelve a mirarme y se aclara la garganta.

–Lo siento mucho, señor Galen –me susurra.

La mente me da vueltas en torno a sus palabras. No cabe duda de que suena muy apenado, pero ¿por qué? Empiezo a preocuparme. Tal vez haya oído algo en los pulmones. Quizá no estoy recuperándome tan bien como pensaba. A lo mejor...

Entonces se inclina una vez más sobre mí y veo que tiene unas pinzas en la mano derecha.

Y que, en medio de las puntas relucientes, hay un cacahuete.

Un terror eléctrico me contrae el corazón y al instante lo comprendo todo.

¡Es él! ¡Es el asesino!

Y sabe que estoy extremadamente vulnerable...

La mano, aterrada, se me agita como un pez sobre el rompeolas de colcha mientras se me dispara el recuerdo: tengo cuatro años y la garganta tirante y los ojos cerrados por la hinchazón, todavía con el sabor del aperitivo traicionero en la boca. Mi madre grita en alguna parte, y me rebota la cabeza contra el brazo de mi padre, que corre del coche calado al hospital a grito de: «¡No puede respirar! ¡No puede respirar!». Me arrancan de los brazos de mi padre y me pasan a otros con mangas blancas, y las luces bailan por encima de mi cabeza mientras el médico corre por el pasillo para salvarme la vida con un bisturí y un tubo en la garganta, para que pueda crecer y legar mis manos regordetas a mi hija. Las manos regordetas y las alergias que aparecen en mi historial médico para conocimiento de todos...

El médico baja el cacahuete hacia mis labios.

–¡Gaa! –grito–. ¡Gaa!

Ahora tengo más miedo que cuando era pequeño. Esta vez no va a ayudarme nadie.

Siento un nudillo contra la barbilla, el fruto seco rozándome el labio..., y saco mi lengua entrenada, mi única defensa, que tira el cacahuete de las pinzas, y por un segundo disfruto del triunfo.

Hasta que lo noto bajar por la garganta...

Morir es muchísimo más fácil de cómo lo pintan en las películas.

No hay cortes a cámara rápida, ni explosiones ni discursos..., solo un médico torpe, que suelta un improperio y me hurga por los dientes, metiéndome las pinzas afiladas en el paladar y la lengua, mientras la garganta se me hincha celosamente en torno a la prueba que quiere recuperar.

El terror. El pánico.

La pena por todo lo que dejo atrás.

¡No puedo morir! Tengo gente que depende de mí, a la que quiero, a la que compensar por...

Demasiado tarde. ¡Demasiado tarde! El dolor me atraviesa. La mandíbula se me cierra en agonía y me deslizo de vuelta al pozo. No hay túnel ni luz ni vuelta atrás.

La oscuridad se cierne sobre mí y la verdad surge de mi corazón muerto: «Te quiero te quiero te quiero...».

Una manita coge la mía.

«¡Mira cómo se va, papi!»

28

4017.

Aunque feo, el código servía para algo.

Tras un rato intentando encontrar los interruptores, Patrick parpadeó cuando las luces se estremecieron de vuelta a la vida y barrieron las sombras de la sala de disección.

Los cadáveres eran ya unas sobras que no resultaban plato de buen gusto: con miembros de menos, pechos abiertos, la piel despegada en tiras marrón oscuro y los cerebros pálidos reluciendo con la solución hidratante junto a los cráneos vacíos.

Así y todo a Patrick le parecieron más vivos que al principio: eran más reales porque los entendía mejor.

Al pasar entre ellos, se fue emocionando más. Sabía la causa de la muerte a ciencia cierta. Y la lista estaba equivocada; Mick estaba equivocado; el doctor Spicer estaba equivocado; sus compañeros estaban equivocados, y fuera quien fuese el médico que firmó el certificado de defunción, este también se había equivocado. Ninguno sabía lo que él: que Lexi Galen era alérgica a los cacahuetes. Y Patrick apostaría la bici que heredó de su padre a que ella había heredado la alergia del suyo.

Se moría de ganas por contarles a sus compañeros que había resuelto el acertijo. Sobre todo a Scott.

Patrick miró a Número 19, que le devolvió una mirada inexpresiva con el único ojo que le quedaba. Se apresuró a apartar la vista y se agachó al lado de la mesa. Debajo estaban los montones de bolsas que habían llenado con los pulmones, el hígado, el intestino menor del muerto: todos comprimidos contra el plástico transparente como la carne picada barata que su madre compraba en una camioneta del mercado de Brecon. Había más de Número 19 debajo de la mesa que encima.

Las repasó todas, pero no encontró el cacahuete.

Frunció el ceño. No tenía sentido: él mismo lo había embolsado y etiquetado. Con los nervios se le habría pasado; era pequeño, seguro que no lo había visto. Repitió el proceso hacia atrás, lentamente, sobre el suelo frío, poniendo las cosas bajo la mesa con más cuidado aún.

El cacahuete seguía sin aparecer.

Patrick se quedó más quieto que una piedra. Algún compañero debía de habérsele adelantado. ¿Scott? ¿Dilip? Pero ¿cómo? ¿Cómo iban a saber lo de la alergia cuando el único que conocía la historia del accidente era él? ¿Habría pasado por alto algo evidente? Y en caso de no saber lo de la alergia, ¿por qué se lo habrían llevado?

Las luces se apagaron y se quedó a ciegas. Se apresuró a cerrar los ojos con fuerza. Era un truco que le había enseñado su padre en las noches que caminaban por los Beacons.

Cuando se dio cuenta de que, al entrar, la puerta principal del edificio de Biociencias estaba abierta, ya era demasiado tarde. No le había dado importancia porque nunca se la había encontrado cerrada, pero en plena noche habría sido lo normal; tendría que haberlo estado..., a no ser que ya hubiese alguien dentro.

¡Qué tonto!

Abrió los ojos reajustados. Una figura negra apareció en el umbral negro como la pez.

Patrick se dispuso a levantarse para irse, pero el hombre entró antes en la sala.

El desconcierto le recorrió la nuca. Apagar las luces antes de entrar en un cuarto no tenía sentido. Así que, en lugar de levantarse y preguntar por qué habían apagado las luces, se quedó en el sitio, con una rodilla apoyada en el suelo y una mano por delante, sintiendo un nudo en el estómago. Era por el miedo, uno más aterrador si cabía porque no lo entendía.

El hombre caminó con aplomo entre los cuerpos, como si estuviera acostumbrado a andar a oscuras. No hubo roces, no se dio en la espinilla ni murmuró improperios. La figura caminó rápidamente hacia él entre patas de mesas y restos de cuerpos saqueados, con tan solo un mínimo chirrido de los zapatos sobre el linóleo encerado para anunciar su llegada.

Iba directo hacia él.

Sin pensarlo dos veces, se metió a gatas en el estante de debajo de la mesa 19, entre las bolsas de carne, hueso y vísceras.

El padre helado de Lexi cedió un poco bajo su cuerpo, y a punto estuvo de gritar solo de pensar en tener de cojín toda esa carne fría.

El plástico fue lo que lo salvó de gritar.

Se mordió el labio cuando la sombra se detuvo a su lado. En un *flashback* al despacho de apuestas y al perro labrador, observó las rodillas y las perneras de los pantalones negros del hombre, que se volvió lentamente, como escrutando la sala en busca de algo.

Aguantó la respiración; si hubiera podido detener los latidos del corazón, lo habría hecho.

El momento se hizo interminable. Después las piernas desaparecieron y se alejaron hacia la puerta.

Sintió un segundo de alivio..., hasta que se dio cuenta de que, si el hombre salía del edificio, se le cerraría la puerta de fuera y se quedaría atrapado dentro.

Apartó las bolsas de carne fría y entonces una zapatilla le rechinó contra el suelo. Se quedó inmóvil una vez más, pero luego se descalzó y se deslizó con los calcetines por el suelo hasta la mesa 21, y de ahí a la 13.

El hombre todavía le sacaba ventaja. Tenía que alcanzarlo. O hacer que fuera más lento.

Patrick no era un espía. No tenía ni ganzúas ni comunicaciones por satélite, ni siquiera un jersey negro de cuello vuelto. Tenía las zapatillas, ni más ni menos, así que tiró una hacia un rincón oscuro de la sala, donde aterrizó formando un fuerte estrépito.

Casi se echó a reír al ver al hombre pararse, darse la vuelta y seguir el ruido hasta la pared en penumbra, como un perro necio, mientras Patrick se escabullía en calcetines por la puerta.

Como no podía pedalear bien con una sola zapatilla, fue andando. Corriendo. Mitad andando, mitad corriendo y empujando la bici, y con los calcetines empapados. Al ver que no hacía más que resbalar se los quitó y los tiró por una alcantarilla. Los pies relucieron con un blanco sobrenatural bajo la luz de las farolas.

De pronto, pasó a su lado un coche patrulla y se metió en el seto de un jardín, por mucho que no hubiera hecho nada malo. Se dijo que era una de esas ocasiones en que la gente no entendería lo que estaba haciendo. Y esa noche no tenía respuestas..., solo preguntas que le producían jaqueca solo de pensar en ellas.

Hasta entonces solo había considerado el cacahuete en relación con el cómo de la muerte de Número 19, no con el porqué, que era un acertijo aún más difícil. Pero ahora que había desaparecido el cacahuete se le antojaba una pieza crucial en el rompecabezas. ¿Para qué se tragó Número 19 un cacahuete que podía matarlo? ¿Y por qué alguien había querido robarlo?

La lluvia fría se le colaba por la camiseta y le bajaba por la espalda, pero siguió allí parado. Por primera vez desde que tenía uso de razón –y la usaba bastante–, supo que necesitaba ayuda.

Aunque no llevaba encima los guantes azules, se paró en la cabina de la puerta del despacho de apuestas y marcó con un índice tembloroso enfundado en una manga mojada.

Tuvieron que sonar trece tonos antes de que al ritmo mecánico lo sustituyera el sonido de una boca somnolienta, una respiración y un graznido que podía pasar por un «hola».

–Si hubiera algo que demostrara cómo ha muerto alguien –dijo sin más–, ¿por qué querrías esconderlo?

Se hizo un silencio largo y entonces su madre preguntó con voz temblorosa:

–¿Quién habla?

«¿Por qué lo pregunta? ¿Qué ha pasado?»

La cabeza de Sarah Fort formuló las preguntas que su corazón no quería responder. Llevaba años esperando lo peor –desde que Patrick era pequeño–, pero el tiempo no había suavizado ese pánico agudo que en esos momentos sintió que le hormigueaba por el pecho y que empezó a revolverle el estómago.

–¿A qué te refieres? –le preguntó. Cualquiera menos Patrick habría notado que le temblaba la voz.

–Pongamos que alguien muere –reformuló–. Y luego, si alguien, no el muerto..., otra persona...

Estaba haciéndose un lío, era evidente, pero a Sarah no le interesaba ayudarlo. No tenía prisa por oír lo que quería decirle. Esperaría toda la noche –la vida entera– antes que ayudarlo a llegar al punto en el que todo lo que había hecho por los dos se desmoronaría.

Pero insistió. ¿Por qué tenía que ser tan odiosamente insistente?

–Si ese alguien escondiera algo que pudiera demostrar por qué murió la otra persona.

–¿Sí? –preguntó vagamente.

–Bueno, ¿qué significa?

Sarah hizo una pausa antes de decir:

–No entiendo la pregunta.

Sabía que estaba siendo críptica. Le facilitaría las cosas solo con preguntarle: «¿Qué intentas decirme, Patrick?». Pero no se lo preguntó porque entonces se lo diría... y no tenía ganas de lidiar con lo que pudiera pasar luego. Prefería jugar a ese rudimentario juego de negación.

–¿Por qué me llamas hoy? No es jueves.

–Ya lo sé. Necesito ayuda.

–¿Estás bien? –Pese a todo a Sarah le sorprendió el ligero tono de preocupación en su propia voz.

–He perdido una zapatilla y necesito ayuda para comprender los actos.

–¿Qué actos?

–Esconder lo que podría demostrar la razón de la muerte de alguien. –El tono en que lo dijo revelaba su frustración–. ¿Qué significa ese acto?

Pensó cuidadosamente la mejor forma de responderle y luego hizo lo propio:

–La gente esconde cosas porque no quiere que los demás las sepan.

–¿Por qué?

«¡¿Y tú me lo preguntas?! Animales podridos bajo la almohada, fotos de niños muertos y listas disparatadas con palabras raras. ¿Tú me lo preguntas?», pensó. Pero en lugar de eso le respondió:

–Pues supongo que... porque se sienten culpables.

–¿Por qué?

Sarah sintió un vahído.

–Porque han hecho algo malo.

–¿Como qué?

–No sé, Patrick. ¡Algo malo! ¡Algo muy muy malo!

Se hizo un silencio.

–Y entonces ¿qué debo hacer?

Eso, ¿qué? Sintió que la emoción empezaba a atorarle la garganta.

–Haz lo que creas que es mejor –contestó con voz ronca.

–¿Mejor para quién?

Sara apenas pudo susurrar:

–Para ti.

Después de un momento de silencio Patrick soltó un brusco «vale» en un tono que ella sabía que significaba que, para él, la conversación había tocado a su fin.

No lo presionó, aunque eran las tres de la mañana y cualquier otra madre lo habría hecho.

Debería haberlo hecho. Cualquier madre con otro hijo.

Pero la alivió que dejara de hacerle preguntas que la asustaban, por mucho que también tuviera miedo por él.

–Bien, adiós.

Se sentó en la cocina con el teléfono en el regazo mucho antes de la hora de llamada de Patrick. Era un febrero muy frío y el fuego de la cocina hacía tiempo que se había apagado, pero si Sarah temblaba era por otras razones. El frescor del suelo de piedra se le coló por los calcetines y reptó por sus tobillos y las pantorrillas pero siguió sentada pensando en su hijo raro llamándola en una noche rara para hacerle una pregunta rara.

El destello de progreso que creyó haber visto en Navidad –en sentido inverso al pasado obsesivo y camino a un futuro más normal– le pareció entonces un engaño cruel. No era religiosa pero quería una señal. Un único indicador fiable de que la vida de Matt –y la de ella– no había sido en vano.

No se le ocurría ninguno.

Nada.

Otra noche –una más cálida o una en la que el fuego no se hubiera apagado o hubiese tenido el gato sentado encima–, la fuerza de la costumbre habría bastado para hacerle seguir con su vida.

Pero la temperatura era muy baja, la noche estaba muy oscura y el gato estaba fuera cazando bichos.

Así que no había nada que la retuviera y le impidiera levantarse y mirar por la ventana de la cocina al Fiesta aparcado bajo el viejo cobertizo de madera. Nada que le impidiera ponerse las katiuskas sobre los pies desnudos y caminar en albornoz por la gravilla bajo el tajo de luna; nada que le impidiera conducir los diez kilómetros hasta la gasolinera que abría las veinticuatro horas y comprar dos botellas de Vladivar.

Una para esa noche y la otra por si las moscas.

29

Cuando Patrick llegó a casa a las cuatro de la mañana, le sorprendió ver las luces encendidas. En cuanto abrió la puerta y entró con la bici, Jackson apareció en lo alto de la escalera con un pijama de seda falsa. Patrick sabía que era falsa porque era una tela cara y el televisor de su compañero era una basura.

–¿Dónde cojones estabas? –le gritó Jackson.

¿DÓNDE cojones estabas?

¿Dónde COJONES estabas?

¿Dónde cojones ESTABAS?

Patrick no dijo nada. Secó la bici con una toalla que dejaba en la entrada, la subió por la escalera y la colgó en los ganchos mientras Jackson lo arengaba desde la puerta.

–Te dije que tenía que largarse. Es tu puta invitada, y tendrías que haberla echado tú. ¡Mira cómo estamos ahora por tu culpa!

–¿Cómo estamos?

–Anda, Jackson, ¡calla la boca! –le gritó Kim desde su cuarto. El chico se fue entonces dando pisotones hasta la puerta de esta y se pasaron un rato gritándose, en una conversación trufada de palabras como «puta», «zorra», «maniático» y «carapolla».

Patrick estuvo a punto de decir algo, pero se reservó su opinión sobre la necesidad o no de decir palabrotas. Empleó el tiempo a solas para quitarse la ropa empapada, estrujarla por la ventana y amontonarla encima del radiador. Miró su zapatilla huérfana y deseó haber tenido otra cosa que tirar. Era el único par de zapatos que tenía para la facultad; ahora solo le quedaba medio par.

–¡No finjas que te importa una mierda! –gritó Kim.

–¡No estoy fingiendo! –gritó a su vez Jackson–. ¡No me importa y punto!

Patrick se puso unos calzoncillos y una camiseta secos, apagó la luz y se metió en el saco de dormir, temblando por el frío a posteriori, y sintiendo de nuevo la pintura de la vieja puerta pegada a su mejilla mientras sus padres peleaban detrás. Por su culpa. Tenía la misma sensación.

–¡Madre de Dios! –dijo una voz que reconoció como la de Lexi–. ¡Que aquí hay gente que intenta dormir!

Alguien aporreó la pared pegada a la cabeza de Patrick para informarlos de que parte de la gente que intentaba dormir vivía al lado.

Kim cerró la puerta de un portazo que pareció un disparo.

–¡Que te jodan a ti también! –gritó Jackson, que entonces volvió al cuarto de Patrick y se quedó en el umbral–. Valiente zorra... –Y a continuación entró, se sentó con todo su peso sobre las piernas de Patrick y se echó a llorar.

Este se quedó mirando el techo y deseó que Jackson se cansara pronto de llorar, se levantara de encima y volviera a su cuarto. Pero, al ver que no ocurría nada de eso, le preguntó qué le pasaba.

Al parecer lo que le pasaba era que, después de irse Patrick, Lexi había salido de su cama y se había metido en la de Kim: donde resultó que después de todo era lesbiana.

Y bastante ruidosa.

–Si no la hubieras traído a casa, nada de esto habría pasado –sollozó Jackson.

Eso era de cajón, pensó Patrick. Aunque también, si no hubiera llevado a Lexi a casa, nunca habría averiguado lo de las alergias. Todavía tendría dos zapatillas, no habría llamado a su madre sin guantes en la noche de la semana que no era y no sabría que la desaparición del cacahuete podía significar que alguien escondía algo malo.

Era curioso el mundo de la causa-efecto.

Por primera vez desde que llegó a la ciudad, Patrick sintió la necesidad de completar su búsqueda haciendo hueco en la cabeza para ese nuevo misterio. Se había pasado media vida buscando respuestas a lo que le había ocurrido a su padre pero, de pronto, era el rico, malo y momificado progenitor de Lexi lo que le estimulaba mentalmente.

Y con el nuevo misterio no tenía que enfrentarse a las dificultades de buscar vida más allá de esta, sino solo a la pregunta de quién era culpable y de qué.

TERCERA PARTE

30

Después de siete años en la Unidad de Neurología Jean Botti había visto de todo: milagros y asesinatos.

Sí, ocurrían –ambas cosas–, aunque el hospital no quisiera reconocer ni lo uno ni lo otro.

Desde que empezó a trabajar en lo que todo el mundo llamaba la unidad del coma, había vivido tres milagros fiables y dos asesinatos algo menos fiables. Los primeros no eran de la variedad de andar sobre el agua o dar de comer a cinco mil personas; esas cosas no se las creería ni una católica acérrima como ella misma. Pero, según su experiencia, sí que existían recuperaciones impresionantes que habrían desafiado la historia de Lázaro.

Estaba Amy Russett, quien, a sus dieciséis años, tras pasar un año congelada en coma, una fría noche de marzo se había levantado, había recorrido el pasillo y había ido sola al baño, marcando el comienzo de una recuperación rauda e inexplicable.

Después estaba Gwilym Thomas, un granjero de sesenta y seis años que no había salido en su vida de Gales pero que, después de ser embestido por su propio semental ganador, se despertó y resultó que solo sabía hablar francés. Lo más raro fue que el único inglés que parecía recordar era el nombre del toro. Jean todavía se acordaba: *Barleyfield Ianto*, el colmo de lo galés.

La señora Thomas dio muestras de un estoicismo elogiable al no tomárselo por lo personal. Superado un breve período de confusión, se hizo con un curso de Linguaphone y empezó una nueva vida más afrancesada.

El favorito de Jean era Mark Strickland, uno que había estrellado el coche yendo borracho una noche y a las seis semanas había salido del coma citando la Biblia –que nunca había leído– y pidiendo humildemente al Señor que lo ayudara a superar la agonía de sudores del fisioterapeuta.

Todos milagros, a ojos de Jean.

Luego estaban los asesinatos.

No podía evitar pensar en ellos en esos términos, por mucho que supiera que no eran a mala fe. Aunque habría preferido considerarlos «asesinatos piadosos», en el fondo sabía que Dios no estaba de acuerdo con ella.

Por supuesto, igual que los milagros nunca eran oficiales, tampoco lo eran los asesinatos.

Solo unos meses después de empezar a trabajar en la planta, les llegó un chico llamado Gavin Richards que había sido atracado. Había recibido tal golpe en la cabeza que se le veía claramente la forma del martillo de orejas en el cráneo afeitado.

En un principio su familia esperó el milagro; en realidad, todos; al fin y al cabo era lo natural. Pero cuando los días se convirtieron en semanas, y las semanas en meses, todo el mundo se dio cuenta de que Gavin, de diecisiete años, no sobreviviría. Todos salvo su madre, claro está. Iba al hospital a diario y se pasaba las horas cogiéndole de la mano, recortándole las uñas, echándole crema en el trasero en carne viva y cantándole canciones de cuando era niño en una voz suave y trémula, poco por encima del susurro, mientras sus otros hijos –uno de nueve y una de catorce– sufrían la pérdida doble del hermano y la madre. Tragedia tras tragedia.

Pese a tener los mejores cuidados, el chico iba cuesta abajo y sin frenos hacia la muerte. Los médicos no tardaron en hablar con la familia sobre la posibilidad de retirarle el soporte vital y dejar que el pobre llegara de una vez al fondo de la cuesta.

Pero entonces, un día aciago, Gavin abrió los ojos inexplicablemente y dijo: «Mamá».

Acto seguido volvió a hundirse en el fondo del inconsciente..., pero el daño ya estaba hecho. La madre redobló los esfuerzos... y la negligencia. Se llevó al hospital el saco de dormir y empezó a acampar bajo la cama del hijo. «Tú como si no estuviera –le decía a Jean cada vez que salía de debajo en el frío de la mañana–. Yo solo quiero estar presente cuando despierte.»

Pero Gavin no se despertaría jamás. Y ahí estaba el problema; además, aunque lo hiciera, tenía tal cantidad de cerebro pulverizada que lo único que le traería el futuro sería un sinfín de cuidados para animales en el armazón de un cuerpo humano. Pero por mucho que insistieron los médicos en enseñarle los escáneres y explicarle la extensión del horrible daño que había causado un único martillazo, la señora Richards no conciliaba la idea de que su hijo no volviera con ella, igual que se había ido en aquella noche fatídica. Lo del «mamá» había sido una aberración, un falso despertar, un cruel hipo neurológico que tendría cautiva a toda la familia hasta que alguien hiciera algo.

Y ese alguien fue el jefe de la planta, que sugirió que el chico estaba preparado para volver a casa.

La madre lloró de alegría; el padre lloró porque sabía lo que significaba.

Jean fue testigo del arrojo con que la familia hizo los preparativos para la vuelta a casa del joven. Reformaron la casa con rampas y raíles. Compraron equipamiento médico y una optimista silla de ruedas. Contrataron a enfermeras. Y no eran ricos.

Gavin salió en camilla del hospital con su madre al lado; la mujer saludaba resplandeciente, como si escoltara al ganador del derbi de Kentucky.

A los cinco días murió de las complicaciones que cabía esperar y la familia volvió a unirse en el duelo..., como deberían haber hecho hacía meses.

Jean recibió la noticia con una explosión de llanto abundante, pero lloró tanto de alivio como de culpabilidad. Si no hubiera vuelto a casa, Gavin podría estar todavía vivo.

Por decir algo...

Y ahí estaba el dilema. Odió al jefe de planta por tomar una decisión que ella nunca habría sido capaz de tomar; todavía pasaba noches en vela pensándolo. Noches en que se incorporaba en la cama y leía noveluchas de medio pelo con la lucecita de la lamparita de leer, para no despertar a Roger.

El segundo asesinato –el año anterior– fue más descarado. Una anciana a la que ingresaron tras una fuerte apoplejía y a la que un ventilador mantenía con vida.

Dos veces al día entraban y salían en bandadas sus numerosos familiares, de natural amable, para sufrir la erosión lenta y desgarradora de todo lo que habían amado, mientras las enfermeras se esforzaban por mantener con vida a una anciana que era evidente que estaría mejor muerta.

Una vez más fue un médico quien tomó la decisión: uno joven que acababa de terminar la residencia pero con buen corazón y buena mano con los pacientes.

En la quinta noche de vigilia, le sugirió a la familia que fueran a descansar a la cafetería de abajo.

–Se los ve agotados. Es importante que se mantengan fuertes.

Tras las reticencias iniciales terminaron por claudicar, y allá que se fueron.

–Se te ve en la cara que a ti tampoco te sentaría mal un café, Jean.

–No, estoy bien –le respondió con una sonrisa.

–Pues yo no. Me tomaría uno con gusto. ¿A ti te importaría? Yo me hago cargo del fuerte.

Insistió en darle dos libras, y Jean se fue con el dinero. Hasta que no estuvo a mitad de camino en el ascensor no se preguntó por qué no le había pedido a un familiar que le subiera un café.

Jean volvió a la planta justo cuando estaba encendiendo de nuevo el ventilador.

El corazón le dio tal brinco que se tiró el café encima. Había oído hablar de esas cosas pero nunca las había visto con sus propios ojos: esa clase de intervención simple y definitiva que era tan claramente por el bien del paciente como un claro asesinato.

Por decir algo.

Jean se tragó el corazón y el grito, y se alejó de la puerta de la unidad. Con manos temblorosas fregó el café derramado y limpió con un trapo la taza medio llena. Luego, en un momento que la marcaría para el resto de sus días, volvió a entrar y se lo tendió al médico junto con las dos libras.

–La señora Loddon ha fallecido –le informó este, y Jean se fijó en que tenía cogida la mano de la anciana.

–Pobrecilla –respondió, y luego añadió–: ¿Voy a avisar a la familia?

–No, déjales que descansen un poco.

Jean asintió y ambos se quedaron callados en la semipenumbra hasta que la familia de la señora Loddon volvió repuesta.

Desde entonces había habido varias muertes, pero era más que previsible en una unidad como aquella, donde los pacientes dan rodeos entre la vida y la muerte, y a menudo optan por la una o por la otra contra cualquier expectativa médica.

Desde entonces Jean no había visto nada a lo que pudiera llamar asesinato aunque tenía que reconocer que ya no se fijaba tanto. Cuando en marzo murió el señor Attridge, sintió tal alivio por todos que ni se lo cuestionó. Cuando a los pocos meses falleció el señor Galen, fue una muerte más inesperada, pero era bien cierto que la neumonía no se había retirado del todo de los pulmones y tan solo el pánico ante un poco de flema podría haberle provocado el ataque al corazón que lo mató.

A fin de cuentas suponía casi una liberación misericordiosa para pacientes y familiares, una opinión que cundía entre todos los que trabajaban en la Unidad de Neurología.

Así, después de todo lo bueno y lo malo que había visto, Tracy Evans no era nada para Jean; con los años había visto ir y venir a muchas como ella. Solo las que eran realmente buenas se quedaban. Angie llevaba tres años mientras que Jean se apostaba el sueldo a que Monica no llegaría al verano.

Lo único malo de la marcha de Tracy fue que las visitas del señor Deal se redujeron considerablemente. Nada indicaba que la mujer hubiese sido muy consciente de la presencia del marido pero la entristecía la idea de que se percatara de su ausencia. Hacía lo que podía por dispensarle más atenciones y pasar tiempo contándole noticias del mundo y cotilleos de la planta, pero, a sabiendas de que Angie estaba sufriendo su descuido con los medicamentos y las cuñas, al final había tenido que claudicar y sentirse culpable.

A los cinco meses de la marcha de Tracy, Jean hizo un último esfuerzo desesperado por la señora Deal. Colgó una tarjetita en el tablón de anuncios: «SE BUSCA: PERSONA AMABLE Y FIABLE PARA LEER A UNA PACIENTE».

Cogió tres libros de su casa, los dejó en la mesita de noche de la mujer y esperó otro milagro.

Meg vio el reclamo cuando terminó la guardia. Eran agotadoras a la par que divertidas, sobre todo en el servicio que le tocaba esa semana: pediatría. Aunque siempre había querido ser pediatra, empezaba a plantearse si cambiar de opinión. Los niños –incluso los enfermos– daban mucho trabajo. Había que hacer de toda labor una tarea entretenida, o indolora, o explicarse para que un niño chillón se dejara tocar el brazo roto o la barriga dolorida.

Ese día –después de recibir constantes puntapiés de un niño

de cinco años con apendicitis–, Meg se había planteado estudiar veterinaria, para tener pacientes a los que poder atar, amordazar y enjaular.

A la salida, se detuvo en el tablón de anuncios. Se había acostumbrado a pararse a echar un vistazo, de cuando estuvo buscando bici. Al ver a Patrick Fort pasar la pierna por la barra de su reluciente bici azul se había acordado de lo divertido que era llegar rápidamente a los sitios, con la cara encendida y el viento en el pelo.

A pesar de no haber llegado a ver nunca ni un anuncio de bici se enganchó a la aleatoriedad de los mensajes.

«Gatitos gratis para hogares buenos. Solo quedan machos.»

«Se comparte coche a diario desde Newport. Gasolina y gominolas a medias.»

«¡Vente a Escocia a hacer *rafting* en aguas bravas!» Alguien había escrito debajo «en interior en caso de lluvia».

«Persona amable y fiable.»

Las palabras llamaron la atención de Meg. Se consideraba amable. Se consideraba fiable. Siguió leyendo.

A Meg le encantaba leer, y la idea de que alguien no pudiera hacerlo por su cuenta la horrorizó. Pobre paciente. Pero ¡tenía tanto que hacer! Todo el mundo sabe que los estudiantes de Medicina solo tienen tiempo para empollar. Tenía las guardias en el hospital y montañas de libros, y solo se permitía dos noches libres a la semana, la de los viernes y los sábados, cuando salía al pub o al cine con las compañeras de piso o alguna fiesta esporádica. Pero tenía derecho a algo de tiempo para divertirse, ¿no? ¡Que solo tenía veinte años!

Se alejó del tablón sintiéndose a la defensiva, por mucho que nadie la hubiera atacado.

Se detuvo en seco al recordar que las clases de disección terminarían pronto. Apenas quedaba ya nada que despedazar o cortar del pobre Bill, y no tardarían en llevárselo a la incineradora o al cementerio. Le quedarían dos días libres a la semana durante el resto del curso. Había pensado dedicar uno a estudiar más y el otro a relajarse; tele, dormir, leer, cosas así. Se había decidido a meterle mano a la literatura con mayúsculas que, según decían, tenía que leer. Ya tenía *Nuestro amigo común* y una obra de James Joyce en la estantería, y desde donde la amenazaban veladamente con quedarse sin abrirse toda la vida.

¿Tan distinto sería si los leyera en voz alta... a alguien que tal vez estuviera desesperado por oírlos?

Meg volvió al tablón y apuntó el número de Jean.

31

La sucia zapatilla azul y blanca parecía un trofeo en medio del escritorio brillante.

–Esto es muy serio –le dijo el profesor Madoc.

Patrick se rio porque le pareció divertido, aunque nadie lo secundó, ni Mick ni el doctor Spicer.

Contempló las caras de los tres hombres e intentó adivinar qué estaban sintiendo. «Enfado», se dijo, y se dio cuenta de que cada vez se le daba mejor. Sin duda estaba cogiendo mucha práctica.

Madoc señaló la zapatilla y le preguntó:

–¿Es tuya?

–Sí. ¿Puede devolvérmela? –Llevaba las zapatillas de Jackson, que estaban haciéndole un daño de muerte.

–¿De modo que admites que anoche estuviste en la sala de disección?

–Sí. ¿Puede devolvérmela?

Nadie le dijo que no, así que la cogió del escritorio y se la puso en el regazo.

–Me alegro de que lo admitas, Patrick, porque también tenemos tu código de acceso registrado.

Patrick no respondía a afirmaciones inútiles. ¿Acaso no lo había dicho él ya?

–Le tiraste el zapato al señor Jarvis.

–¿Quién es el señor Jarvis?

–Soy yo –respondió Mick.

–No. Lo tiré por encima.

–¿Por qué?

–Para no quedarme encerrado.

–¿No habría sido más fácil decirle que estabas allí?

Patrick no respondió. Técnicamente la respuesta era sí, pero no tenía palabras para explicar lo que había pasado; para justificar el sudor en la piel y la respiración agitada. Ya no le parecían cosas lógicas sino tontas..., como no haber practicado sexo todavía. «¡Pero es que había que pegarse tanto!»

–¿Qué estaba haciendo él allí, si puede saberse? –preguntó Patrick.

–Nada que a ti te importe, pero el señor Jarvis tiene por costumbre trabajar en horas en las que no hay gente en la sala de embalsamado. Cuando subió la escalera y se encontró con que las luces de la sala de disección estaban encendidas, empezó a sospechar.

–Pero ¿por qué las apagó? –preguntó Patrick.

–Porque me da ventaja sobre los intrusos –explicó Mick–. Me conozco la sala como la palma de mi mano. Me da igual que las luces estén encendidas o apagadas.

–Pero si las hubiera dejado encendidas, me habría visto.

–Puede que sí o puede que no.

–Sí, me habría visto –replicó con entusiasmo Patrick–, ¡porque estaba justo delante de sus narices!

El doctor Spicer hizo un ruidillo que se convirtió en tos y el profesor Madoc lo miró con mala cara y volvió la vista a Patrick.

–En nuestro último encuentro te advertí de que no podíamos pasar por alto una conducta indigna solo porque tuvieras problemas. ¿Lo recuerdas?

–Claro que lo recuerdo –contestó el chico exasperado.

¿Qué clase de melón con ojos se creía ese hombre que era?

–Bien. Porque me temo que voy a tener que pedirte que nos dejes.

Patrick hizo ademán de levantarse pero vaciló.

–¿Se refiere a que deje la habitación o todo esto... de la facultad?

–Todo esto de la facultad.

–Anda.

Se quedó suspendido sobre el asiento de la silla. Había ocurrido, y comprendió entonces que sí que le importaba; y le sorprendió en qué medida. Decidió no levantarse y sentarse en cambio con más aplomo.

–Es una decisión pésima.

–¿Ah, sí? –dijo el profesor recostándose en la silla y juntando los dedos por las yemas.

Patrick se fijó en que también se le enrojeció la cara.

–Sí, horrible. E incoherente. Me dijo que la conducta indigna era comportarse de manera inapropiada con el personal, tener un altercado con un compañero al lado de un cadáver, ignorar el procedimiento de disección y acceder sin autorización a los datos confidenciales de una donación. –El profesor Madoc se le quedó mirando con la boca medio abierta, de modo que tuvo la paciencia de explicarle adónde quería ir a parar–: No dijo nada sobre tirar zapatos.

–¡Creía que se sobreentendía! –soltó el profesor.

–A mí no me lo parece.

–Cualquier persona normal lo habría entendido.

–Estamos desviándonos de la cuestión –interrumpió Spicer con tacto–. El caso, Patrick, es que entraste en una zona restringida en plena noche y sin autorización.

–Nadie me dijo que se necesitara permiso. Yo no forcé la entrada; entré con el código que me dieron ustedes. No intentaba esconderme de nadie, y por eso mismo encendí la luz. Como no me pareció lógico que alguien las apagara, me escondí. Al creer que podía quedarme encerrado, inventé una distracción y me fui. No le he hecho daño a nadie ni a nada, ni tampoco he robado nada. Lo hice para determinar la causa de la muerte, que es lo que el doctor Spicer nos dijo que hiciéramos. Además, estoy convencido de que hay un error porque no fue un fallo cardíaco como pone en el papel, sino que en realidad sufrió un choque anafiláctico por la ingesta de un cacahuete.

Patrick se quedó sin aliento. El corazón le bombeaba con fuerza y le dolía la mandíbula de hablar tanto. Los tres hombres se le quedaron mirando con tal intensidad que se puso nervioso y tuvo que mirar a otro lado en busca de consuelo. Vio entonces el cubo de Rubik en la librería y se fijó en que el profesor Madoc había vuelto a desordenarlo; hasta desde la silla podía ver en qué se había equivocado.

–Un cacahuete –repitió el profesor.

El doctor Spicer se lo explicó lentamente:

–Había un cacahuete en la garganta del cadáver, pero no tiene relación alguna con la causa de la muerte.

Miró a Mick, que asintió para corroborar lo dicho.

–Ya te lo dije –asintió el técnico.

–Se lo dijo a Scott. Yo no soy Scott.

Volvió a hacerse el silencio, y esa vez duró un rato, lo suficiente para que Patrick recuperara la calma. Al ver que los tres hombres intercambiaban miradas, agradeció que por fin lo tomaran en serio. Si se daban cuenta de la importancia del cacahuete, y de por qué era primordial que lo encontrase, todo se arreglaría.

Pero Madoc suspiró y dijo:

–Sin embargo... –Y lo expulsaron en el acto.

Patrick se fue de aquel despacho revestido de roble hecho un amasijo de turbación y confusión.

No daba crédito a lo que acababa de pasar. En lugar de actuar con lógica, ¡el profesor Madoc había cogido y lo había expulsado! Era como volver a apagar todas las luces. Se quedó un minuto entero en medio del pasillo, con la zapatilla contra el pecho, mientras otros estudiantes pasaban chocando o rozándose con él, sin ni siquiera notarlo.

Después empezó a andar a paso rápido hasta el fondo del pasillo. Para cuando llegó a la escalera iba corriendo.

Estaban detrás de él. Ni justo detrás ni por delante, ¡esa era la cuestión!

Significaba que les sacaba ventaja.

Sintió que la adrenalina le recorría una vez más el cuerpo, igual que al trepar por la cerca. Aunque antes de conocer a Número 19 no la había sentido nunca, la reconoció al instante y se recreó en ella.

Un último vistazo al cadáver, era todo lo que necesitaba. Pero uno con ojos más suspicaces, con una mirada que buscara indicios del pasado y no del futuro. Iría directo a la garganta, donde estaba el cacahuete. Era lo lógico. La garganta, la boca, la lengua. Pensó en los cortes y rasguños que le había hecho Dilip... ¡o que él dio por sentado que había hecho su compañero! Empezaría por ahí. Y seguro que encontraba algo; más cúmulos de sangre negra, otro trocito de látex azul. Lo recorrió otra emoción. No sabía qué pero lo encontraría.

Todavía con la zapatilla en la mano, Patrick pasó por delante del conserje que había en la entrada del edificio –a través de las puertas que siempre estaban abiertas– y en estado febril introdujo su código de acceso en el teclado del ala de anatomía.

No se abrió.

Accionó el pomo y volvió a introducir el código, 4017.

Nada. 4017. 4017. 4017. Nada, nada, nada.

Golpeó la puerta metálica con el puño con tal fuerza que resonó por todo el pasillo.

–¡Eh! –lo llamó el conserje, pero Patrick hizo oídos sordos. Pateó con fuerza la puerta, sin siquiera sentirla en los dedos de los pies.

El conserje le cogió del brazo y el chico se desembarazó mientras intentaba mantener la calma.

–¡No me toque! Tiene que dejarme entrar. Lo necesito.

–De eso nada: lo que necesitas es largarte.

El chico, que no lo había visto nunca de pie, se fijó entonces en lo fornido que era el conserje.

–Tengo permiso para estar aquí. Estudio Anatomía. Tengo permiso para entrar en la sala de disección.

–Pues hoy no, bonito. Hoy te vas a casa a dormirla.

Cuando el conserje lo cogió con más fuerza del brazo, Patrick le pegó un puñetazo en la cara. Aunque de constitución fuerte, el hombre se tambaleó como un borracho..., y luego se quedó sentado en el suelo y se cayó de culo con las piernas en el aire.

El chico se largó antes de que bajaran al suelo.

Se fue directo a la comisaría, que estaba en la misma calle, pasado el museo y el ayuntamiento.

–Quiero informar sobre un crimen –le dijo a la agente del mostrador, que estaba tras una ventanilla de cristal grueso como si vendiera billetes de tren.

–¿Qué clase de crimen?

–No estoy seguro. Entiendo que es un asesinato, pero, como ya no puedo recabar pruebas por mi cuenta, creo que es el momento de que actúe la policía.

La mujer no dijo nada, pero le miró las manos. Patrick vio que tenía un rastro de sangre en los nudillos de la izquierda.

La nariz del conserje.

Se apresuró a retirar la mano del mostrador y a restregársela contra el vaquero.

–Esto no tiene nada que ver.

–¿Y con qué tiene que ver?

–Con algo irrelevante. ¿Va a apuntar mi información o no?

La agente lo miró tan fijamente que tuvo que parpadear y apartar la vista.

–Siéntate, anda. Ahora viene un agente.

Patrick hizo lo propio en un asiento que daba a la pared de cristal del vestíbulo. Fuera la lluvia había despejado el ambiente y había lavado los árboles y en esos momentos la avenida de gravilla rosa relucía bajo el sol de febrero.

Un furgón policial se detuvo delante y un agente abrió la puerta trasera. Esperó ver salir un perro, pero en su lugar apareció un hombre: el joven del chándal blanco que había visto en el parque.

Tenías las mangas ensangrentadas hasta los codos.

Dos policías le hicieron subir la amplia escalera que daba al vestíbulo. Aunque llevaba las manos esposadas por delante iba andando desenfadadamente y con una sonrisilla en la cara.

El trío entró y se fue directo a la puerta de dentro. Un agente introdujo el código en el teclado de seguridad: 1109; no intentó esconderlo. Patrick se preguntó si el de salida sería el mismo.

Mientras tanto el joven contempló el vestíbulo y vio que estaba mirándolo. Levantó las manos encadenadas y ensangrentadas como si rogara... o rezara.

–Yo no he sido.

–Me cuesta creerlo –dijo Patrick, y los dos policías se echaron a reír, por mucho que no fuera ningún chiste, y luego se lo llevaron por la puerta.

–¿Cómo te llamas? –Le hablaba la agente del mostrador, inclinada hacia delante y con una mano contra el cristal.

De pronto se inquietó.

–¿Por qué?

–No podemos rellenar el informe sin un nombre.

Se quedó aturdido. Había visto las suficientes series de televisión para saber lo que eran los chivatazos anónimos. De modo que las palabras de la agente no tenían sentido..., luego no podían ser ciertas.

Luego estaba mintiendo, se dijo.

Pero ¿por qué?

Le había visto los nudillos. Patrick volvió a pensar en la nariz del conserje cediendo bajo su puño. Sangre en los nudillos, igual que el joven del chándal blanco con las mangas ensangrentadas. Y pensó en cómo la policía se había reído cuando el joven se había vuelto y había dicho: «Yo no he sido». Ni Patrick lo había creído. Tenía la culpabilidad en las mangas, a la vista de todos.

Y él, la sangre en los nudillos.

Nadie había visto que el conserje le había agarrado primero, o que Mark Bennett le había empujado por la espalda el día que su padre murió.

Así que, en lugar de darle el nombre, se levantó y se fue.

La mujer fue tras él, pero Patrick echó a correr; para cuando se detuvo en los escalones del monumento a la guerra, la única compañía que tenía era un vaho espectral en el pálido sol de invierno.

El inusitado sonido del teléfono despertó a Sarah Fort por segunda vez en doce horas. Esa vez era a la luz del día: con un resplandor punzante que le hizo guiñar los ojos y odiar el mundo.

Por lo menos esa vez no tuvo que levantarse de la cama porque estaba en la mesa de la cocina, con un charquito de baba marcando el lugar.

Cogió el teléfono y dijo «¿Diga?» con tanta fuerza que tuvo que repetirlo con más cautela.

–¿Diga?

Silencio. Había alguien; lo oía respirar.

–¿Diga? –preguntó con más insistencia.

Respiración.

–¿Vas a decir algo o no, pervertido?

La respiración paró.

Sarah se apretó la palma de la mano contra el ojo y se lo dejó allí para presionar el dolor hacia dentro.

Llevaba años sin sentirse así. Años y años. Años en los que tenía que ser fuerte porque solo estaban los dos y ella tenía que hacerlo todo.

Años desperdiciados. Había sido tan fácil dejar de ser fuerte que no entendía cómo no lo había hecho antes. Se miró el camisón color crema con florecitas azules. Ni siquiera se había vestido para tirarse del vagón en marcha, aparte de las botas, claro. No importaba; ya no tenía a nadie para quien vestirse, nadie a quien le importase. ¿Quién iba a quererla con un hijo como el suyo en casa? Tendría que haberlo hecho hace años y haberse ahorrado las esperanzas vanas.

Se acordó de que estaba hablando por teléfono y volvió a llevarse el auricular lentamente a la oreja.

–¿Patrick?

La conexión se cortó.

Miró el auricular azul brillante en la mano y supo que no podía ir a casa. Le vibraban las entrañas como una cinta de raso en una tormenta. Llevaba diez años sin sentirse así pero le parecían diez minutos.

Era como montar en bici; la voz de su madre cuando estaba borracha.

32

A los ojos demasiado maquillados de Tracy Evans, una amonestación por escrito por dejar el puesto de enfermeras desatendido la noche de la muerte del señor Galen era un mal menor.

El señor Deal había resultado ser un amante aceptable esa noche y en sucesivas ocasiones..., además de un proveedor más que aceptable de regalos, cuya valía aumentaba en proporción directa a los actos sexuales que Tracy estaba dispuesta a ejecutar. Ya la había invitado a cenar, le había regalado un pañuelo Burberry y alhajas de gama media, pese a mostrarse inusitadamente tímido con sus favores. No tenía sentido enseñar todas sus armas de golpe, se dijo; el señor Deal podía ser esa gallina de los huevos de oro que solo aparece una vez en la vida, y estaba decidida a recoger todos los que pudiera. Pronto le pagó los meses que debía de alquiler, y eso que ¡apenas habían pasado de la postura del misionero! Su gran plan era quedarse preñada..., con un vínculo monetario que duraría una generación.

Por lo demás, había aspectos del señor Deal que no sabía descifrar. A pesar de los apareamientos cortos y frenéticos, se mantenía demasiado distante. Era agradable pero no adulador; le daba los regalos como si tal cosa, sin sentimentalismos. No la llamaba y apenas cogía el teléfono, aunque sabía que tenía identificador de llamadas. El señor Deal, en definitiva, estaba lejos de ser un hombre cachorrillo o felpudo..., y a veces Tracy se sorprendía pensando en él en momentos insólitos, incluso cuando no necesitaba veinte libras para gasolina.

Con todo y con eso estaba yendo mucho mejor de lo que había imaginado.

Evidentemente Tracy sentía muchísimo la muerte del señor Galen. No había sido un paciente en coma malo –ni peor que otros– y su mujer tampoco había dado problemas, más allá de lo del beicon frito. Si hubiera oído la alarma que acompañó su fallecimiento habría respondido sin dudarlo. Había sido mala suerte que le diera el infarto justo cuando ella estaba sufriendo su «pequeña muerte» a lomos del señor Deal en el baño de las tías, tras un letrero –muy oportuno– de «fuera de servicio».

Justificó la ausencia de esa noche alegando que sufría una inflamación pélvica que requería frecuentes visitas al baño. Aceptaron la explicación y, por irónico que pareciera, resultó ser cierta a los pocos días de que el destino del señor Deal se sellase.

Jean y Angie se lo tomaron a mal. No le dijeron nada a la cara pero la pusieron verde a sus espaldas. Monica, por el contrario, era una defensora acérrima de todo aquel que le cubriera las escapadas para fumar y asintió con rotundidad cuando Tracy le dijo: «Lo que les pasa es que tienen envidia».

Lo creía sinceramente: Jean era una mártir vieja y marchita cuyo marido barrigudo tenía siempre el bigote lleno de migas, y Angie, a pesar de haberse agenciado un médico joven y un anillo, seguía vaciando cuñas..., lo que demostraba que no entendía las normas del compromiso en la guerra de los sexos.

En agosto, al mes de morir el señor Galen, la trasladaron al servicio de geriatría, donde era más normal que muriera gente que en neurología, y donde pocos podían alcanzar el pulsador..., o incluso recordar que había uno.

Monica le regaló un osito blanco con un gran corazón rojo que decía: «Te echaremos de menos».

Pero Jean y Angie ni se despidieron.

33

Era solo la segunda vez, pero Meg empezaba a preguntarse cuánto tiempo aguantaría leyéndole a la señora Deal.

Por lo general era una lectora rápida, pero allí era demasiado consciente de la oyente muda, el horror inerte de la situación le impedía enfrascarse en el libro..., aunque fuera *El código Da Vinci*, que encontró al lado de la cama de la señora Deal y que la había enganchado de tal manera que había acabado abandonando toda aspiración de meterle mano al *Ulises*. Iba bien, sin problemas, hasta que la señora Deal movía un dedo y tenía que leer tres veces una frase para entenderla; o pasaba la página y entonces una máquina gorjeaba, y se preguntaba si se había saltado algo y tenía que volver atrás y empezar de nuevo..., solo para darse cuenta cuando llevaba tres cuartos de la página que estaba repitiéndose. Meg se trastabilló con la prosa por enésima vez y vio que la mano de la señora Deal se removía como en respuesta. ¿Era así como las víctimas del coma expresaban su descontento? ¿Moviendo un dedo y esperando que todo el mundo comprendiera lo cabreadas que estaban?

El dedo volvió a moverse. Retembló ligeramente y luego se detuvo.

Meg suspiró. Jean le había advertido de que no imaginara comunicación donde no la había. La señora Deal no comprendía, no tenía control, le dijo.

La miró a la cara y se preguntó si había sido guapa. Era difícil asegurarlo, tan cenicienta y delgada como estaba y con la mitad inferior de la cara tapada por el grueso plástico blanco del ventilador con el que respiraba. Las veces que abría los ojos los tenía de un bonito color avellana, pero la mayor parte del tiempo estaban cerrados o solo le asomaban unas franjas blancas, como en esos momentos.

–¿Está bien, señora Deal? –le preguntó acariciándole la mano.

El dedo se movió varias veces más bajo su palma y luego paró.

Se le puso el vello de punta. ¿Qué estaba pasando dentro de la cabeza y los dedos de esa mujer? ¿Era el tic un intento desesperado por comunicarse... o solo los residuos titilantes de un fallo en un sistema eléctrico?

Cogió la mano lacia de la mujer.

–Puedo hacerle la manicura. ¿Le gustaría, señora Deal?

El dedo no se movió.

–¿Le gusta el rosa?

El dedo no se movió.

–¿O mejor rojo? ¿Un *look* más vampiresa?

El dedo no se movió.

Suspiró y puso la mano con cuidado sobre la colcha amarillo claro. Al punto el dedo volvió a temblar y a parar una vez más.

La chica frunció el ceño.

–¿Puede volver a hacerlo, señora Deal?

Volvió a hacerlo.

Meg contuvo el aliento. El dedo de la señora Deal empezó a tamborilear, pero siguió... cinco, seis, siete, ocho veces. Volvió al libro preguntándose si no estaría perdiendo el tiempo. Por primera vez se dio cuenta de que sus acciones no eran del todo altruistas. En el fondo había deseado que la lectura consiguiera precipitar una recuperación cuya única responsable sería ella. Era humillante reconocer semejantes intenciones..., incluso para sus adentros. Era una persona amable, eso estaba claro, pero ¿estaba también buscando la gloria? ¿Era una fanfarrona? No le gustaba la nueva luz bajo la que estaba viéndose. No tenía nada de modestia ni de abnegación, y la avergonzaba.

Humillada, volvió a la página y continuó leyendo. Con el rabillo del ojo veía el dedo tamborilear y parar, tamborilear y parar.

Angie fue a controlar una máquina que había al lado de la cama de la señora Deal y le sonrió.

–¿Por qué hace eso? –le preguntó señalando el dedo tembloroso de la paciente.

–Son cosas que pasan sin más... Los pacientes se remueven, hablan o abren los ojos, incluso cuando están completamente inconscientes. –Meg asintió con parsimonia–. ¿Te molesta? –le preguntó Angie.

–Un poco.

La enfermera esbozó una sonrisa comprensiva.

–Sé que al principio es angustiante pero ya verás como dentro de unas semanas no te darás ni cuenta.

Sonrió a modo de despedida y pasó a la siguiente cama.

¡Unas semanas!

Con un nudo amargo de terror en la boca del estómago, contempló lentamente la planta, los bultos postrados que en otros tiempos fueron personas reales.

Pensar que esa vigilia enfermiza formara parte de su existencia durante las semanas o meses venideros hizo que le recorriera la espalda un escalofrío.

34

La merienda fue un momento curioso.

Kim hizo tostadas para ella y Lexi, que tenía el quimono puesto. Patrick albergaba la esperanza de que aquello supusiera que había pasado a ser la invitada de Kim y no la suya. Todo había salido tan estrepitosamente mal que no tenía ni tiempo ni ganas de preparar bocadillos de queso ni de dormir en el suelo.

Estaban los tres en el salón viendo un ruidoso programa lleno de colorines, con marionetas y un robot, mientras Jackson se dedicaba a dar portazos con los armarios en la cocina. Patrick se encogía a cada golpe.

–Dios Santo. –Kim puso los ojos en blanco y gritó–: ¿Podrías hacer más ruido?

–¡Claro! –gritó el otro a su vez, y lanzó un cubierto o algo parecido al fregadero.

–Qué infantil –masculló Kim, que siguió comiéndose la tostada.

–Oye, ¿adónde fuiste ayer? –le preguntó Lexi a Patrick.

Tenía los pies en el sofá y el chico se fijó en que el quimono, si bien le quedaba mucho mejor que a Pete, seguía enseñando demasiado muslo.

–Fuera.

–Fuera, ¿dónde?

–No te lo va a decir –intervino Kim–. A Patrick le gustan los secretos, ¿verdad?

Kim era tonta. Los secretos le ponían enfermo, y más ese día. La sola idea de no llegar a revelar nunca el secreto de Número 19 le daba ganas de meterle una patada al televisor.

–Ay, pues a mí me encantan. ¡Yo quiero saberlo! ¡Cuéntamelo!

No se lo contó. ¡Que descubriera ella sus propios secretos en el fondo de la botella! A alguien –posiblemente Scott– se le ocurriría decir «fallo cardíaco» por decir algo y aseguraría que habían determinado la causa de la muerte, y luego probablemente le darían el premio Goldman al mejor alumno, cuando debería ganarlo él. No había encontrado respuestas. Su búsqueda había fracasado y, sin ella, estaba perdido.

Más que perdido.

Despojado de toda esperanza.

Con el rabillo del ojo vio que Lexi doblaba el cuello para intentar llamar su atención.

–Cuéntamelo, cuéntamelo, cuéntamelo, cuéntamelo, cuéntamelo...

Kim chasqueó la lengua.

–No te lo va a contar. Es un auténtico aguafiestas.

–Qué va. Solo se está haciendo el duro.

–Pues se le da muy bien –comentó Kim, y ambas se echaron a reír y enseñaron las tostadas pastosas en la boca, como la colada en una lavadora.

Patrick clavó la vista en el robot de la tele. Estaba intentando sacar un pastel de un horno de cartón pero no hacía más que aplastarlo con sus dedos metálicos. Las marionetas se reían de él y lo señalaban, pero el robot no entendía qué estaba haciendo mal, o por qué se le hacía pedazos entre las manos.

Como los tropezones que se caían del pastel de carne que era Número 19.

–Fui a ver a tu padre muerto –respondió Patrick.

Kim siguió riendo pero Lexi se puso seria y dijo:

–¿Cómo?

–Anoche fui a ver a tu padre muerto. Ese es mi secreto. Llevamos meses cortándolo. Ahora está metido en bolsitas.

–¡Qué asco, tío! –exclamó Kim, que siguió con una risilla incierta.

–¿Cómo? –repitió Lexi.

Se le había puesto la cara gris y la tostada que tenía en la mano había aterrizado en su rodilla con el Marmite hacia abajo. De pronto, Patrick tuvo la desagradable sensación de que tirar a alguien de un columpio, romperle la nariz y dejarlo inconsciente no era nada comparado con la conmoción que tan visiblemente se dibujó en la cara de Lexi, que hasta él pudo verla.

–¿Qué quieres decir? –preguntó la chica con labios temblorosos.

–Has dicho que querías saberlo.

Se encogió de hombros, como intentando echarle la culpa. Cogió una revista del reposabrazos del sofá, *Art Forum*.

–¿Qué ha querido decir? –le preguntó entonces a Kim.

–Nada –dijo esta intranquila–. A ver, estudia Medicina, pero... Nada, no creo.

–¿Qué has querido decir? –repitió una vez más–. ¿Qué coño has querido decir?

Patrick no la miró y deseó que ella no lo mirase. Ojalá no hubiera dicho nada..., pero las marionetas eran tan crueles. ¿Por qué no podían ayudar al robot y punto? ¿Por qué tenían que reírse?

Lanzó *Art Forum* contra la tele y salió del cuarto.

Estaba a los pies de la escalera cuando oyó que Lexi lo seguía con un ruido como el que haría un gato al que meten en un saco y tiran de un tren. Se dio media vuelta y la chica le pegó tal bofetada que se cayó de culo en la escalera. La cosa no quedó ahí. Era un animal enloquecido revolcándose encima de él, pegando, arañando, clavando las uñas..., y todo el rato sin parar de aullar de rabia y profanidad, mientras Kim gritaba una y otra vez:

–¡Jackson! ¡Jackson!

Patrick se tapó la cabeza y levantó las rodillas. Le metió un pie en la barriga y la apartó de él. Se cayó de espaldas contra la puerta de la entrada y luego se hizo un ovillo y empezó a llorar ahogando grandes sollozos con la boca abierta.

–Madre mía. ¡Madre mía!

–¿Qué cojones está pasando? –preguntó Jackson, que llegó corriendo de la cocina.

–No lo sé –respondió Kim, que se puso también a sollozar. Jackson le pasó el brazo por los hombros y ella se volvió y se le colgó del cuello todavía con la tostada en la mano.

Patrick se sentó lentamente y se palpó la nariz; tenía sangre en los dedos y el corazón le latía con tal fuerza que podía ver los latidos bajo la piel del pulgar.

Aquello no estaba bien. Se sentía mal, y esa vez no se alegró de reconocer el sentimiento. Miró de reojo a Lexi, que estaba acurrucada en la alfombra sucia del pasillo y, así sin más, pensó en su madre la noche que los policías lo llevaron a casa y le hicieron tostadas de judías con kétchup. Gimiendo en el suelo.

Parecía haber una relación entre ambas cosas, pero no entendía por qué.

¿Por qué? Esa era la cuestión. Esa era siempre la cuestión, y seguiría siéndola, a no ser que diera un paso al frente y resolviera el acertijo.

«Para averiguar por qué ha muerto alguien, tienes que preguntar a los vivos.»

Recordó sin querer las palabras del profesor Madoc, que le despejaron la cabeza al instante. Se levantó, se acercó y se agachó al lado de Lexi.

–¡Eh, déjala en paz! –gritó Jackson.

–¡Déjala en paz, Patrick! –repitió como un eco Kim.

Pero no la dejó. La necesitaba.

Y tal vez ella a él también.

No sabía por dónde empezar, así que lo hizo como buenamente pudo.

–Mi padre también está muerto.

–¡Me alegro! –chilló Lexi, y un hilillo de moco se le desprendió de la nariz y se pegó a la alfombra como una cuerda para escapar.

–Lo atropelló un coche –prosiguió.

–Me alegro –repitió Lexi ya con menos hincha.

–No sé lo que le pasó ni por qué. Lo he intentado, pero no soy capaz de entenderlo. Pero tu padre...

Se paró para pensar.

Lexi se sentó lentamente sobre los talones y se quedó mirándolo, con los brazos cogidos a la barriga como un cepo y la cara surcada de lágrimas negras y mocos plateados.

–¿Qué? ¿Qué pasa con él?

Patrick cerró los ojos. Rara vez hablaba sin saber qué iba a decir, pero en esa ocasión había echado a andar sin un mapa, sin estar seguro del siguiente paso o adónde lo llevarían sus palabras. No tenía ni pruebas ni experiencia. Lo único que tenía era un cacahuete desaparecido y una sensación de lo más extraña en la barriga, tan fuerte que era imposible ignorarla por muy ilógica que fuese.

–¿Qué pasa con mi padre? –insistió Lexi.

Cuando abrió los ojos, todos lo miraban, así que tuvo que apartar la vista y fijar los ojos en el mugriento gotelé antes de volver a hablar:

–Creo que a tu padre lo asesinaron.

35

–Estoy embarazada –anunció Tracy Evans. Su reflejo pareció inquietarse por la noticia–. Vamos a tener un hijo –volvió a intentarlo, y enseñó los dientes sin llegar a esbozar una sonrisa.

Se le estaba redondeando la cara. Se puso de perfil y se alzó de puntillas para verse la barriga en el espejo del baño. Se acarició la ligera hinchazón y frunció el ceño al reflejo de sus manos. Aunque ya hacía casi cuatro meses que había meado en un palito, le costaba creer que tuviera un niño dentro. Un polizón diminuto escondido en la bodega de su barriga, robándole la comida y succionándole la sangre... Y más difícil aún era imaginar que lo que estaba creciéndole por dentro iba a salir de ella en junio, quisiera o no.

Qué miedo...

Tracy se mordió el labio.

Ojalá el señor Deal se alegrase. Raymond. No llegaba a acostumbrarse a llamarlo así. Raymond, nada de Ray –lo dejó bastante claro–, pero no era un nombre que le viniera fácilmente a los labios, ni menos aún a la mente, cuando pensaba en él.

Algo que hacía a menudo. Demasiado... Tenía que reconocerlo pero no podía evitarlo. No sabía a ciencia cierta por qué era; lo único que sabía era que nunca había sentido nada así por los jóvenes demasiado ansiosos con los que se había acostado pero –era extraño– con los que ya no tenía deseos de repetir.

Lo veía tres veces a la semana. La recogía del trabajo y la

llevaba a su casa. A veces se quedaba a dormir. La casa parecía sacada de una revista: blanca e inmaculada, con paredes con cuadros de verdad en los que, si se ladeaba la cabeza con la luz adecuada, podían verse incluso las pinceladas reales.

Había una empinada escalera de caracol y un bidé en el baño. En la primera visita surgió la oportunidad de preguntarle si tenían hijos.

–¿Por qué dices eso? –le preguntó malcarado el señor Deal.

–Porque hay un váter para niños –le dijo Tracy, y el hombre había estado riéndose de ella el resto de la noche. Cuando Tracy le había insistido para que le explicase cómo funcionaba, él le había dicho que lo mirase en Google.

Luego tuvieron sexo. Como siempre.

Tracy se miró en el espejo en ese momento y se preguntó cuándo dejaría de pensar que una noche sin un casquete rápido era una noche perdida. En cualquier caso había momentos –solo momentos, cuidado– en que se deleitaba viéndolo comer algo que ella le había preparado u oliéndole el cuello cuando se abrazaban. No utilizaba loción de afeitado sino jabón de brea de hulla, lo que le recordaba que la infancia no había estado tan mal.

No tenía ni idea de qué hacía el resto de las noches, cuando no se veían. Cuando se lo preguntaba, este se limitaba a responder: «Poca cosa». En esas noches era cuando había empezado a escamarse y a preocuparse. Los hombres eran fáciles de seducir, y no quería que ninguna guarra le quitara al señor Deal...

Empezó a mirarle el móvil y la ropa sucia cuando él no estaba.

Dejó de tomarse la píldora a finales de agosto.

Y ahí delante tenía la consecuencia.

Tracy volvió a acariciarse la barriga. Iba a tener que trabajar más rápido de lo que había pensado.

Pero se dijo que si el señor Deal sentía lo mismo que ella empezaba a sentir por él, entonces todo iría bien.

36

–Yo no entro.

Lexi estaba plantada en la calle Penylan, delante del camino de entrada a la casa.

–Vale –respondió Patrick, que acto seguido echó a andar por la gravilla.

–¡Espera! –El chico se dio la vuelta–. ¿Tú vas a entrar de todas formas?

–Sí.

Y tanto que sí. ¿Por qué no iba a hacerlo? Si no, ¿para qué había ido?

–Bueno, ¿y yo qué hago?

–No lo sé. ¿Qué?

–No lo sé.

Entonces ¿para qué se lo preguntaba? Patrick sacudió la cabeza, confundido.

–Vale –repitió y siguió hasta la puerta. Para cuando levantó el pesado llamador de cobre con forma de cabeza de león, Lexi estaba de nuevo a su lado, mordiéndose el labio, nerviosa.

–¿Cómo estoy? –le preguntó de repente.

Patrick la miró de arriba abajo y se encogió de hombros.

–Y yo qué sé.

Lexi se quedó mirándolo pero no sirvió de nada. Una mujer regordeta con vaqueros y un rebecón les abrió la puerta.

–Alex –dijo con tono hastiado la mujer.

–Hola –la saludó con aplomo Patrick, que se había preparado las primeras frases y no quería que nada lo distrajese–. Necesito información sobre el señor Galen. ¿Puedo pasar?

La mujer miró a Lexi.

–¿Vas a dar guerra?

–No –respondió Patrick.

–Hablaba con Alexandra.

–¿Quién es Alexandra?

–Ella.

Lexi se cruzó de brazos y se removió nerviosa, y Patrick tuvo que apartarse un poco para evitar el contacto accidental.

–No –respondió por fin la chica.

Y la mujer abrió la puerta y los dejó pasar.

La casa era diez veces más grande que ninguna en la que Patrick hubiera estado antes.

La mujer regordeta lo miró y se presentó:

–Yo soy Jackie.

–Ya lo sé. Tiene unos techos muy altos.

–Sí, es verdad –corroboró con una mirada de extrañeza.

Los condujo hasta el salón, donde un viejo chucho se levantó de la alfombra delante de la chimenea encendida y los deleitó con un ladrido.

–Chis, *Willow*. Son amigos.

El perro meneó la cola a modo de disculpa y fue a lamerle la mano a Patrick.

Este le acarició la cabeza.

–Tranquilo.

Jackie sonrió y les señaló el sofá.

–Sentaos.

El chico obedeció, pero no así Lexi, que se paseó por la habitación mirando las cosas como si estuviera haciendo inventario.

La casa parecía sacada de una revista. De la *Art Forum* o similar. Tenía molduras por los techos, las paredes pintadas de rosa palo y una gran chimenea blanca.

En la repisa de encima había una fotografía de Jackie y un señor con una montaña nevada y el cielo azul por detrás. El hombre sonreía con unos dientes que Patrick conocía muy bien: era Número 19 de vacaciones.

Intentó imaginárselo en la habitación pero no consiguió verlo con vida. Cada vez que lo intentaba, aparecía un cadáver rechinando los huesos, con piernas de zombi, o echado de lado, tieso y naranja, en el sofá, chorreando líquidos sobre el cuero color chocolate.

–¿Cómo estás, Alex? –Lexi se encogió de hombros–. Tienes buen aspecto.

–¿Qué quieres decir?

–Nada.

–Ya, claro.

–¿Vas a presentarnos?

Lexi volvió a encogerse de hombros, pero dijo:

–Este es Patrick.

–¿Qué tal? –le preguntó Jackie.

–¿Qué tal qué? –replicó el chico.

–¿Perdona?

–Ignóralo. Está..., en fin... –dijo Lexi, moviendo un dedo a un lado de la cabeza.

–Ah. Bueno, me alegro de que hayas venido, Alex.

–¿Ah, sí?

La mujer se removió nerviosa y Patrick se fijó en que Lexi había cogido un pequeño adorno de porcelana: un reluciente cervatillo en medio de un seto de brezo morado. También reparó en que en la cristalera que daba a la parte trasera de la casa había un trozo de cartón para tapar el cristal roto. Tenía peor aspecto que desde el jardín; ojalá no le hubiera dado la piedra a Lexi. No sabía por qué lo había hecho la chica; Jackie parecía agradable..., no se la esperaba así. No sabía por qué pero siempre se la había imaginado con ropa de piel de leopardo.

–¿Cómo has estado? –le preguntó Jackie.

–He estado pobre. –La mujer tensó los labios, y Lexi señaló a Patrick con el cervatillo–. Cree que a mi padre lo asesinaron.

–¿Cómo?

–Dice que necesita insultar a los vivos.

–¡Consultar! –la corrigió Patrick–. Si queremos averiguar por qué murió alguien, tenemos que consultar a los vivos.

Jackie los miró a los dos con fijeza, visiblemente perdida.

–Usted está viva –le explicó–, y por eso he venido a consultarle.

–¿A qué viene esa historia del asesinato? Tu padre murió por culpa de un accidente de tráfico, Alex. Patinó con el coche por el hielo. Ya lo sabes. Viniste al hospital.

–Pero dijeron que iba a recuperarse. Y luego de repente murió.

–Sufrió una neumonía que derivó en un fallo cardíaco, cosa que sabrías si te hubieras dignado a estar allí, como yo, dos veces al día, a diario, durante varios meses. Estaba extremadamente vulnerable.

–Eso no es lo que dice Patrick.

–¡Me importa una mierda lo que diga Patrick! Él no estaba allí. Y, a todo esto, ¿quién coño es? ¿Por qué está aquí?

Jackie se volvió hacia el chico; había subido la voz y se le había enrojecido la garganta.

El chico adivinó que estaba cabreada por algo.

–¡Díselo, Patrick!

–Eso, ¡dímelo, Patrick!

–¿Podéis dejar de gritar? No puedo pensar si seguís gritando.

–¡Madre mía! Patrick encontró un cacahuete en la garganta de papá.

–¿Cómo?

–Que tenía un cacahuete en la garganta. Somos alérgicos.

–Ya lo sé.

–Ya sé que lo sabes.

–¿Y qué se supone que significa eso? –Lexi se encogió de

hombros con cara de pocos amigos y Jackie buscó ayuda en Patrick–. ¿Y cómo...?

–Está estudiando Medicina... –contestó la chica.

–Anatomía –la corrigió.

–Lo que sea. El caso es que encontró un cacahuete durante la... cosa esa.

–Disección.

–Eso, durante eso. Patrick dice que lo mató eso y no la neumonía.

–Que podría haberlo matado eso –apuntó Patrick, pero Lexi lo ignoró y se acercó a Jackie.

–Yo ni siquiera sabía que había donado su cuerpo a la ciencia o a la mierda esa. ¿Es verdad? –Jackie asintió en silencio–. ¿Cómo pudiste dejar que... lo cortaran en pedacitos? –A Lexi se le quebró la voz.

–¿Por qué estás temblando? –le preguntó Patrick pero no obtuvo respuesta.

La mujer se levantó pero no fue a ninguna parte. Se cruzó de brazos, los descruzó y los cruzó una vez más. Se mordió el labio y Patrick vio que se le ponían brillantes los ojos.

–Lo decidió él, Alex. Lo hizo años antes de conocernos. Yo no tuve más remedio que respetarlo.

–¿Y también le diste el cacahuete?

–¡Claro que no! ¡No seas así! Nadie se lo dio; lo alimentaban con un tubo.

–Yo qué sé. Lo mismo te hartaste de ir a verlo ¡dos veces al día, a diario!

–Pues sí, me harté. No te lo voy a negar. Fue horrible. Un ser querido gruñendo, llorando y con un pañal puesto. ¡Y ese olor en la planta! Le cogía la mano, le acariciaba el pelo y le ponía su música favorita, y él ni quisiera sabía quién era yo. Me pasaba dos horas con él cada noche, y otras dos llorando en el aparcamiento. Cuidé de Sam cada segundo que estuvo vivo, ¡que es más de lo que tú puedes decir!

–¡Zorra malparida!

Lexi estampó contra la pared rosa el cervatillo. Una lluvia de añicos blancos cayó sobre el perro, que se lamió las patas y empezó a ladrar.

–¡Fuera de aquí! –chilló Jackie.

–¡La que tendría que largarse eres tú! ¡Esta es la casa de mi padre! ¡Tú no eres más que la cazafortunas que se lo ha quedado todo para ella!

Patrick tenía la sensación de que estaban desviándose de la cuestión.

–¿Qué pasa con el cacahuete? –preguntó, pero nadie pareció oírle.

–¿De eso se trata? ¿De dinero? Pues te equivocas. Compramos esta casa con el dinero de los dos.

–¿Y qué pasa con mi dinero? ¡Ya lo tendría si no fuera por ti!

–¡Y te lo habrías bebido! –chilló Jackie–. ¡Sam lo sabía! ¡Los dos lo sabíamos!

–¡Eso no es asunto tuyo!

–Me estáis dando dolor de oídos –dijo Patrick, y era verdad. Se los tapó con los codos.

Jackie lo ignoró y prosiguió:

–¿Cómo que no es asunto mío? Lo único que hacías era amargarle la vida. Escapándote Dios sabe dónde, bebiendo Dios sabe qué y acostándote con Dios sabe quién.

–Es mi vida.

–¡Tenías catorce años! Era también su vida.

–Y una mierda. Él nunca se preocupó.

–Mentira, ¡siempre se preocupó por ti!

–Sí, hasta que apareciste tú. Ahí fue cuando todo se fue a la mierda.

–Siento mucho que tu madre muriera, Alex, pero ¡no te atrevas a culparme a mí por algo que pasó antes de que conociera a tu padre! Siempre teníamos la puerta abierta para ti. No es culpa mía que estuvieras demasiado borracha para enterarte.

Patrick se levantó.

–Estáis haciendo mucho ruido. Me voy.

Pasó desapercibido. Salió de la habitación y *Willow* lo siguió agradecido hasta la puerta.

Pudo oír los gritos hasta alcanzar la calle.

Cuando llegó a casa, Jackson y Kim estaban sentados juntos en el sofá viendo *Grand designs*.

–¿Dónde está Lexi? –le preguntó Kim.

–Con su madrastra. –No tenía ganas de entrar en detalles.

–Oye, ¿has estado poniéndote mis zapatos? –le preguntó Jackson.

–Sí, pero me quedan pequeños.

–¡A mí no!

–¿Habéis averiguado quién mató al padre de Lexi?

–Todavía no –contestó, y subió al cuarto.

Se sentó delante de la ventana con el *Neuroanatomía esencial* de Netter abierto y observó pasar en la oscuridad los pequeños gusanos iluminados de los cercanías de la Valleys Line. Se preguntó si Lexi y Jackie seguirían gritándose por encima de la cabeza gacha del perro. Chillándose sobre amor y dinero cuando lo realmente importante era la muerte.

Por fin, a eso de medianoche, Patrick se hizo un ovillo en la cama. Al día siguiente, tendría que concebir otra forma de averiguar qué le había pasado a Número 19.

Consultar a los vivos era una pérdida de tiempo absoluta.

37

Aunque había pasado casi una semana, todo el mundo seguía hablando de la pelea de Patrick con el conserje.

–¿Os acordáis de cuando me pegó a mí? –preguntó Scott con la punta del bisturí en el cerebelo de Bill.

–No te pegó –replicó Rob.

–Ten cuidado, Dilip, que vas a seccionarle la arteria –apuntó el doctor Spicer.

Scott se encogió de hombros.

–Yo solo digo que es violento.

–Eso no es verdad –repuso Meg–. Al parecer fue el conserje quien lo agarró primero, y por eso no va a denunciarlo. Fue en defensa propia.

–Pues la vez que me pegó a mí no fue en defensa propia.

Rob suspiró e intervino:

–Que no te pegó, que solo te bloqueó. Deja ya de exagerar.

Scott blandió malhumorado el bisturí por la materia gris.

–Tendría que estar en la cárcel, no aquí con la gente normal.

–Muy considerado por tu parte –comentó Rob–. Recuérdame que no vaya a verte cuando tengas la gripe.

–O te quieras poner tetas –apuntó Spicer.

–¿Alguien lo ha visto? –quiso saber Meg.

–¿A Patrick? No –le contestó Dilip.

–Espero que esté bien.

–Qué cosas –dijo Dilip con un suspiro–. En fin, me alegro de que ya casi hayamos terminado con la disección; nunca he visto un cerebro más aburrido.

La chica no pudo evitar preguntarse cómo sería el cerebro de Patrick. Se imaginó miles de cajitas enrevesadas con cerrojos y etiquetas y sonrió para sus adentros.

–¿Qué te hace tanta gracia? –le preguntó Rob.

–No, nada, estaba pensando.

–¿Cómo va lo de leer?

–Bien, creo. Parece que le gusta.

–¿Cómo puedes saberlo?

–En realidad, no puedo. A veces mueve la mano pero... –Acabó la frase encogiéndose de hombros.

–¿De qué habláis? –quiso saber Spicer, y Meg le explicó lo de la señora Deal–. Desde luego, si se entera de algo, debe de ser lo más sonado de su semana.

–¿Usted cree que son conscientes de lo que pasa a su alrededor?

–Creo que algunos sí. Pero no tengo claro que sea siempre positivo.

Meg asintió. Sabía lo que quería decir. Todos habían hecho rondas en la Unidad de Neurología, conmocionados y enmudecidos por el horror tanto de la inercia eterna de los que tal vez nunca saliesen del hoyo, como de la rabia, el dolor y la frustración de los que ya lo habían hecho.

–¿Qué estás leyéndole? –le preguntó Dilip, devolviéndola al presente.

La chica se puso colorada.

–Bueno, empecé con el *Ulises*, pero a ninguna de las dos nos entusiasmó, así que ahora estamos con una novelucha que tenía la mujer en la mesilla de noche.

No les dijo que era *El código Da Vinci* ni que era incapaz de dejarlo entre las sesiones, por mucho que la hiciera sentirse intelectualmente sucia.

Tampoco les dijo que no pensaba volver a la Unidad del Coma en cuanto terminase el libro.

–Seguro que no es fácil –le dijo Spicer como si le leyera la mente–. Bien hecho.

–Mierda. Me he cargado la arteria.

«Hablando del rey de Roma...», pensó Meg.

Patrick estaba a los pies de la rampa larga que daba a Park Place.

–Buenas. ¿Cómo andas?

–Me han expulsado.

–Ya, me he enterado. ¿Por pegarle al conserje?

–No, antes de eso. –La cortó antes de que siguiera con sus preguntas–: Tienes que hacerme un favor.

Meg arqueó una ceja sarcástica.

–Claro, dime.

–Bien. Tienes que sacar fotos de la boca y el esófago de Número 19.

La chica se dio cuenta demasiado tarde de que su sarcasmo había pasado desapercibido.

–No puedo hacer eso, Patrick. No nos permiten entrar con teléfonos ni cámaras en la sala. Ya lo sabes.

–Entonces dime tu código y lo hago yo.

–Eso tampoco puedo.

–¿Por qué?

–Porque entonces me expulsarían a mí también.

–Es una emergencia.

–¿Cómo va a ser una emergencia? Bill ya está muerto. ¿Qué será lo próximo? ¿Que le haga la reanimación?

–Eso sería una tontería. Lo que te pido no.

–¿Por qué?

–Porque creo que lo asesinaron.

–¿A quién?, ¿a Bill?

–Sí.
–¿Que lo asesinaron?
–Es posible.
–No te entiendo.
–Vale. –Se encogió de hombros.
–No, lo que quiero es que me expliques por qué lo crees.
–Vale –repitió–. Era alérgico a los frutos secos y estaba siendo alimentado con un tubo pero, aun así, tenía un cacahuete en la garganta cuando murió.
–Vale –dijo Meg asintiendo.
–No tiene sentido a no ser que alguien se lo diera –prosiguió–. Un choque anafiláctico pudo haber derivado en infarto, que es lo que aparece como causa de la muerte en la lista. De todas formas eso solo responde al cómo murió, no al porqué.
Meg frunció el ceño.
–¿Cómo sabes todo eso?
–Averigüé cómo se llamaba y hablé con la hija, que ha heredado la alergia a los frutos secos; eso fue lo que me llevó a deducirlo. Pero, cuando fui a buscar el cacahuete, había desaparecido. Alguien se lo ha llevado y eso significa que esconde algo. Solo queda una clase de disección, y luego se llevarán los cuerpos y nunca sabré lo que pasó. Por eso es una emergencia. Por eso tienes que ayudarme.
La chica lo miró alucinada.
–¿Que averiguaste cómo se llamaba?
–Sí, Samuel Galen.
–¿Y hablaste con la hija?
–Sí. –Patrick se preguntó si era dura de oído.
–¿Cómo?
–Eso no importa. Yo no puedo entrar. Tienes que ayudarme.
Estaba tan aturdida que no podía ni hablar. ¿De qué manera habría averiguado el nombre del cadáver? ¿Cómo había hablado con la hija del muerto? Se estremeció ante semejante interacción social. Parecía todo una locura; de haber sido otra persona,

no le habría creído. Pero Patrick la convencía, y no por sus palabras, sino por él mismo: su cara, habitualmente inexpresiva, era otra; se lo veía vivito y coleando. Incluso había mejorado el contacto ocular al suplicarle –a su manera– que lo ayudara.

Mientras lo miraba, sintió que bajaba las defensas. Aun así, vaciló:

–¿Qué es lo que buscas?

–¿Te acuerdas de que tenía cortes en las membranas mucosas de la garganta?

–Sí.

–En su momento pensé que se las había hecho Dilip porque se le dan fatal las incisiones. Pero ahora creo que tal vez fueran ante mórtem.

–Entonces ¿crees que la persona que se ha llevado el cacahuete podría ser la misma que se lo metió?

Patrick la miró tan fijamente que Meg se dio un codazo mental por sonar tan dispuesta e involucrada cuando no quería parecer ni lo uno ni lo otro. Le miró a los ojos y sintió un pequeño escalofrío: no estaba mirándola a ella, sino a través, a la solución al otro lado.

–Puede ser.

Al ver cómo se le dibujaba la primera sonrisa que le había visto, Meg supo con el corazón encogido que se disponía a hacer justo lo que estaba pidiéndole. Hizo un último esfuerzo desesperado por sacar algo a cambio.

–Lo haré con una condición.

–Vale.

–Tienes que ir a leerle a la señora Deal.

–¿Quién es la señora Deal?

–Es una mujer que está en coma. No es muy complicado.

–¿Qué tengo que hacer? –preguntó de mala gana.

–Solo tienes que leerle.

El chico frunció el ceño.

–¿En voz alta?

Meg se sonrió.

–Si quieres que te oiga, sí, tendrás que leerle en voz alta.

–¿Leerle el qué?

–Un libro.

–¿Tiene que ser muy largo?

Se le pasó por la mente decirle «Da igual», pero luego pensó en la pobre señora Deal a merced de los gustos literarios de Patrick.

–Debe tener más de doscientas páginas. Y ser ficción y popular. De las listas de los más vendidos o un clásico. Pero no puede ser de guerra ni de rollos de hombres ni nada por el estilo. Tampoco ciencia ficción.

–Ni guerra ni ciencia ficción. –Patrick asintió con aire sombrío, y Meg se dio cuenta de que, si le daba instrucciones precisas, él las llevaría a cabo con la fiabilidad de un ordenador. Por un momento, se le ocurrió la idea cruel de sugerirle *Orgullo y prejuicio* pero la descartó con una sonrisilla para sus adentros.

–Si lo hago, ¿sacarás las fotos?

–Sacaré las fotos.

–Entonces vale –aceptó de mala gana.

–Haré lo que pueda –le dijo Meg.

–Yo siempre hago lo que puedo –dijo muy serio.

Meg se echó a reír y le sacó la lengua. Patrick parpadeó confuso.

38

–Estoy embarazada –anunció Tracy.

El señor Deal terminó de masticar el bocado de carne, se recostó en la silla y se quedó mirándola.

Tracy notó que le flaqueaba la sonrisa y redobló los esfuerzos, a pesar de que estaba temblando por dentro.

El señor Deal –¡Raymond!– era un hombre meticuloso, que no tenía necesidad ni de hablar mucho ni de adular. Le resultaba difícil adivinar sus pensamientos y además sabía que, cuanto más lo presionara, más tardaría en ceder. Era un incordio, pero a la vez le resultaba extrañamente excitante.

Se aclaró la garganta y le dio un sorbo al tinto.

–¿De cuánto estás?

–De bastante.

–¿Vas a tenerlo?

«¡Pues claro que voy a tenerlo! ¡Ese es el plan!»

–¿Si a ti te parece bien? –preguntó más que afirmó.

Raymond cortó otro pedazo de filete. Le gustaba la carne carbonizada y sin sangre.

–Claro.

–¿Estás seguro?

«¿Para qué le preguntas? –se dijo por dentro–. ¿Para qué le das otra oportunidad de decirte que no?»

El señor Deal terminó de masticar, se limpió la boca con la servilleta y se inclinó sobre la mesa para darle un beso en la mejilla.

–Claro que sí. Así podremos sacarle partido al váter de niños.

Tracy sintió una oleada de alegría. No habría podido dejar de sonreír ni aunque hubiese querido.

Después del telediario de la noche se fueron a la cama y le hizo cosas que no le había hecho antes. Y no solo porque pensara que se lo debía, sino porque quería.

Más tarde, de vuelta a la casa que seguía compartiendo con chicas menos afortunadas, pasó media noche sin dormir por la emoción. Y cuando fue a trabajar al día siguiente, le asombró ver que ya no le parecía tan asqueroso limpiar el culo manchado del señor Cutler ni tan difícil meter la sopa fría en los labios cerrados como con cordel de la señora Aldridge.

Por supuesto, estaba loca por contarlo todo y no volver a trabajar un día más en su vida pero, entretanto, le parecía casi satisfactorio.

Al oír el sonido de un timbre justo cuando unas cuantas se habían sentado para tomar una taza de té, Tracy se sorprendió a sí misma levantándose de un brinco y diciendo:

–Ya voy yo.

Sally, que era la voz de la unidad, dijo:

–¿Qué te pasa a ti hoy? ¿Estás enamorada o qué?

«Sí», pensó Tracy emocionada al darse cuenta de que era así. En algún momento, no sabía ni cómo ni dónde, se había enamorado del señor Deal y, en un visto y no visto, todo había cambiado.

Ella misma había cambiado..., y le sentaba de maravilla.

39

Sarah tardó una hora en encontrar las cerillas. No fumaba, no tenía cocina de gas y ni siquiera recordaba para qué las había comprado, pero sabía que estaban en ¡alguna parte!, y casi se bebió la segunda botella de Vladivar mientras las buscaba.

Y ahora ahí estaba, bajo la luna en cuarto creciente con la escarcha formándose en el techo del Fiesta, mientras intentaba quemar el cobertizo.

Estaba resultando mucho más complicado de lo que creía.

Cuando salió al aire helado de la noche, pensó que pegando una única cerilla a la madera podrida bastaría para verlo arder en llamas.

No exactamente.

Agachada en una esquina del cobertizo con el camisón y las katiuskas, llevaba gastada la mitad de la caja, transformando las tiritas de madera clara en palitos calcinados. En cierto momento se había quedado dormida en pleno acto pirómano y se había quemado los dedos.

Volvió a la casa para coger la carta y luego regresó para intentarlo de nuevo, pero encender las cerillas y sujetar la carta a la vez era una tarea imposible: tres cosas y solo dos manos. Se tambaleó, musitó una maldición y dejó caer la caja, la carta y otra vez la caja..., hasta que por fin consiguió tener la carta en una mano y una cerilla encendida en la otra y unirlas.

La esquina del papel prendió y por un momento pudo releerla en el resplandor naranja: «Estimada señora Fort: Siento mucho informarla de que he tenido que pedirle a Patrick que abandone la Escuela de Biociencias...».

Volvió a agacharse y metió el papel bajo un borde astillado. La llama se curvó lánguidamente en torno a la madera y la fue calentando poco a poco, mientras las palabras del profesor Madoc se convertían en copos negros que salían flotando hacia arriba como por encanto.

–Venga, venga –mascullo, y apoyó un lado de la cara contra el tablón rugoso–. Venga, cobertizo, tú puedes. –Se echó a reír y abrió los ojos–. ¡Sí!

Los bucles naranjas estaban tanteando el camino por un primer tablón y no tardaron en pasar a otro.

Se levantó y retrocedió. Tembló. Ni siquiera llevaba puesto el abrigo. Ni calcetines. Tenía los pies dormidos dentro de las botas de goma.

El fuego cogió fuerza. Encontró la esquina vulnerable y se abrió camino con sus garras.

Sarah dejó escapar un suspiro largo que la vació por dentro. ¿Por qué no lo había hecho hacía años? Lo único que necesitaba era el valor de la borrachera y media caja de cerillas.

La esquina del cobertizo estaba ardiendo bien. Y crujiendo. Ya no se apagaría. Empezó a despedir calor, y disfrutó viéndolo hasta que saltaron las primeras chispas y tuvo que dar un paso tambaleante hacia atrás.

«Siento mucho informarla de que...»

Patrick volvería pronto a casa y tendrían que empezar de cero una vez más. Casi desde el principio. Todo progreso se había detenido, o incluso revertido. Estaba agotada. Él la agotaba. Se negaba; no tenía claro qué quería pero sabía que hacia delante era siempre mejor que hacia atrás, incluso aunque el destino fuera incierto.

–¡Apártese!

Alguien la empujó entonces a un lado y se cayó hincando una

rodilla en el suelo y las palmas en la gravilla; la gravilla en las palmas.

Un siseo animal le hizo levantar la vista y ver que el baile de las llamas se había convertido en un feo humo gris de cenizas que revoloteaban por la gravilla y le arañaban la garganta.

Nick *el Rarito* se volvió, todavía con agua saliendo de la manguera que tenía en la mano, y dijo:

–He llegado justo a tiempo. –Y se quedó allí, con la cara encendida y jadeante, esperando el aplauso.

–Sí –asintió ella inerte, y se puso en pie como pudo.

–¿Qué ha pasado? –le preguntó el chico.

–No lo sé.

–Ah.

Aunque tenía la edad de Patrick parecía mayor, ligeramente encorvado y con unas gafas tintadas que siempre había pensado que eran propias de pervertidos.

Se restregó la tierra de las manos y sintió mucho frío. Al ver que el chico posaba la vista por un momento en sus pechos, se cruzó de brazos.

–Bueno, pues nada –dijo Nick *el Rarito* gesticulando con la manguera, que dibujó un arco de gotitas plateadas en el aire–. Será mejor que me vaya y apague esto. Pagamos por litros.

–Lo siento. Gracias.

–No es nada. Aquí estamos para lo que necesite.

«Lo que necesito es quemar el cobertizo.» Solo tenía dos vecinos: Nick *el Rarito* y su madre. ¿Por qué tenían que ser los dos tan dichosamente serviciales?

–Buenas noches, señora Fort.

Lo despidió con una mano lánguida y lo vio volver con la manguera a la casa de su madre como si fuera un fino cordón umbilical.

Le entraron ganas de vomitar: por el humo, el vodka y la decepción.

Ollie estaba en la escalera de atrás, obstaculizándole el paso para que no pasara sin acariciarlo. Pasó por encima, entró en la cocina y le vinieron varias arcadas en el fregadero. No salió nada. Apoyó la frente en el frío acero del escurreplatos y lloró un poco antes de irse a la cama.

Cuando se levantó a la mañana siguiente, dejó atrás un fantasma de cenizas grises en las sábanas.

40

Meg vio con el rabillo del ojo los golpecitos mecánicos del dedo de la señora Deal sobre la colcha.

–¿Es que no va a parar? –preguntó irritada–. Por favor... Me voy a volver loca.

Al instante sintió una punzada de culpabilidad. Las pestañas de la mujer no se cerraron sobre los ojos en blanco creciente. No había ni perdón ni reproche. El dedo se detuvo... y volvió a empezar. Movimiento y pausa, movimiento y pausa.

«Mierda.»

Cerró el libro.

–Seguiremos el próximo día, señora Deal. Ya casi lo hemos terminado. Después vendrá mi amigo Patrick y le leerá otro libro. Seguro que le gustará escuchar otra voz. No sé qué va a leerle, pero le he dicho que nada de guerra ni de ciencia ficción. –Se levantó y se envolvió el cuello con la bufanda–. De todas formas vendré para presentárselo. Y controlaré a ver qué libro escoge para que no sea una bazofia. Ya sabe cómo son los hombres.

Dejó el libro en la mesa y miró hacia la cosa que solía ser la señora Deal. Tan solo estaba mínimamente mejor que muerta. Era fácil imaginarla como un cadáver en la sala de disección: más hinchada y naranja, pero, por lo demás, igual.

Salvo por el dedo.

Cuando ya se iba, apareció Angie, que le sonrió y luego miró el gotero del paciente de la cama de al lado. Se llamaba Robert y solo tenía veinticinco años, pero las manos se le estaban convirtiendo en garras, con las muñecas torcidas en ángulos extraños y los dedos cortos y marrones curvados hacia dentro, pese a los esfuerzos del fisioterapeuta que trabajaba con él. Nunca había visto a nadie a su lado, aunque un gran leopardo polvoriento parecía indicar que en otros tiempos alguien lo había cuidado.

–Estás haciéndolo de maravilla –le dijo Angie acercándosele.

–¿Tú crees? A veces me parece inútil.

–Para nada –contestó con rotundidad la enfermera–. Nunca es inútil. Y la señora Deal se lo merece; es tan buena paciente... –Se inclinó para acariciarle la frente a la mujer.

–Bueno, aquí todos serán buenos –comentó la chica mirando a su alrededor.

–Qué va, ¡te sorprenderías! –contestó Angie poniendo los ojos en blanco por un segundo–. Algunos enloquecen cuando salen. –Levantó la mano izquierda para enseñarle un dedo torcido–. Esto me lo hizo uno. Todavía lo tengo hinchado.

–¿En serio? –preguntó sorprendida Meg, que volvió a mirar en redondo–. ¿Cuál?

–Murió –respondió Angie, que añadió en voz baja–: La verdad es que no me dio mucha pena.

La chica no dijo nada; le parecía horrible que una enfermera dijera algo así.

Angie lo leyó en su cara.

–Sé que suena muy mal, pero el señor Attridge estaba en un estado imposible. Muy angustiado. Y no iba a mejorar gran cosa. A veces lo más fácil es morir.

Meg asintió lentamente.

–Nunca lo había pensado.

–Aunque no es el caso de la señora Deal –le dijo alegremente..., tanto para la chica como para regalarle los oídos a la paciente–. Queremos a la señora Deal y le deseamos lo mejor, ¿verdad, señora Deal?

El dedo de la mujer se movió mecánicamente.

Angie le puso la mano en el hombro a Meg.

–Gracias por venir.

Cuando se hubo ido, la chica se sentó de nuevo, abrigada de arriba abajo. Le cogió la mano a la mujer y se la acarició. La tenía fría, así que la emparedó con su otra mano para calentársela un poco.

–Perdón por haberle hablado así. –Suspiró y prosiguió, casi para sí misma–: Ando un tanto angustiada. Es todo por culpa de Patrick. Quiere que saque unas fotos de algo importante pero me regalaron la cámara en Navidad y se me da como el culo.

Era verdad. Por cada fotografía centrada y enfocada que sacó de chiripa en Navidad, había otras dos decenas que exigían su eliminación inmediata. Dos decenas de instantáneas de grandes caras blancas, pulgares gigantes, cabezas por detrás y sus propios pies. No tenía ni idea de cómo iba a sacar primeros planos con fiabilidad clínica de unas membranas mucosas, y encima con la precisión suficiente para que se viera si las heridas se habían causado antes o después de la muerte.

–Y para colmo las tengo que sacar en secreto. En un sitio donde no están permitidas las cámaras. Si me pillan, podrían expulsarme, y a mi padre le daría algo. Así que siento haber sido una maleducada.

La señora Deal yacía en la cama, y Meg se puso colorada al pensar que estaba contándole a aquella mujer sus problemillas antes de dejarla allí postrada y salir corriendo a vivir su vida.

Dejó la mano con cuidado sobre la manta. El dedo empezó con el tic al instante.

–Nos vemos la semana que viene –se despidió Meg, que salió disparada.

41

Patrick no sabía muy bien a qué dedicar el tiempo desde que lo habían expulsado, de modo que pasó gran parte de la semana siguiente paseando en bici por la ciudad. El invernadero del parque Roath era un refugio cálido –exuberante de espesura tropical–, mientras afuera la luz del sol intentaba abrirse paso por una versión nublada de primavera galesa. En el lago subía la bici en un bote de remos y navegaba por las islitas donde vivían cisnes, patos y alguna que otra bolsa de patatas. Había hasta algunas tortuguitas de orejas rojas que habían sobrevivido al desahucio después de la fiebre de las Tortugas Ninjas, y que tomaban el sol en los troncos, para sorpresa de las autóctonas.

Cuando llovía, Patrick se iba al despacho de apuestas. La tercera vez que fue murieron dos caballos pero las cámaras no los enfocaron. Patrick los apuntó en su libro –*Lucero* y *Bellota Mágica*– y dibujó los simbolitos al lado de sus nombres que indicaban que no le habían valido. Después fue al museo y se compró una Coca-Cola para cenar.

De vuelta a casa se encontró a Lexi en el sofá entre Kim y Jackson, aunque no parecía que pudieran caber más de dos personas. Estaban viendo *Deal or not deal* y Lexi tenía el mando.

Patrick se quedó en el umbral.

–Buenas –lo saludó Lexi–. ¿Qué te pasó el otro día?

–¿Qué día?

–En la casa. Con Jackie.

–Que me fui.

–Eso ya lo sé –le dijo mirando al techo..., un gesto al que ya se había acostumbrado–. Pero ¿por qué?

–Me dolían los oídos.

Lexi puso cara de qué me estás contando, y Kim le explicó:

–A Patrick no le gustan los ruidos fuertes, ¿verdad?

–No.

–Pues te perdiste una pelea muy guapa.

–Ah. Qué bien.

La chica se levantó y puso el mando en el regazo de Jackson. Kim y él se acoplaron en el hueco que había dejado.

Patrick subió arriba y Lexi lo siguió.

–¿Ha habido suerte?

–¿Con qué?

–Con encontrar al asesino de mi padre.

–No. Pero Meg va a sacar unas fotos de la garganta, donde están las heridas que podrían ser ante mórtem.

–¿Qué es ante mórtem?

–Antes de morir.

–Ah, como post mórtem.

–Sí, pero no.

Lexi asintió y lo siguió al baño, donde llenó el cubo con el agua, y volvió de nuevo al cuarto. Apartó la cama de la pared y empezó a frotar la alfombra por ese lado.

La chica se sentó a lo indio encima de la cama un rato..., hasta que se metió dentro de su saco de dormir y se quedó mirando el techo, que tenía espirales pintadas en relieve.

–¿Qué encontraste en mi padre? Aparte del cacahuete, me refiero.

–Nada.

–No puede ser que no hubiera nada.

–Nada fuera de lo normal.

La parte de alfombra bajo la cama estaba muy marrón y cubierta de polvo, y el agua del cubo no tardó en ponerse negra y llenarse de pelos.

–Se me hace raro imaginarte hurgándole la cabeza después de muerto. A mí me habría gustado hacerlo cuando estaba vivo.

Patrick se sentó sobre los talones y preguntó:

–¿Diseccionarle el cerebro?

–No, saber por qué hizo algunas de las mierdas que hizo después de que mi madre muriera. Es que no veas... ¡A saber lo que estaba pensando la mitad del tiempo!

–Sé a lo que te refieres.

–¿Tu padre también era un capullo?

–No. No lo era.

–Ah, eso está bien. –Ausente, Lexi se puso a juguetear con la cremallera del saco. Era una YKK recia que Patrick mantenía en perfecto funcionamiento echándole WD-40 cada cierto tiempo. Se preguntó si diría algo al respecto pero no fue así–. El mío no fue siempre un capullo –dijo en cambio–. Recuerdo una Nochevieja con tres o cuatro años, estaba yo durmiendo mientras mi madre y él estaban abajo con unos amigos.

–¿Cómo lo sabes?

–¿Cómo sé qué?

–¿Cómo sabes que estaban abajo con unos amigos si estabas durmiendo?

Lexi puso mala cara y contestó:

–Porque sí, ¿vale? Es que mira que eres raro, joder.

Se quedó mirando el techo, y Patrick arrugó los labios. No le gustaban las historias en las que no entendía todas las razones por las que pasaban las cosas.

–Así que estaba dormida, y de repente me saca de la cama, tan rápido que no sé adónde me lleva, y baja corriendo la escalera conmigo en brazos y está tan emocionado que tiembla y todo, ¿sabes lo que te digo? –Patrick asintió aunque Lexi no estaba mirándolo. La historia tenía algo que le hizo dejar el cepillo en el cubo y prestarle toda su atención–. Y, total, que cuando llegamos al salón están todas las luces apagadas menos las del árbol de Navidad, con todos los regalos debajo, y mi madre y sus amigos están al lado de la ventana, con las cortinas descorridas...

–Por eso lo sabías. Porque los amigos estaban allí cuando bajaste.

Lexi lo miró sin entender y luego sonrió.

–Sí, por eso lo sabía.

–Sigue.

La chica volvió a mirar el techo y prosiguió:

–Así que mi padre fue corriendo hacia la ventana conmigo. –Se quedó callada un rato, y Patrick la vio tragar, a pesar de que no estaba comiendo nada–. Recuerdo que estaban todos mirándome, como emocionados, y yo no sabía si asustarme, emocionarme o qué estaba pasando. Y, conmigo en brazos, me señaló hacia fuera y susurró: «¡Mira, mira!».

–¿Qué había fuera? –preguntó sin poder evitarlo.

–Fuera estaba oscuro, pero también había una especie de luz, porque no había parado de nevar en todo el día, y seguía nevando y las farolas lo cubrían todo de naranja.

–¿Y qué había fuera? –preguntó impaciente Patrick.

–Papá Noel pasando.

Patrick frunció el ceño.

–Pero Papá Noel no existe.

–Sí, sí que existe –dijo Lexi mirando el techo como en una ensoñación–, porque yo lo vi. Y fue maravilloso. Iba en un trineo tirado por un poni blanco que no se oía porque la nieve lo amortiguaba todo. Y no se paró ni dio regalos; no saludó y no soltó fanfarronadas ni ningún jo, jo, jo; no era ningún padre ni tío disfrazado. Era demasiado real y apacible y bonito.

Patrick se sentó sobre los talones y observó el riachuelo plateado que se le formó a la chica en el rabillo del ojo y le surcó entonces la llanura de la mejilla.

Se volvió y lo miró, y él no apartó la vista.

–Fue como magia –medio susurró–. Y él me despertó para

que yo lo viera. –Luego volvió a mirar al techo y se restregó los ojos.

Patrick no creía en Papá Noel. No tenía sentido. Y pensó que el que había visto Lexi era probablemente un vecino que iba camino de dar sus regalos y de hacer sus jojojós en una casa al otro lado de la calle.

Pero, por alguna extraña razón, no dijo nada. Por alguna extraña razón que tampoco tenía sentido, no dijo ni hizo nada, y el silencio llenó de algo cálido y estupendo la diminuta habitación, que apestaba a químicos.

Lexi suspiró.

–Me gusta tu cuarto –le dijo a las espirales en relieve–. Es muy tranquilo.

A Patrick no le sorprendió nada; el techo era, con mucho, lo mejor del cuarto.

Fue a vaciar el cubo. Una almohadilla de pelo y fibra taponó el fondo. La cogió como si fuera un animalillo ahogado y la tiró a la papelera de pedal. Después se quitó las ropas llenas de lejía y se duchó hasta que se acabó el agua caliente.

Cuando volvió al cuarto, Lexi estaba dormida. Empujó con cuidado la cama hasta la pared.

La chica no se despertó.

42

Meg se paró en seco nada más entrar en la sala de disección y Scott estuvo a punto de tirarla. Tuvo que agarrarse al borde de la mesa 4 para no caerse.

Los cuerpos habían desaparecido.

La mesa 4, que había sido el hogar de Zanahorio, y del vello naranja y rizado de su torso, era ya tan solo una superficie limpia y reluciente de acero inoxidable bajo su mano, mientras que los miembros y las entrañas de Zanahorio habían desaparecido del estante de debajo.

La sala estaba completamente distinta. Había pasado del blanco con excrecencias carnosas y naranjas al blanco..., con más blanco reflejado en las mesas de acero. Sin los cadáveres a Meg le costó identificar cuál era la 19. Fue hasta ella y la tocó, como si solo así pudiera estar segura de la ausencia del cuerpo.

Los demás estudiantes parecían sentir lo mismo mientras daban vueltas por la sala, como desorientados.

–¿Dónde está? –le preguntó a Spicer.

–¿Quién?

–Bill.

El doctor Spicer se volvió y blandió un brazo, y Meg reparó entonces en que había una fila de carritos alineados contra la pared del fondo de la sala; cada uno tenía encima una bolsa blanca para cadáveres.

–La última semana será solo un repaso de las prosecciones, por si alguien necesita un recordatorio.

–¿Cuándo se los van a llevar?

–¿El qué?

–¿Los cadáveres?

–Según se vayan organizando los funerales.

Meg contó por encima. Ya solo había veintisiete.

–¿Estás bien? –le preguntó Rob.

La chica asintió lentamente.

–Un día está aquí y al siguiente ha desaparecido. Es una sensación muy rara.

–Y por eso –dijo Spicer con una sonrisa compasiva– es por lo que no nos gusta que los alumnos sepan mucho sobre los cadáveres.

–Ahora lo pillo –comentó deseando con todas sus fuerzas que no fuera así.

–De todas formas –añadió Spicer–, no todo es tan fúnebre. El viernes por la noche nos juntaremos en mi casa para celebrar el final de curso. Será una especie de velatorio.

–Yo me apunto –contestó Rob, y Dilip asintió enérgicamente.

–Fiestuqui –dijo Scott creyéndose el más enrollado de su panda por hablar así.

Meg asintió, pero no tenía ganas de fiestuquis. Parte de ella se sintió aliviada de que ya no fuera posible sacar fotos de la garganta de Bill. Pero la otra parte sabía lo que significaba: que ya no podría hacer que Patrick cumpliera su parte del trato.

Y la idea de leer el *Ulises* o *Moby Dick* mientras el dedo inquieto de la señora Deal marcaba un compás errático la revolvía por dentro.

43

El día de Patrick empezó con mal pie cuando recibió una tarjeta de San Valentín. En la cubierta había una fotografía de un corazón hecho con conchas impresas en arena húmeda. Dentro solo había un signo de interrogación. Se quedó tan patidifuso que tuvo que buscar iluminación en Kim, que se emocionó desproporcionadamente.

–¡Jackson! –gritó hacia la planta de arriba–. ¡A Patrick le han mandado una tarjeta de San Valentín!

Cuando se enteró de lo que era, a Patrick no le gustó nada de nada: ni el anonimato, ni el concepto ni –lo peor de todo– el elemento sorpresa. A él le gustaba poder prepararse; lo inesperado era una amenaza y los cambios eran malos. Si los superaba, era solo porque había tomado la precaución de rodearse con los suficientes elementos inmutables para llevar a buen puerto la transición. Su bicicleta. Su saco de dormir. Su libro de nombres. Eran algunas de las constantes que le permitían –con la suficiente preparación y planificación– abrirse camino por el campo de minas que era la vida. El alcoholismo de su madre, la muerte de su padre, el traslado a la universidad. Había sobrevivido a todo eso gracias a las fotos de los muertos y a su plato del abecedario.

Por esa razón la inesperada aparición de la tarjeta llenó a Patrick de malos augurios sobre el día que tenía por delante.

Llamaron a la puerta. Era Meg.

–¿Qué pasa?

–¡Nada! Bueno, algo sí, pero no..., en fin, que no es para tanto. ¿Puedo pasar?

Mientras se lo pensaba, Jackson pasó entre ambos, echándose la bufanda al cuello y mirándolo.

–Pues yo me cago en las tarjetas de San Valentín –masculló.

–¿Qué tienen de malo las tarjetas de San Valentín? –preguntó cautelosa Meg.

–Todo –contestó Patrick, que dejó que lo siguiera hasta la cocina, donde Meg le contó que los cadáveres habían desaparecido.

La cabeza le dio vueltas. Pese a todas sus precauciones, la vida acababa de estallarle en la cara.

–¡Pero el curso de disección era de veintidós semanas! –gritó.

–Ya lo sé.

–¡Y solo hemos dado veintiuna!

–Chis –intentó calmarlo–. Supongo que consideran que una semana de repaso vale como parte del curso.

–Pero no vale –dijo Patrick enérgicamente.

Las prosecciones eran trozos de abdomen, tajadas de cerebro, manos desmembradas. Apestosas y agrisadas por la edad, se cogían, chorreando conservantes, de los grandes cubos blancos de la segunda cámara frigorífica como ejemplos de lo que los alumnos debían buscar en los cadáveres, menos obvios; hígados con venas renales que colgaban como cordones o caras cortadas como rebanadas de pan.

–Tienes que encontrar a Número 19 –dijo firmemente Patrick–. Hicimos un trato.

–Pero ¿cómo quieres que lo haga? Yo no puedo irme en medio de la clase a las bolsas de los cadáveres y ponerme a bajar las cremalleras hasta que lo encuentre. Y encima sacar fotos.

–Pero hicimos un trato.

–El trato se ha cancelado. Lo siento. De verdad.

Patrick parecía perdido.

–¿Y ahora cómo vamos a conseguir la prueba?

–No creo que podamos.

Patrick le dio la espalda y se quedó mirando el grifo de la cocina. Vio a Meg reflejada en el acero inoxidable, con la vista clavada en su nuca, y se dio cuenta de que así era más fácil mirarla, sin tenerla de frente. Por primera vez la escrutó sin tener que evitar hacer contacto ocular. El reflejo estaba ligeramente distorsionado pero le recordó la pregunta que le hizo su madre en Navidad: «¿Es guapa?».

Tenía cejas morenas y ojos marrones, piel clara y una boca arqueada. No sabía si era guapa porque no era algo que hubiese llegado a dar por sentado sobre nadie a través de miradas furtivas, que eran todo lo más que podía mirar. Pero tenía una cara regular que irradiaba calma, hasta en un grifo.

Por primera vez en su vida se preguntó qué vería ella al mirarlo a él. La curva del grifo de acero le estiraba la cara en una franja estrecha y los ojos le sobresalían por encima como en un insecto palo alienígena. Los cerró y volvió a centrarse en el esfuerzo de unir los puntos de acontecimientos y motivaciones.

Ya no disponían del cuerpo. Pero el cacahuete no estaba dentro, de modo que todavía existía y podía encontrarse. En alguna parte. No era mucho, pero era mejor que la nada que tenían en esos momentos.

Abrió los ojos y miró el hombro de Meg.

–¿Dónde vive Scott? –le preguntó.

–Ni idea. ¿Por qué?

–Podría haber cogido el cacahuete.

–¿Para qué iba a llevárselo?

Patrick no supo qué responder. Estaba desesperado, eso era todo. Al menos Scott había amenazado con matarlo y había intentado tapar los ojos del cadáver. Si no era Scott, estaba otra vez perdido.

–Creo que estás dando palos de ciego.

–Quiero hablar con él –respondió tercamente.

–¿En serio? –La chica suspiró.

–Sí, en serio.

–En ese caso –dijo Meg con una sonrisilla irónica– mañana por la noche tenemos «fiestuqui».

Era el segundo jueves.

En el primero Sarah no se había dado cuenta porque acababa de recibir la carta del profesor Madoc; la semana había pasado en un borrón líquido de llamadas a la tienda para decir que estaba mala y olor a sábanas sucias.

Pero era ya el segundo jueves y no se había despegado del teléfono mientras veía el telediario local con el gato encima. Cada noticia que pasaba sin que hablasen de un joven ahorcado, ahogado o encontrado en las vías del tren era una excusa para destapar la botella de Vladivar y brindar por que su hijo siguiera vivo.

O por que no hubiese vuelto todavía a casa; no sabía qué celebraba exactamente.

La idea de su regreso la llenaba de un pánico paulatino; tanto era así que no había llamado ni al profesor Madoc ni a la policía de Cardiff para averiguar dónde se había metido su hijo desde la expulsión.

Ni tampoco había recorrido los setenta y pico kilómetros que la separaban de Cardiff para llamar a la puerta del pequeño adosado donde lo dejó en septiembre.

Ni siquiera en los momentos de sobriedad.

No había razón para preocuparse. Le había pagado el alquiler hasta finales del trimestre y tenía veinte libras a la semana para sobrevivir. Aunque no era mucho, era lo más que podía permitirse sin tener que hacer papeleos ni mendigar ni llamar a la puerta de a saber qué autoridades. Lo más fácil era apretarse el cinturón. Por suerte a Patrick le daba igual la ropa o la comida... o su escasez.

Sarah Fort miró hastiada el teléfono. Ya habían dado las once; a esas alturas era poco probable que llamara.

El alivio fue tal que lo celebró terminándose la botella.

Si Patrick volvía, volvería, y ella tendría que sobrellevarlo como fuese.

Pero si no volvía... la aliviaría en más de un sentido.

44

Tracy Evans estaba gorda.

Pero gorda gorda.

Se miró en el espejo que había al subir la escalera. No era solo la barriga; la grasa parecía habérsele asentado en toscas losas por mejillas, cuello y brazos.

Había esperado con ganas el embarazo. Lejos quedaban los días en que las mujeres preñadas tenían que pasearse con una carpa de circo por vestido para disimular el bombo. Hoy en día las jóvenes presumen de barriga en vestiditos negros pegados y posan desnudas en las revistas cogiéndose con las manos los vientres perfectos y tersos.

No recordaba haber visto a nadie de los artículos de cotilleos de los famosos con el aspecto que tenía ella con solo cinco meses: una versión inflada de sí misma, con brazos de camionero y ojos cada vez más porcinos. Se había comprado un vestidito negro de premamá, pero se había hinchado tan rápido que no había podido lucirlo, y ahora se reía de ella cada vez que abría el armario, donde el señor Deal –Raymond– le había hecho sitio al final de su barra. El vestido era tan estrecho que no se veía metiendo ni una pierna, y menos aún toda su mole.

El señor Deal le decía que tenía buen aspecto aunque lo cierto era que había dejado de tocarla en la cama. No había logrado interesarlo ni ampliando su abanico de posturas sexuales, como el que pasa de pantalla en el Mario Kart. Seguía quedándose a dormir tres noches por semana, pero solo le daba un beso de buenas noches en la mejilla mientras le ponía la mano en el hombro carnoso.

Tracy vio que se le arqueaban hacia abajo las comisuras de los labios, como manejadas por cuerdas. Lo quería. ¡Lo quería! ¿No tendría que ponerle eso más fácil lo de comer por una mujer y un feto minúsculo y no por seis hombres y un crío?

Al parecer no.

Se presionó los palmas de las manos contra los ojos y miró al techo para evitar que se le corriera el rímel. No tenía tiempo de arreglárselo, iban a ir a cenar al Thai House por San Valentín. Ya solo el nombre del restaurante hacía que le rugiera la barriga en expansión, y de pronto la embargó un sentimiento de hostilidad hacia la cría que llevaba dentro. Se imaginó un trol: un depredador con cara de goma y dientes afilados, egoísta, exigente y siempre voraz. Por supuesto sabía que todo sería distinto dentro de cuatro meses, cuando la tuviera entre sus brazos y se enamorara por segunda vez, pero hasta entonces, su hija (Jordan o Jamelia, no se decidía) le parecía un enemigo que tuviera que erradicar de su cuerpo a la menor oportunidad.

Sin embargo, más allá del lecho, el señor Deal daba muestras de un entusiasmo sorprendente. Había pintado el quinto dormitorio de un amarillo alegre, y un día, al llegar a casa, Tracy se había encontrado un montón de cosas de bebé: ropa, juguetes y una cuna nueva. Y no eran nuevas solo para ellos, sino que ¡eran de estreno! No era la cuna con dosel de cuento de hadas que habría escogido, pero ¡qué más daba! En el tique ponía que costaba ochocientas noventa y cinco libras en el Mothercare; Tracy nunca se había gastado tanto dinero ¡ni en un coche!

El gusto de Raymond en ropa infantil también dejaba mucho que desear: todo muy sobrio y en tonos blancos y amarillos, cuando todo el mundo sabe que a una niña hay que cubrirla de rosa.

Le parecía un tanto extraño no haber ido juntos a comprar

pero disimuló su decepción. Al menos estaba implicándose, que era mucho más de lo que habría esperado de la mayoría de los hombres de su edad, así que le dijo que todo le parecía «maravilloso».

Y Tracy estaba convencida de que sería así.

Y lo estaba porque el cuarto de la niña era su seguro de vida. ¿Dónde iba a vivir la cría sino en ese cuarto luminoso y soleado? ¿Y dónde iba a vivir ella, sino con la cría? Raymond hacía las cosas de forma distinta al resto de los hombres, eso era todo, y era una de las razones por las que lo quería.

Se sonrió en el espejo para darse ánimos y se acicaló el pelo para estar perfecta.

Ya no quedaba nada. Y en cuanto llegara Jordan o Jamelia (¿o Jaden?), perdería peso y empezarían a salir por la noche, y se irían de viaje a sitios exóticos en el extranjero: vacaciones de esas que te las pasas tirada en una tumbona pija, mientras unos camareros bronceados y monos se arremolinan a tu alrededor para servirte cócteles con trozos de piña y sombrillitas.

Su madre ya le había dicho que le cuidaría a la niña.

45

Patrick no iba a una fiesta desde que con cinco años fuera a un cumpleaños donde el contacto cercano con el clamor y el caos de veinte niños puestos de azúcar condujo a un colapso de una magnitud nunca vista en una partida de sillas musicales. Solo la palabra «fiesta» tenía la capacidad de traerle a la memoria imágenes de compañeros de clase gritando, muebles volcados y un perro grande y marrón lamiendo gelatina desparramada por el suelo.

Lo rememoró todo con una claridad renovada en cuanto el doctor Spicer abrió la puerta de su piso. Ya solo la música le hizo retroceder por el pasillo.

–Buenas. ¡Pasad!

Meg obedeció mientras el otro se quedaba en el sitio. La chica se volvió y le señaló la botella de vino que había insistido en comprar en la tienda de la esquina. Al parecer, era el salvoconducto. Él se había comprado una de Coca-Cola, de plástico, no de cristal, pero algo era algo.

Patrick le tendió el vino a Spicer y le preguntó:

–¿Dónde está Scott?

El médico se rio y le dio las gracias, y Meg sonrió y dejó que el tutor le diera un beso. Luego se quedó mirando a Patrick.

–Venga, pasa, hombre. Me alegro de verte.

Sin la bata blanca ni los guantes azules tenía un aspecto muy distinto, que no le gustó nada. No se había hecho a la idea de verlo con vaqueros y una camiseta de rugby del Cardiff. Sintió que ya había perdido el control de la situación.

–¿Ha venido Scott? –preguntó sin moverse del sitio.

–Sí, no sé cómo, pero ha conseguido encontrarnos –dijo Spicer guiñándole un ojo a Meg, que se rio entre dientes.

Patrick siguió plantado en la alfombra verde oscuro del pasillo.

–¿Puede decirle que venga?

Spicer le sonrió y señaló al fondo del pasillo con el vino.

–¿Por qué no entras y lo buscas tú?

Patrick cruzó los brazos sobre el pecho y dio un paso atrás.

–Yo me quedo aquí –le dijo a Meg–. Ve tú y lo traes.

–No digas tonterías, Patrick. Anda, venga, que no te va a morder nadie.

Miró hacia la gente, las luces y el sonido de bombo que hacía que le recorriese una vibración desagradable por la barriga, incluso desde allí. Se relamió los labios, que se le secaron de pronto.

–¡Vamos! –insistió Meg, que dio un paso hacia él. Por un instante de pavor pensó que iba a cogerlo de la mano pero, en lugar de eso, le dijo en voz baja–: Si no vienes, tal vez nunca sepas la verdad. –Acto seguido dio media vuelta y se fue como si esperara que la siguiera.

No saber la verdad no era una opción. Así que, después de vacilar y vacilar, la siguió.

Estaban todos. Decenas y decenas de estudiantes que, con copas de vino y botellines de cerveza en la mano y sin las batas de papel mugrientas, le parecieron de un aspecto de lo más sofisticado. También estaban algunos de los tutores más jóvenes –los doctores Clarke, Spiller y Tsu– riendo y charlando con dos mujeres que Patrick no reconoció, e integrados con los demás como si tal cosa. Todos parecían saber por qué estaban allí, como si fuera su hábitat natural.

Meg dijo «Hola» y saludó con la mano a una mujer delgada y morena que Patrick no reconoció.

–Buenas, Patrick –le dijo Rob, y este lo saludó con la cabeza–. Bonita fiesta –añadió Rob.

–¿Sí?

Rob se le quedó mirando un momento y luego se encogió de hombros y rio.

–Yo qué sé.

–Ah. Vale.

–¿Quieres una birra? –le preguntó Rob, que cogió una de un barril lleno hasta los topes de hielo y botellines.

–No –contestó, y siguió avanzando por la sala.

Meg lo condujo hasta la cocina, que estaba vacía y lejos del aparato de música. Aun así, cuando llegaron, tenía ganas de echarse a llorar o gritar por el asco que le recorría la piel y el dolor que tenía en los oídos. Apoyó la espalda en la pared y arrastró por las baldosas caras la mesa de la cocina hacia él para impedir el paso. Le alivió tener las espaldas cubiertas aunque seguía sintiéndose vulnerable e indefenso en cara, pecho y manos. Con la decena de botellines que había en la mesa formó una barrera de cristal.

Meg cogió un vaso de un armario.

–¿Quieres beber algo?

Sacudió la cabeza. La Coca-Cola estaba fría y le tentaba en las manos, pero no se atrevió a abrirla porque se había convertido en la guardiana de la noche: llena lo protegía, mientras que vacía perdía sus poderes. Abrirla habría sido propio de un hombre que baja la guardia.

Meg dejó el vaso en la mesa y fue al fregadero, donde había más botellines insinuándose a los sedientos.

Patrick se fijó en que el vaso que había cogido la chica tenía una manchita en el borde. Se levantó y se lo lavó.

–Gracias –le dijo esta, sentándose y echándose vino. Le dio un buen sorbo y le sonrió–. Bueno, Patrick, ¿cuántas tarjetas de San Valentín te han mandado?

–Una.

–¿Solo una? ¿De quién era?

–No lo sé. Me has dicho que ibas a buscar a Scott.

Meg se quedó un momento callada mirando su vaso y luego dijo:

–Vale, venga.

Cuando se fue, abrió el armario y examinó todos los vasos. Llenó el fregadero con agua y jabón, los lavó y los dejó en el escurreplatos para que se secaran. Después abrió el cajón de los cubiertos y lo echó todo al agua caliente.

Se encogió asustado cuando Spicer entró a lomos de una ola de ruido.

–No sabía que la cocina estaba contaminada –le dijo guiñándole un ojo.

–No pasa nada. Ya estoy limpiándola.

Spicer se rio y empezó a pasar pizzas del congelador al horno, que estaba empotrado en un mueble alto.

–Siento mucho que tuvieras que dejar el curso, Patrick.

–Ya. Fue una incoherencia.

–Me he enterado de que lo pagaste con el conserje.

Patrick se encogió de hombros. Al quitar todos los cuchillos, tenedores, cucharas y chismes como abrelatas o velas rotas, pudo ver que también a la bandeja le hacía falta un buen lavado. Y al cajón.

El doctor Clarke apareció por la puerta y le dijo:

–¿Qué pasa, púgil?

Patrick pensó que lo había confundido con otra persona.

El médico se sentó en la esquina de la mesa y bebió de un botellín mientras mantenía una conversación con Spicer que Patrick no escuchó. Con los codos metidos en espuma caliente se sentía más en casa. Cuando Meg volvió con Scott, estaba sentado de nuevo a la mesa, frotando los cubiertos limpios para sacarles brillo y colocándolos ordenadamente en la bandeja recién lavada.

Scott arrastró una silla ruidosamente y se dejó caer en ella.

Tenía el peinado de mohicano medio de punta, medio liso, y la cara resplandeciente.

–¿Qué pasa, Paddy?

–Patrick.

–Mira que eres estirado, colega.

–Ya lo sé. ¿Cogiste el cacahuete?

–¿Qué cacahuete?

–El que encontré en Número 19.

–Oye, mira, que yo no he cogido tu dichoso cacahuete, supéralo ya.

Patrick no dejó de sacarle brillo al cuchillo que tenía en la mano pero sí que dejó de pensar en ello. Se le quebraron los ánimos. No lo había cogido Scott. Le creía, y no porque fuera muy fiable sino porque estaba borracho, y los borrachos siempre dicen la verdad, como bien sabía él por experiencia. Una vez su madre le confesó borracha que había estado a punto de suicidarse por su culpa: que el día que murió su padre había subido al Penyfan y había estado «a esto» de tirarse. «¡Por tu culpa! –le gritó–. ¡Por tu culpa!»

Scott había apoyado la cabeza en la mesa para mirar la cara de Patrick desde abajo.

–¿Me has oído?

–Sí, te he oído.

–Te falta un cacahuete –dijo Scott tocándose la sien, y luego se rio y añadió–. ¿Lo pillas?

–No –le respondió, provocando más risotadas.

–Anda, Scott, deja de hacer el capullo. Por una vez en tu vida...

–Vale, pero lo hago por ti. ¿Quieres bailar?

–Venga –aceptó Meg.

Patrick la vio irse y, por alguna razón, le habría gustado que no lo hiciera. Scott la siguió por la puerta, dejando que se colara otro estruendo que le revolvió la barriga antes de dar un portazo tras él.

Suspiró hondo. Por lo menos los cuchillos y los tenedores estaban limpios.

La mujer morena que Meg conocía entró y le susurró algo al oído a Spicer, que sonrió. Extendió la mano para que ambos la admiraran. Relucía con un anillo de diamantes que hizo parpadear a Patrick. Su madre tenía uno pero, comparado con aquel, era mate y hortera. Se lo cogió una vez de la mesilla y se lo llevó al invernadero para comprobar si era cierto que el diamante cortaba el cristal pero después se lo dejó olvidado en el jardín. El recuerdo de la furia de su madre todavía lo hacía estremecerse.

La mujer le dio un beso en la mejilla a Spicer, que la agarró con fuerza de la cintura antes de irse. Después el médico metió otra pizza en el horno y se sentó.

–¿Sigues con lo del cacahuete? –Patrick asintió–. ¿Y por qué decías que era tan importante? –Spicer abrió el botellín de cerveza con un movimiento experto.

Le contó por qué era importante mientras el otro asentía entre tragos.

El doctor Clarke se levantó para ver cómo iban las pizzas en el horno y Patrick sintió la corriente de calor que surcó la cocina y le calentó la cara. Apretó las manos en torno a la Coca-Cola. Estaba deseando abrirla y beber un largo sorbo burbujeante. Era curioso tener ese frío sinuoso tan pegado a la piel, y resultaba raro estar en una habitación con los doctores Clarke y Spicer sin tener puestos los guantes azules. Sintió las manos tan expuestas como le parecían las de los médicos.

–Ya casi están –anunció Clarke, mirando entre las manos desnudas y el cristal. Tenía unos dedos huesudos y largos con las uñas en carne viva de tanto mordérselas.

El olor a queso caliente le hizo pensar en las glándulas salivales de Número 19, que a su vez le recordaron los escoplos y la sangre negra.

–Bueno, ¿y qué piensas hacer? –le preguntó Spicer, que estaba quitándole la etiqueta al botellín.

–No lo sé –reconoció Patrick. El calor y la decepción empezaban a vencerlo y no podía pensar con claridad–. A lo mejor voy otra vez a la policía.

–¿Cómo que otra vez? –se sorprendió Spicer–. ¿Fuiste a la policía para informar del robo de un cacahuete?

El doctor Clarke se echó a reír y se le quedó mirando.

–Sí, pero, como tenía sangre en la mano, me fui sin contárselo.

Spicer abrió mucho los ojos y volvió a reír.

–Mejor ni te pregunto –dijo, y levantó las manos, como el malo de una peli del Oeste. Las tenía grandes y carnosas, a pesar de no ser muy corpulento, con unas marquitas rosas en el índice derecho.

–¿Qué le ha pasado en el dedo? –quiso saber Patrick, y Spicer lo miró como si hubiera olvidado su presencia.

–¿En el dedo? –preguntó mirándoselo como si también hubiera olvidado que estaba allí–. Ah. Me corté con el abrelatas. Lo llené todo de sangre... ¡Un poco más y me desmayo!

Clarke rio, pero Patrick sintió una corriente eléctrica por el pecho.

¡Eso era mentira!

Acababa de ver el abrelatas en el cajón de los cubiertos. Era uno barato y anticuado –como el que tenía su madre en casa– y no valía para nada. Funcionaba más por presión que por otra cosa, y era casi imposible que perforara la piel, y menos aún que causara las dos o tres cicatrices profundas que tenía Spicer en el dedo.

¡Embustero!

La constatación hizo que le recorriera otro hormigueo.

Spicer estaba mintiendo. Pero ¿por qué?

Se quedó mirando las manos del tutor, mientras las piezas del rompecabezas empezaban un nuevo recorrido por su cabeza. El dedo con cicatrices, el trozo de látex azul, la puerta cerrada con candado..., ni siquiera estaba seguro de que las piezas pertenecieran al mismo puzle. Era tal la confusión que reinaba en su vida que no podía dar nada por sentado. Intentó tranquilizarse y pensar con claridad.

Las manos del médico se cerraron en puños, y Patrick vio que las bajaba con cuidado sobre el tablero de madera, y de ahí al regazo. Cuando levantó la vista, Spicer estaba mirándolo.

El reloj del horno chilló y Patrick se llevó las manos a los oídos. Una estaba dura y fría; todavía agarraba la Coca-Cola.

–¡Pizza! –anunció Clarke.

Patrick se levantó de un brinco y golpeó la mesa con las rodillas. Los cubiertos relucientes se removieron en la bandeja.

–¿Adónde vas?

–A casa.

–¿No quieres pizza?

–No.

Patrick abrió la puerta y la música estridente le golpeó con la fuerza de un muro. Tenía que salir de allí. Respiró hondo y se fue directo a la puerta. Buscó a Meg con la mirada; si la veía, le diría adiós. Pero no la vio y no fue capaz de volver al piso, donde había demasiado calor, ruido y gente.

Excesivo.

Bajó corriendo los cuatro tramos de escalera. Fuera, la humedad empezaba a envolver coches y postes de la luz. Se paró en la acera y aspiró el aire frío en bocanadas que agradeció. El piso del doctor Spicer estaba en la antigua bahía del Tigre, en una zona donde todos los edificios nuevos tenían cierto parecido con barcos, con sus ventanas redondas y sus techos curvados como proas, o en pico a modo de velas.

Desató la bici de la barandilla. El metal de ambas estaba helado, y pronto se le entumecieron los dedos, al contrario que el cerebro, que empezó a recuperarse mientras alzaba la pierna por la barra y ponía rumbo al centro de la ciudad, a mitad de camino de su casa.

La calle Dumballs es una vía larga flanqueada por naves industriales; cocheras y talleres que en otra época estaban a las afueras de la ciudad hoy se apretujan entre casas residenciales y bloques de pisos que, desde la bahía reurbanizada, ponen rumbo hacia amarres más prestigiosos.

De momento sigue estando desierta por la noche, y oscura, con tan solo los faros de algún coche ocasional haciendo bailar las sombras a su alrededor.

Tranquilidad.

Cuanto más se alejaba de la fiesta, mejor se sentía. Se levantó sobre los pedales y ganó velocidad y frío. El aliento le salía en pequeños soplidos visibles, y en cada inspiración captaba los efluvios de la destilería vecina que confería a la ciudad su característico olor a malta.

De repente la carretera se iluminó por delante... y algo impactó contra él con la fuerza de un *tsunami* de acero.

La bici desapareció de debajo de sus pies y aterrizó contra el parabrisas de un coche con un crujido de cristales. Por un segundo estuvo a centímetros de las manos de nudillos blancos que agarraban el volante.

El coche derrapó, chirrió y se detuvo con una sacudida.

El chico salió despedido por el aire quedo hasta que sintió un golpe fuerte en la espalda, cayó al suelo y se quedó inmóvil.

Por un momento eterno el mundo se convirtió en un cubo negro y frío hasta que se abrió una puerta en el techo. O el suelo. Una luz blanca brillante titiló a través de sus párpados entornados.

–¿Patrick?

Era Spicer.

No se movió. No podía. Tenía el dolor de la falta de aire incrustado en el pecho.

Los zapatos de Spicer rechinaron levemente al contacto con el asfalto.

–¿Te encuentras bien?

¿TE encuentras bien?

¿Te ENCUENTRAS bien?

¿Te encuentras BIEN?

El crujido de zapatos avanzó hacia él.

La respiración le volvió de golpe y le hizo estornudar y toser. Con el oxígeno sobrevino el movimiento y rodó de lado hasta quedarse bocabajo para, desde ahí, ponerse de rodillas y levantarse luego sobre sus pies inestables.

–¡Patrick! ¡Espera!

Lo obedeció por inercia, pero entonces vio la bici, hecha un ocho azul en medio de la carretera y, en lugar de esperar, empezó a alejarse, pero la rodilla derecha le falló y le hizo tambalearse y caer.

Spicer lo cogió de la sudadera y lo ayudó a levantarse. El chico se dobló por la cintura, se zafó y echó a correr.

–¡Patrick! ¡Espera! ¡Tengo que hablar contigo!

Pero siguió, siguió y siguió sin saber por qué; no tenía sentido pero siguió sin más.

A sus espaldas oyó un «¡mierda puta!», seguido de un portazo y de un motor arrancando.

Spicer iba a por él.

La idea era más pasmosa que el propio atropello.

¿Por qué? ¿Qué significaba? Patrick no lo sabía. Miró hacia delante: a unos cientos de metros se veían las luces naranja de la parte trasera de la estación central. Demasiado lejos. No iba a llegar. Tenía que desaparecer de la carretera.

Había un aparcamiento de varias plantas. Dobló a la izquierda y corrió hacia la entrada. El coche pasó de largo el edificio, dio un frenazo y chirrió mientras metía la marcha atrás.

Cuando el sonido del coche, que subía por la rampa tras él, llenó como un trueno la caverna desierta de hormigón, supo que se había equivocado. No había gente, tan solo un par de coches trasnochados entre capas de cemento gris y muros bajos. Era como una rata atrapada en un laberinto de Guggenheim.

Buscó una salida pero no vio ninguna. Llegó al fondo de la primera planta y subió corriendo a la segunda.

Oyó el coche chirriar por la rampa. Antes de que diera la curva cerrada del final, se tiró al suelo y rodó por debajo de un Land Rover. Se quedó allí en el cemento frío mirando el tubo de escape, mientras el coche plateado pasaba de largo acelerando.

«Escapé –pensó–. Escapé.»

Por el gemido de las ruedas dedujo que había cogido la rampa hacia la tercera planta y empezó a salir como pudo de debajo del coche.

Pero entonces –en algún punto por encima de su cabeza– oyó que el coche se detenía, daba la vuelta y bajaba hacia él.

No se movió del sitio.

El coche plateado bajó la rampa y se detuvo en seco. Como ya no lo tenía pisándole los talones ni arrollándolo, tuvo tiempo de ver que era un Citroën. Oyó que la puerta se abría y se fijó en que la suspensión se elevaba ligeramente cuando Spicer se bajó.

Tendría que haber huido mientras había podido.

–¿Patrick? No es lo que piensas.

No gritó; no había necesidad: el aparcamiento medio vacío era como una cámara de resonancia.

Pero ¿qué era lo que pensaba? Si él no lo sabía con seguridad, ¿cómo podía Spicer saber que no era lo que pensaba?

Los pies del médico se detuvieron en el primer coche de la otra punta de la corta fila, y las piernas se doblaron cuando se agachó para mirar por debajo.

–¿Patrick?

La cabeza de Spicer asomó y se volvió hacia él, y a Patrick se le congeló la respiración en los pulmones.

El médico se levantó y se acercó varios coches más.

¡No lo había visto! Patrick sintió una oleada de alivio. Las sombras lo habían salvado, y las cubiertas de las ruedas de los diez coches que había entre ambos. Pero no lo protegerían durante mucho tiempo.

Retrocedió arrastrándose sobre los codos y las rodillas y se arañó la espalda con el chasis y la matrícula hasta que salió entre los faros del Land Rover, comprimido contra otro trozo de hormigón gris oscuro. Se incorporó lentamente y esperó parapetándose los pies con las ruedas hasta que vio asomar la coronilla del otro y se agachó rápidamente, mientras el médico avanzaba por la izquierda. Patrick se escabulló con cuidado hacia su izquierda, entre los coches y la pared, y se paró una vez más cuando Spicer volvió a agacharse.

En cuanto este se levantó y avanzó, el chico se agachó y siguió por el otro lado, en perfecto contrapeso. Pivotaron y se pasaron de largo en silencio. Cuando volvió a levantarse, vio una salida para peatones: una puerta amarilla con un dos grande al fondo de la planta, a casi unos cien metros por el cemento.

¿Se atrevería a salir corriendo? La idea de encomendarse a esa posibilidad era aterradora, pero si se quedaba allí Spicer acabaría encontrándolo. ¿Y qué haría entonces? Se tanteó las rodillas y contrajo la cara; tendrían que valerle. En cuanto volvió a ver desaparecer la cabeza de Spicer una última vez, se coló entre dos coches. El otro estaba a la altura del Land Rover, el último de la fila.

Ahora o nunca.

Salió de entre los coches y corrió hacia la salida.

El ruido de sus pies parecía un tiroteo irregular.

–¡Mierda! –gritó Spicer.

Patrick no miró atrás. Por detrás sonó un portazo, el motor arrancando y las ruedas rechinando. Miró hacia atrás desesperado. El coche iba hacia él a todo trapo. La puerta amarilla estaba a kilómetros.

«No lo conseguiré.» La idea era lúgubre y aterradora. Había hecho un cálculo horrible. Las piernas le funcionaban, los brazos bombeaban, el aliento le ardía, pero corría pisando huevos delante del coche.

Los faros arrojaron su larga figura sobre el muro bajo que tenía a un lado. Más allá, entre la copa de un árbol, vislumbró la estación iluminada y gente por los andenes. Una mujer con una maleta rosa; dos niñas abrazándose las rodillas en un banco.

Ajenas a todo.

Se dio la vuelta y corrió hacia ellas, como en busca de ayuda. El coche casi había llegado a su altura. Spicer no pensaba pararse: iba a espachurrarlo y a untarlo como mermelada por la pared. Se le descolocarían todas las extremidades y los ojos no mirarían a ninguna parte.

Y tendría todas las respuestas.

Saltó.

Por encima del muro, a la noche negra que lo esperaba al otro lado.

46

Cuando el coche chocó contra el muro sonó igual que el estallido de una bomba.

Suspendido aún en el aire gélido por un momento infinito, Patrick vio que la mujer de la maleta rosa y las dos chicas volvían la cara hacia la explosión, mientras le llovían cascotes de hormigón sobre la espalda y las piernas como si fueran metralla.

«¡No quería las respuestas!»

Demasiado tarde.

Aterrizó en las ramas del árbol. Apretó los ojos e intentó cubrirse con la cabeza mientras las ramitas chasqueaban y estallaban en sus oídos como la detonación de mil fuegos artificiales. Se arañó y se rajó los brazos desabrigados; una rama se le rompió contra la espalda y le vino a la cabeza la imagen fugaz de un martillo, un cincel y una columna rompible. Luego chocó contra otra y salió disparado en sentido contrario. Se enganchó con el brazo a la siguiente rama; la gruesa corteza se le escurrió por la piel desnuda y se desolló los dedos, y no podría soportar el peso un segundo más, pero entonces, cuando volvió a caer, la distancia al suelo se había reducido mucho y casi aterrizó de pie.

Rodó un trecho y luego se puso en pie y miró hacia arriba.

Spicer estaba mirándolo desde arriba. No dijeron nada.

Corrió haciendo eses por la carretera hacia la cabina de la parte de atrás de la estación.

Marcó el número como un loco, sin molestarse en taparse los dedos ensangrentados. El teléfono sonó y sonó y sonó hasta que saltó el contestador, así que colgó y volvió a marcar, pulsando los números sin vacilar.

07734113117. Era un número fácil y bonito, con una musicalidad de sumas, productos y patrones. Lo había recordado a menudo desde el día en que se lo dio, y le habría gustado que fuera el suyo.

–¿Diga? –Meg contestó con el sonido del piso de Spicer por detrás, música y risas.

Por un momento se quedó aturdido ante lo extraño de haber estado en el piso hacía nada y ahora estar allí... a años luz. Para él la fiesta había dejado de existir con tal rotundidad que le sorprendió que siguiera viva para otros.

–¿Cuál es tu código? –le preguntó.

–¿Qué código? ¿Quién es?

–Soy Patrick. Necesito tu código de acceso.

–¿Patrick? ¿Para qué?

–Tengo que entrar.

Se hizo un silencio prolongado. Algo le hormigueó por la cara y al palparse el dorso de la mano vio que estaba llena de sangre.

–¿Dónde estás?

–En la estación. Se me está agotando el crédito.

Era verdad: el visor digital del teléfono estaba contando sus últimos sesenta segundos. Se dio la vuelta al bolsillo pero no salió nada.

–¿Cuándo te has ido? ¿Qué ha pasado?

–El doctor Spicer ha intentado matarme.

–¿Cómo? ¿De qué estás hablando? Pero si está aquí.

–No, me ha roto la bici y ha estrellado el coche. Tengo que...

–Espera.

–¡No! –gritó Patrick, pero no estaba escuchándolo. Hablaba con alguien. «¿Dónde está Spicer?» Y la respuesta apagada. Patrick miró hacia el aparcamiento y le entraron ganas de pegarle un puñetazo a la cabina. Pero necesitaba el código. Apretó los dientes y esperó siguiendo la cuenta atrás.

20... 19... 18... 17...

–¿Patrick? Angie dice que ha salido.

–¡Ya sé que ha salido! ¡Está aquí!

Más ruido apagado.

–Dice que ha ido a por cerveza.

Otra mentira. Había cervezas de sobra en el barril del hielo.

12... 11... 10... 9...

Volvió a buscar monedas, pero nada.

Bajo la salida fluorescente del aparcamiento asomó un coche: un Citroën plateado con el morro abollado como el de un mal boxeador. Dobló por la calle y giró hacia él.

–¡Meg! –gritó desesperado–. ¡Dame el código!

4... 3... 2...

–Cinco, cinco, cua... –dijo, y la línea se cortó.

Patrick soltó el auricular y se alejó corriendo de las luces de la estación. Pasó por debajo del puente del tren, donde las palomas de las vigas de acero ladearon sus ojos vidriosos y sus pasos repicaron como campanadas. Corrió por delante de los pubs y las discotecas de la calle Saint Mary, en la que los jóvenes se daban cita para gritar y pelear, y las chicas acaloradas por la bebida desafiaban el frío con tops minimalistas y zapatos relucientes. Atravesó la calle Queen, que envolvía con sus escaparates brillantes a los sin techo de los portales oscuros, y cruzó luego la calzada, el césped y el círculo de menhires hasta llegar a Park Place.

La puerta del edificio de Biociencias estaba cerrada.

Normal.

La aporreó una vez y luego apoyó un momento la cara caldeada para recobrar el aliento. La rodilla le pidió a gritos que le hiciera caso. La ignoró. Tenía que entrar. Tal vez hubiera alguna puerta trasera de cristal fácil de romper. Rodeó a toda prisa el lateral, por un pasaje estrecho entre edificios, y resbaló por una cuesta empinada y llena de barro.

Donde se detuvo en seco.

Salía luz de una puerta ancha al fondo del bloque y había una ambulancia aparcada fuera.

Se acercó con cautela, parapetándose en el muro oscuro.

Oyó las voces que salían de dentro. Una, la de Mick.

Era la entrada a la sala de embalsamado, donde entregaban los cuerpos y el técnico los preparaba para los estudiantes. ¡Desde allí podría llegar a la sala de disección! ¡Tenía que poder! Pero debía actuar con rapidez. Seguramente Spicer tendría las llaves de la entrada principal.

Sin pensárselo dos veces, se coló por la puerta y se vio en un largo pasillo a oscuras. La única luz provenía de los cristales de la puerta doble que tenía justo a la derecha, por donde vio a Mick y a dos personas que supuso que eran los conductores de la ambulancia. Estaban pasando una bolsa blanca de una mesa a una camilla ligera.

No era ninguna entrega: ¡estaban recogiendo!

A Patrick le entró el pánico. ¿Se habrían llevado ya a Número 19? ¿Estaría ya bajo tierra o volando en finas cenizas por los tejados y los jardines de Thornhill, el barrio donde estaba el crematorio?

Se apartó de los cristales y corrió hasta el fondo del pasillo, donde un tramo de escalera lo condujo hasta una salida de incendios. Cuando la abrió, no tuvo claro hacia dónde ir, de modo que escogió el camino a la izquierda, que resultó ser una buena elección: tras pasar dos puertas más reconoció la sala de disección, aunque desde otra perspectiva. Y por ese extremo del pasillo –por donde los estudiantes tenían prohibido el paso– no se necesitaba código de entrada.

Encendió las luces de la sala de disección con una sensación de *déjà vu*..., pero esa vez sabía que no estaría mucho tiempo a solas.

La sala se le antojó desolada sin los cadáveres. Vio las bolsas blancas alineadas contra la pared del fondo, donde Meg le había dicho que estaban, y contó rápidamente. Quedaban veintiuna... de treinta. Todavía tenía las probabilidades a su favor.

Las camillas de los cadáveres ocupaban casi toda la pared trasera. Fue directo a la última por la derecha, la más cercana a las cámaras frigoríficas, sin molestarse siquiera en coger unos guantes. La etiqueta de cada cremallera negra estaba a la mitad del lateral de la bolsa blanca. Lo primero que Patrick sacó a la luz fue el pintaúñas eterno de Dolly; en el siguiente, había también una mujer, mientras que el tercero era Zanahorio: lo delató el pelo rizado y cobrizo por el antebrazo pecoso incluso antes de ver estampado el 4 en la etiqueta de rigor de la muñeca.

Abrió una ranura de menos de quince centímetros en la cuarta bolsa y reconoció la cadera de Número 19 como si fuera la suya: el desvaído corte del bañador bajo el tinte naranja del embalsamado, el pelo oscuro que paraba por encima del muslo en una línea muy recta. Allí estaba el corte dentado que había hecho Scott; allá, la marca en la rótula donde Dilip había hurgado más de la cuenta. La etiqueta metálica era una redundancia. Abrió la cremallera entera y retiró la bolsa del cadáver. En líneas generales Mick había empaquetado a Número 19 con su forma original: las piernas abajo, la cabeza arriba y el pecho y los brazos en medio. Los órganos, la piel y la grasa estaban colocados en bolsas ordenadas en lo que antes era el estómago, mientras que la espina dorsal la tenía cruzada por encima como la banda de un embajador.

Patrick le abrió la boca y hurgó por dentro, sorprendiéndose por lo cortantes que eran los dientes sin la protección de los guantes de látex.

El descubrimiento le golpeó tan fuerte como el coche, y a punto estuvo de gritar por la emoción.

¡Las cicatrices del dedo de Spicer eran mordeduras!

Patrick miró fijamente los dientes y supo por instinto que todo cuadraba pero intentó comprender el porqué.

¿Había mordido Número 19 a Spicer? Si las marcas desvaídas de las yemas de este coincidían con los dientes de la cabeza, eso significaba que el médico había tenido contacto con el Samuel Galen vivo.

Y no por las buenas.

Los dientes lo demostrarían. Y lo único que supo Patrick con claridad era que tenía que impedir a toda costa que Spicer recuperara la prueba.

Cogió la camilla por un extremo como para sacarla de la sala. Pero entonces se detuvo. Aunque consiguiera salir del edificio sin encontrarse con Mick en una salida o con Spicer en la otra, ¿hasta dónde iba a llegar empujando una camilla con un cadáver por en medio de la ciudad?

Solo había una solución.

Fue a las bandejas blancas repletas del surtido insólito de herramientas y cubiertos y cogió lo que necesitaba.

A continuación empezó a serrar la cabeza de Samuel Galen.

47

Era repulsivo. No tenía nada de la elegancia clínica a la que Patrick se había acostumbrado: a cada pasada, la cabeza se balanceaba a ambos lados como rogándole que terminara con el suplicio; la carne desgarrada salía disparada de los dientes metálicos y se posaba en el tejido encerado de la bolsa; los gruesos músculos del cuello y el cartílago de la laringe le daban náuseas por la brutalidad de la escena.

Y todo el rato el ojo que le quedaba no miraba a ninguna parte, y Patrick a su vez evitaba hacer contacto visual.

Se enjugó el sudor de la frente e intentó pensar solo en lo que tenía que hacer.

Y no en Samuel Galen sonriendo en el sol invernal ni en Lexi.

Y desde luego no en su padre.

Siguió cortando cerca de la línea de los hombros para conservar todo lo posible de garganta. Por suerte, ya no tenía la espina dorsal, y en cuestión de cinco minutos la cabeza solo estaba unida al cuerpo por unos hilos menores en la nuca.

Cuatro pitidos breves y familiares hicieron que Patrick se volviera en redondo.

Alguien estaba marcando el código con el que se entraba al ala de anatomía.

Spicer.

Se le había acabado el tiempo.

Patrick dejó el serrucho, cogió la cabeza y tiró. La camilla se deslizó hacia él y tuvo que sujetarla con un pie antes de tirar de nuevo con toda la fuerza que pudo: las uñas clavándose en la carne por debajo del mentón desgarrado. Tiró e hizo palanca. Cuando por fin los tendones desgarrados cedieron con una vibración, se tambaleó hacia atrás.

Y la cabeza fue suya.

Unas pisadas se acercaron por el pasillo retumbante. Volvió a cubrir lo que quedaba de cadáver con la bolsa. No había tiempo de subir la cremallera ni de huir: las luces estaban encendidas, y lo exponían; además tenía la única salida bloqueada.

Abrió las puertas correderas de la cámara frigorífica que tenía más cerca: una llena de los contenedores de plástico amarillo que Scott llamaba los «cubos de la piel».

Patrick cerró la puerta casi por completo, se metió como pudo en el contenedor más cercano y dejó caer la tapa sobre la cabeza.

El hedor era increíble, incluso para alguien que se había pasado seis meses en compañía de muertos. Aunque habían vaciado los cubos, todavía no los habían limpiado y los laterales estaban llenos de restos pegajosos y grumosos de grasa, mientras que en el fondo había un centímetro de fluidos corporales apestosos que le calaron las zapatillas y los calcetines gruesos y se le metieron con su frío por los dedos. Le acometió una arcada y se tragó el vómito, en un intento desesperado por no aumentar el contenido del cubo.

Levantó un poco la tapa para poder respirar. La cabeza que tenía en el regazo se ladeó hacia arriba, la boca abierta como si también intentara aspirar aire limpio por sus pulmones ausentes.

Oyó a Spicer recorrer la fila de cuerpos.

Y el momento en que encontró el cuerpo decapitado de Número 19. Lo marcó una palabra que no había oído en su vida pero que, por la ponzoña con que la dijo, no podía ser sino una palabrota.

Cuando la rendija estrecha de luz que señalaba el borde de la puerta de la cámara frigorífica se oscureció de pronto, volvió a bajar la tapa sigilosamente.

–¿Patrick?

La luz se encendió y el plástico amarillo le pareció de pronto un escudo pobre. Se sentía como un embrión en un frasco.

Aguantó la respiración y miró asustado hacia la tapadera. Imaginó a Spicer levantándola y encontrándolos a los dos –a él y a Número 19– mirándolo boquiabiertos.

Pero Spicer no levantó la tapa, ni la suya ni ninguna.

La luz se apagó y se cerró la puerta, y oyó que se abría la segunda cámara.

–¿Patrick?

–Chiss –le susurró Patrick a la cabeza, o a sí mismo, o a ambos.

La cabeza, por suerte, no dijo nada, y de pronto experimentó la necesidad de protegerla. Era su responsabilidad. Ahora que no estaba pegado a su cuerpo o acomodado en su bolsa blanca encerada, Número 19 dependía de él.

DEPENDE de mí.

Depende DE mí.

Depende de MÍ.

En lugar de dejarse vencer por la presión, se sintió un guardián orgulloso, y apretó con más fuerza los brazos en torno a la cabeza.

El sonido de la puerta de la segunda cámara al cerrarse.

El sonido de unas pisadas precipitadas al retroceder por el linóleo.

El sonido de las puertas de la sala de disección al batirse y encajar con un crujido y un portazo.

Aguzó el oído para intentar oír los pitidos del teclado pero no pudo. En lugar de eso esperó hasta que se dio cuenta de que acababa de despertarse, congelado y todavía emparedado en el pestilente cubo amarillo.

–Vale, hora de irse.

Y salió como pudo del contenedor y volvió sigilosamente hasta la puerta del ala de anatomía, donde el código de Meg resultó ser 5544, equilibrado y fácil de recordar, como era habitual en ella.

La puerta exterior también era una salida de emergencia, que abrió sin problemas por dentro empujando una barra metálica. Una facilidad inesperada.

Se metió la cabeza bajo el brazo y volvió andando a casa todo lo rápido que le permitieron las rodillas. En todo el camino el corazón no paró de bullir con el chute de adrenalina.

«Los muertos no pueden hablarnos», había dicho el profesor Madoc.

Pero eso era mentira.

Samuel Galen estaba muerto..., y aun así seguía contándole todas las verdades que necesitaba saber.

48

Patrick oyó el grito de un conejo robado en plena noche. Sin despertarse del todo intentó escucharlo de nuevo, pero no oyó nada y volvió a sumirse en el sueño.

–Despierta –le dijo su padre.

Apenas había amanecido e iban a andar por los Beacons. Tal vez el Penyfan no estuviera muy transitado. Los fines de semana era una larga cordada de senderistas más equipados de la cuenta, pero entre semana estaba casi desierto, sobre todo cuando hacía mal tiempo. Patrick esperaba que hiciera calor y hubiera mucha gente porque, por alguna razón, le dolía todo.

–Despierta.

–Me duele la cabeza, papi.

–¡Que te levantes, te digo!

Abrió los ojos lentamente y miró el agujero del centro de una pistola; no, no era en el medio, sino en el extremo, por donde salen las balas. La cosa negra y honda. El...

–Cañón –dijo, aliviado por recordarlo.

–Calla –le ordenó el policía al otro lado de la pistola–. Calla y date la vuelta. Las manos a la espalda.

Era bajo, iba afeitado y no estaba solo; había otro mayor en el umbral, además del malhumorado casero de mediana edad, el señor Boardman, que acechaba por detrás.

Oyó el llanto de Lexi proveniente de algún punto de la escalera.

–¿Qué está pasando? –preguntó Patrick.

El policía más bajo resopló con sorna y le dijo:

–Tú dirás, chaval. Hay una cabeza en la nevera.

–Sí. Es mía. –Después se echó a reír porque no era la suya, claro, si no la de Número 19.

–Dios Santo –dijo Bajito–. Está como una regadera.

–¡Y miren lo que le ha hecho a mi alfombra! –gimió el señor Boardman.

–Estaba sucia –replicó Patrick encogiéndose de hombros.

–¡Era marrón! –gritó el casero.

–¡Te he dicho que me saques a este hombre de aquí! –exclamó cortante el policía mayor.

Hubo una pausa ruidosa en la que varios pares de pies bajaron aporreando la escalera y llevaron abajo al señor Boardman, que no paró de murmurar.

Mayorcito carraspeó y dijo:

–Patrick Fort, está usted detenido como sospechoso de asesinato.

El chico frunció el ceño y replicó:

–Eso no tiene sentido.

El policía levantó una mano, cerró los ojos y siguió hablándole:

–Tiene derecho a permanecer en silencio...

Patrick lo interrumpió y acabó más rápido que él:

–Cualquier cosa que diga podrá ser utilizada en su contra ante un tribunal. Tiene derecho a un abogado. Si no tiene dinero, el estado le designará uno de oficio...

–¿No es la primera vez que te arrestan?

–No, lo he visto en la tele. ¿No se supone que tienen que preguntarme si lo he entendido?

–¿Lo has entendido?

–Pues claro, no soy tonto.

–Listillo –masculló Bajito–. Date la vuelta y pon las manos en la espalda.

–¿Por qué?

–Porque estás arrestado.

–Pero yo no he hecho nada. La cabeza de la nevera es solo una prueba.

–¿De qué? –preguntó Mayorcito.

Patrick frunció el ceño.

–No lo sé. Es una larga historia. Número 19 tenía un cacahuete en la garganta, a pesar de ser alérgico. El doctor Spicer tenía marcas de mordeduras en el dedo. Pero mintió cuando le pregunté por ellas y luego intentó matarme. Así que cogí la cabeza para conservar las rajas y los dientes. Es posible que Número 19 mordiera al doctor Spicer pero no estoy seguro. Ya es cosa de ustedes averiguar el resto. Yo he hecho mi parte.

–¿De qué cojones estás hablando? –le preguntó Bajito.

–¡Patrick! –gritó Jackson por la escalera–. No digas nada sin un abogado.

–No necesito ningún abogado –le dijo a Mayorcito–. No he hecho nada malo.

–Eso está bien –respondió el policía, que estaba tomando notas en un cuadernito negro–, entonces no te importará contestar a unas preguntas en la comisaría.

–No, no me importa.

Mayorcito le hizo un gesto a Bajito.

–¡Pues ya estás dándote la vuelta y poniendo las manos detrás de la espalda! –le chilló este último.

–Tengo que coger la cabeza –dijo Patrick levantándose.

Bajito lo cogió del hombro y en un abrir y cerrar de ojos todo pasó de la calma a la fuerte marejada. Patrick pegó puñetazos a diestro y siniestro, y se revolvió contra las manos odiadas sobre su piel desnuda, pero pronto tuvo la cara en la almohada, una rodilla en la espalda y lo que le parecieron unos cables calientes por las muñecas..., y la oreja izquierda le zumbaba de tal forma que el único sonido que oyó bajo la superficie fueron los chillidos de Kim una y otra vez: «¡No le hagan daño! ¡No le hagan daño!».

Mientras llevaban a Patrick Fort medio a rastras medio en volandas hasta el coche, el sargento detective Emrys Williams volvió a mirar la nevera y pensó: «Así es como cambian las cosas».

En el estante de arriba había lechuga y chocolate; en el de abajo, arroz pasado y beicon pocho; mientras que –comprimida por los lados en el estante de en medio– había una cabeza humana seccionada, con los labios hacia atrás y venas sobresaliéndole por la piel desgarrada, y apretada contra el cristal lleno de escarcha. Tenía una cuenca vacía y la otra medio escondida por un bote de crema de cacahuete Tesco Value.

Postrado e iluminado por la luz de la nevera, Williams parecía estar reverenciando un vellocino de oro, a sabiendas de que por fin tenía ante él el Grande: el caso que lo situaría en el mapa.

Emrys Williams se había metido a policía nada más salir del instituto porque el orientador laboral le había dicho que podría jubilarse a los cuarenta con dos tercios del sueldo final. Sedujo a muchos de la misma forma: jubilación temprana con buenas pensiones o –para los maestros– vacaciones de verano largas. Había actuado más bien de antiorientador, vendiéndoles los extras en lugar del trabajo en sí.

Pero ningún orientador ni el propio joven Emrys habían previsto que los caprichos de la vida le deparasen dos exmujeres, cuatro hijos hambrientos de tecnología y una novia que solo parecía alegrarse de agotarlo por las noches si le permitía agotarle la cartera durante las veintitrés horas y media restantes del día.

De modo que, a los cuarenta y ocho años, Williams seguía siendo policía, y sin haber pasado de sargento, a pesar de que hacía años que los compañeros de su promoción habían ascendido. En algún punto del camino, los delitos menores y el papeleo le habían quitado toda la ambición.

Por supuesto, había ayudado a enchironar a un buen puñado de ladrones, contrabandistas, violadores y maltratadores. Había habido asesinatos que se quedaron en homicidio involuntario tras un recurso y asesinatos que se quedaron tal cual. Pero nunca, ni una sola vez, se había visto involucrado en un Gran Caso.

Jamás había formado parte de un caso de gran calado, de esos que embelesan la imaginación pública y los titulares de la prensa por igual. Nunca había salido en la tele, ni siquiera en el telediario local; nunca había trabajado en ningún caso del que alguien hubiera oído hablar o le hubiese importado un pimiento, salvo por Gary, el de la cafetería, que era una especie de friqui con TOC y memoria de elefante.

A veces tenía la sensación de que se había pasado los treinta años de vida laboral en una sala de interrogatorios con sillas duras y café amargo, y lo único que había conseguido era halitosis y almorranas.

Pero aquello era distinto.

Pasara lo que pasase, Emrys Williams sabía que aquel caso siempre estaría vinculado con aquel momento. Eso era lo que los muchachos de la comisaría recordarían de él; sobre lo que bromearían cada vez que alguien abriese la nevera de la sala de personal para coger una Coca-Cola o un quesito. Y aunque tuviera que pasarle el caso a un superior en cuanto llegase el cambio de turno, sería su testimonio del descubrimiento lo que los periodistas apiñados en los bancos estarían deseando oír cuando el caso se juzgara en la sala de lo penal del Tribunal Local de la Corona. «El caso de la cabeza en la nevera», lo llamarían, o algo más agudo y periodístico que no se le ocurría en esos momentos.

Algo por lo que lo recordarían, aunque fuese con un poco de guasa.

Emrys Williams se incorporó dispuesto a pasar a una nueva etapa de su carrera policial y se dio cuenta de que sí que le quedaba un reducto de ambición.

Soltó el aire de los pulmones y declaró:

–Esto es la escena de un crimen. ¡Largo todo el mundo!

El coche se alejó serpenteando de la casa, de Jackson, de Lexi y de Kim, en ese orden, y de los vecinos curiosos en chanclas.

Patrick se calmó en cuanto Bajito lo metió de culo en el asiento trasero y cerró la puerta. Apoyó la cabeza en el cristal y contempló pasar ante sus ojos la ciudad en una luminosa mañana de sábado, mientras una gran paz se posaba sobre él como una seda cálida.

Había solucionado el misterio de Número 19.

Pronto la policía se daría cuenta de su error, lo soltaría y arrestaría en su lugar al doctor Spicer, y Lexi sabría por fin qué le había pasado a su padre. Por alguna extraña razón le gustó la sensación, a pesar de que no le beneficiaba a él directamente. Sin saber cómo ni por qué Patrick sintió que en parte había «dado algo a cambio». Era curioso y no lo entendía, pero eso no lo hacía menos cierto, aunque no lo hubiera ayudado en su busca.

No había conseguido su meta original, pero no por ello se sentía un fracasado. Había ido a la capital en busca de respuestas y las había encontrado, aunque fueran respuestas distintas... a preguntas diferentes.

Había misterios que podían resolverse y otros que no. Tal vez lo que le había pasado a su padre fuera de esos que no se podían. Nunca antes se le había ocurrido tal idea, y en esos momentos le vino a la cabeza con una oleada repentina de emoción cálida. Había hecho todo lo que había podido; y quizá tendría que bastar con eso. No creía que pudiera quedarle nada más dentro.

Admitir que la busca se le había escurrido de las manos le quemó los ojos.

Se los frotó y luego miró con curiosidad el rastro reluciente que tenía en el dorso de la mano.

Le hizo sentirse extrañamente normal.

49

El sargento Williams había cogido el caso por una única razón: porque estaba de turno de noche. La plana mayor solo salía con la luz del día.

Nada más llegar puso al tanto de todo al inspector jefe White. Después atravesó el pasillo y abrió la mirilla de la celda para ver cómo andaba el sospechoso, que parecía muy pálido y desgarbado, con solo los bóxers puestos.

No tenía mucha pinta de asesino pero en realidad no era un rasgo muy común de esa especie.

–¿Todo bien? –le preguntó.

–No –respondió el chico–. Me duele la cabeza.

–¿Bebiste mucho anoche?

–Yo no bebo –repuso con una urgencia que lo sorprendió–. Estuve en la fiesta de casa del doctor Spicer, pero solo me dediqué a lavar los platos. Después vi las mordeduras que tenía en el dedo y me fui. Ahí fue cuando atropelló mi bici e intentó atropellarme a mí. Tuve que saltar desde el aparcamiento y aterrizar en un árbol.

Williams se preguntó qué decir ante semejante majadería.

–¿Es la primera vez que estás en una comisaría? –le preguntó cauteloso.

–No. Estuve en una cuando murió mi padre.

Emrys Williams se mordió la lengua. Siempre intentaba mantener una mentalidad abierta con respecto a los sospechosos –aunque estuviesen llenos de sangre y tuviesen una cabeza seccionada en la nevera–, pero Patrick Fort no estaba haciéndose ningún favor. La gótica canija de la escena del crimen había dicho algo sobre un trastorno mental. Tenían que proceder de acuerdo con la ley: no era cuestión de que un asesino se librase por un tecnicismo.

–Ahora mismo vendrá el médico. Y el abogado de oficio –se limitó a decir.

–No necesito ningún abogado. No he hecho nada malo. Solo quiero contarles lo que ha pasado, pero nadie me escucha.

–Todo a su debido tiempo. Primero estamos intentando ponernos en contacto con tu madre.

–¿Con mi madre? ¿Para qué?

–Para que esté contigo.

–No va a venir –repuso el chico.

–¿Y eso por qué?

–No le caigo muy bien.

–Vamos, seguro que eso es mentira –replicó Williams, aunque pensó que tal vez fuera cierto.

El sospechoso se encogió de hombros y luego se estremeció. El policía vio desde el otro lado de la puerta que se le ponía la carne de gallina por el pecho. Le recordó a cuando secaba a los niños de pequeños, después de la piscina, frotándolos para calentarlos mientras les castañeteaban los dientes.

Cogió una sudadera azul vieja que había en objetos perdidos.

–Toma, anda, ponte esto.

Patrick Fort la cogió con gesto cansado y la alzó en alto con la nariz arrugada. En el pecho se leía: EL ALFABETISMO ESTA SOBREVALORADO.

–Tiene vómito en la manga –dijo dejándola en el otro extremo del banco de madera–. Y le falta la tilde. –Después repasó la celda y preguntó–: ¿Podría darme un cepillo y un recogedor?

Williams suspiró y se fue meneando la cabeza.

La sargento Wendy Price pasó camino de la máquina con una taza de café gris.

–¿Qué tal?

Williams le señaló la puerta de la celda con el pulgar.

–Aquí el chaval tenía una cabeza seccionada en la nevera pero quiere un puto plumero para ordenar un poco.

La agente rio entre dientes y se acercó para escrutar por la mirilla.

–Anda, es él.

–¿Lo conoces?

–Vino hace unos días con sangre en las manos y dijo que quería informar sobre un asesinato. Cuando vio que me fijaba en la sangre, se largó por piernas. ¡Lo perseguí casi hasta Splott!

–Se rindió antes del monumento a los caídos –la corrigió Patrick.

La sargento Price se puso colorada y cerró de golpe la mirilla. Después bajó la voz antes de añadir:

–Creo que conocía a Darren Owens.

Williams la miró con interés. ¿Owens, el mismo al que habían encontrado en el parque con las manos en la masa de un corredor destripado?

–¿Qué te lleva a pensar eso?

La sargento se encogió de hombros.

–Se dijeron algo en la recepción. No sé qué, pero yo me juego algo a que se conocían de antes.

Levantó la taza de cartón en un brindis que significaba «de nada» y desapareció por la puerta.

Emrys Williams la vio irse y, con una corazonada cada vez más intensa, se preguntó cuánto había descubierto en realidad esa mañana al abrir la puerta de esa nevera.

Si el chico conocía a Darren Owens, entonces la cabeza seccionada podía ser solo el principio.

Volvió a escrutar por la mirilla pero con otros ojos.

«Así es como cambian las cosas.»

Cuando Sarah Fort cogió por fin el teléfono, no fue la llamada que había estado esperando.

Una tal sargento Price le informó de que habían arrestado a Patrick.

–¿Por qué? ¿Por no llevar el casco?

–Por resistencia a la autoridad, hurto y asesinato –dijo la oficial, que parecía estar leyendo de una lista.

–¿Asesinato?

–Sí –contestó, como si lo supiera ya todo el mundo menos ella.

–¿De quién?

–Lo siento, pero en este punto de la investigación no puedo decírselo.

–Ah –se limitó a decir Sarah, que no supo qué más añadir. Pensó en la fotografía de la niña muerta y en todos los pájaros y animales que Patrick había diseccionado con los años y se preguntó si su hijo realmente sería capaz de matar a una persona.

Era probable.

¿Acaso no lo era todo el mundo si las cosas se ponían realmente feas?

–¿Lo ha admitido? –preguntó.

–Todavía no lo hemos interrogado. ¿Es cierto que es discapacitado?

Ya hacía tiempo que Sarah no se enfadaba con lo de «discapacitado». Todo es una cuestión de grado. Patrick estaba discapacitado, en el sentido más literal, por su condición..., igual que ella lo estaba por él.

–Tiene síndrome de Asperger.

–¿Es parecido al alzhéimer?

–No, es más como el autismo. Tiene problemas para relacionarse con la gente.

–Ah, vaya. –La sargento pareció decepcionada–. Pensábamos que era un maleducado.

–Sí, bueno, lo es. Pero no puede evitarlo.

–Ajá. Eso es lo que dice mi hermana de sus críos. Pero digo yo que todos no pueden ser autistas, ¿verdad?

–Seguramente no –le dio la razón Sarah.

La agente suspiró con fuerza.

–Bueno, en tal caso, tenemos que interrogarlo en compañía de un adulto. ¿Podría desplazarse hasta Cardiff? –Sarah se lo pensó tanto tiempo que la sargento tuvo que decir–: ¿Hola?

–Hola, sí. Sí, claro que iré.

Al colgar, se quedó mirando al otro lado de la cocina una o dos horas.

Después le echó de comer a *Ollie* y se fue a trabajar sintiéndose mejor que en mucho, mucho tiempo.

Emrys Williams le comunicó al inspector jefe White que la señora Fort tenía que estar a punto de aparecer. Después se quedó rondando por la comisaría, sin querer irse a casa, con la esperanza de que el jefe se acordara de él cuando formara un grupo... y hablara con la prensa. Además, quería contarle en persona la historia de la cabeza en la nevera al turno de día.

Valió la pena. Los compañeros rieron, sacudieron la cabeza y le dijeron: «Cabrón con suerte»; la agente Dyer le hizo una plaquita para su mesa en la que ponía «Cabezota» y, antes de la hora, un graciosillo había metido la cabeza de una muñeca en la máquina expendedora en lugar de los Curly-Wurlys. Todo aquello le hizo sentirse de maravilla.

Y luego –apenas pasadas las nueve de la mañana– un joven muy bien hablado se presentó en la comisaría y se identificó como el doctor David Spicer y le dijo que quería informar del robo de una cabeza en la Facultad de Medicina.

Y así sin más se acabó el Gran Caso. Emrys Williams oyó cómo prácticamente se desinflaba su carrera por la sala con una gran pedorreta, como un globo que cayera en un rincón, triste, temblón y ligeramente avergonzado.

Patrick Fort no era ni un asesino ni un homicida loco y no tenía nada que ver con Darren Owens y su corredor eviscerado. El Gran Caso no era más que una novatada estudiantil que había sobrepasado los límites de lo aceptable porque el estudiante en cuestión tenía una concepción mermada de lo que era y no era una conducta humana normal.

Sintió la decepción como un dolor físico: un calambre agudo en la barriga y una contractura en el cuello provocada por la vergüenza.

Eso era lo que recordarían cada vez que alguien abriera la nevera de la sala de personal.

Sin embargo él no era de los que dejan que otros limpien su mierda, así que le dijo a Wendy Price que se encargaría en su tiempo libre y luego hizo pasar al doctor Spicer hasta su mesa para tomarle declaración.

Cuanto más hablaba Spicer, más sentido iba tomando todo para el sargento. Habían expulsado a Patrick Fort, y al parecer lo de llevarse la cabeza podía ser una especie de venganza.

–No puede evitarlo –comentó Spicer.

–Eso nos han dicho –dijo con un suspiro Williams.

–No es mal chaval. Siempre y cuando recuperemos la cabeza, no creo que la universidad presente cargos.

–Es muy generoso por su parte.

–¿Qué va a pasarle?

–No lo sé con seguridad –contestó Williams, y era cierto–. ¿Le importaría leer esto y firmar aquí abajo?

Williams observó al médico mientras leía la declaración detenidamente y firmaba abajo.

–Gracias.

–No es nada –dijo Spicer levantándose–. ¿Dónde está la cabeza?

–La tiene el equipo de criminalística.

–Bien, bien. Me gustaría mucho que volviera cuanto antes a la universidad.

–Por supuesto, pero hasta que no decidamos si presentamos cargos contra Patrick Fort, la cabeza es una prueba.

Spicer asintió lentamente y se mordió los carrillos por dentro, pensativo.

–Hummm... El tema es que en teoría hay que devolverle el lunes el cuerpo a la familia para que lo incineren. Evidentemente, si no está completo, no podrá ser.

–Vaya por Dios. Bueno, yo le aseguro que se la devolveremos en cuanto podamos.

–¿Para el lunes?

–En cuanto podamos.

Spicer, sin embargo, siguió sin dejarlo estar. Se quedó tamborileando en la esquina del escritorio del policía.

–¿Y si yo le garantizara personalmente que no presentaremos cargos contra Patrick?

–Lo siento, señor, pero una vez que se hace un arresto, no puedo dar por sentado el resultado de nuestras propias investigaciones.

–¿Qué investigaciones? –preguntó Spicer–. ¿No queda bastante claro lo que ha pasado? No sé, me parece que es una pérdida de tiempo que la policía insista en el tema.

–Puede parecerlo, estoy de acuerdo. Pero nosotros tenemos nuestros procedimientos. Créame, cuando podamos desprendernos de la cabeza, la universidad será la primera en saberlo. Yo me voy a casa; si quiere, lo acompaño a la puerta.

Williams se puso la chaqueta y salió con el médico por la puerta doble.

Spicer le dio las gracias y se fue, pero el sargento Williams se quedó un rato mirando por el cristal, tanto que Wendy Price le dijo:

–¿Estás bien, Em?

–Sí, sí. Solo estaba pensando.

Solo pensando en las reticencias del médico a dejar la cabeza en custodia policial.

Y en las marcas dentadas que tenía en la yema del índice.

Era cierto que parecían mordeduras.

50

Había sido una noche larga, pero Emrys Williams siguió sin irse a casa. En su lugar apuntó la dirección de Spicer de la declaración y se fue con su Toyota de diez años hasta la bahía, en contra de una marea de aficionados al rugby con camisetas rojas que se dirigían al centro para el Seis Naciones.

Solo eran las diez de la mañana. No le llevaría mucho tiempo y le pillaba de camino.

Más o menos.

Rodeó con el coche el piso del médico y empezó a retroceder lentamente por la calle Dumballs. Como era sábado, la mayoría de las naves industriales de la avenida amplia y sórdida tenían las persianas de acero bajadas.

Williams se detuvo dos veces, una primera para mirar de cerca unos cristales rotos, que resultaron ser de un botellín de Heineken, y de nuevo al lado ya de la estación, donde una paloma se negó a levantar el vuelo; atravesó lentamente la carretera, como desafiándolo, mientras él se quedaba mirándola como un pasmarote, en lugar de como un ser inmensamente superior en medio de un trabajo policial de suma importancia. Ratas con alas, llamaba su padre a las palomas, aunque a él siempre le habían gustado, sobre todo las de ciudad, con su chulería y sus gaznates iridiscentes. La observó, por tanto, ligeramente divertido mientras se abría camino entre dos coches aparcados y daba un brinco para subir a la acera. De no haber sido así nunca se habría fijado en la pequeña marca de derrape que había dejado goma quemada en el bordillo.

Aparcó en doble fila y se bajó. Tan solo se veía una rodada por la carretera; la otra estaba bajo uno de los coches recién aparcados. Se agachó para mirar bien. Había fragmentos de plástico rojo en la alcantarilla de debajo del coche. Cogió el trozo más grande, que medía más o menos como su pulgar. Parecía la tapa del objetivo de una cámara. ¿Tal vez de una luz de freno?

Inspeccionó los faros del coche aparcado y luego se incorporó y miró alrededor. Estaba junto a la esquina de una nave de ladrillo visto. «Mecánica rápida y foso.» Fue hasta el extremo del edificio, que era el último de la fila antes de un aparcamiento de varias plantas. Entre ambos había un callejón, un trozo de césped lleno de basura y una verja de acero.

Y, tras la verja, una bicicleta.

Hacía años que Emrys Williams no trepaba a nada y, o había engordado, o se le habían debilitado los brazos, una cosa u otra; puede que ambas. Subió la mitad, donde se quedó pinchado hasta que tres hombres con la camiseta de la selección galesa se pararon y lo auparon, animándolo con gruñidos y un «tomaaa» multiuso cuando llegó al otro lado de la verja.

Se sacudió el polvo de la caída poco airosa y les dio las gracias a los hombres, que se despidieron con la mano y siguieron su camino.

Miró la bici: era una Peugeot de carreras antigua de diez marchas, pero había estado en buenas condiciones hasta lo que quiera que le hubiera pasado. Se había convertido en un rompecabezas azul y cromo, con la cadena salida y las ruedas hechas ochos de goma.

Tenía la lente del faro trasero rota. Williams puso encima el pulgar de rojo.

Encajaba.

Volvió a trepar como pudo al otro lado de la verja con un

nuevo impulso; se torció el tobillo al caer en el asfalto. Maldijo en voz alta y se juró que volvería a salir a correr. Caminó con mucha parsimonia hasta el coche y recorrió la corta distancia que lo separaba del aparcamiento.

Aparcó en uno de los pocos huecos que había en la segunda planta y se bajó del coche. Desde allí se veía la parte trasera de la estación, a través de las ramas desnudas de un árbol.

«Tuve que saltar del aparcamiento por un árbol.»

Con un hormigueo de curiosidad en la barriga, Emrys Williams se encaminó todo lo raudo que le permitió el tobillo hasta la pared de hormigón que amurallaba la segunda planta. Le llegaba al pecho. Para saltar por ahí había que estar loco... o muy desesperado.

Pasó entre los coches que había aparcados a lo largo del muro.

Justo enfrente del árbol el muro de hormigón estaba resquebrajado y le faltaban varios cascotes gordos que estaban en el suelo, junto a más cristales rotos, esa vez blancos y naranjas: luces de cruce e intermitentes.

El policía se asomó por el muro para mirar hacia abajo. Había una caída de unos buenos ocho metros hasta el césped. Las ramas oscuras del árbol estaban salpicadas de color crema vivo por donde se habían partido y astillado ramas y ramitas al caer algo pesado sobre ellas.

Algo tan pesado como Patrick Fort.

Eran las 11.44 de la mañana.

Al verlo Emrys Williams pensó que el técnico de la sala de disección parecía un cadáver más. Tenía un aspecto pálido y macilento y aire fúnebre, y para colmo olía a flores podridas.

Hizo todo lo que pudo por aguantar la respiración mientras hablaba, una estrategia que no le fue del todo bien.

–Tengo entendido que le falta una cabeza –empezó diciendo.

Mick Jarvis lo miró con un asombro rayano en lo cómico.

–¿Cómo? Ahora me entero.

–¿Lo dice en serio? Pues me sorprende. ¿Le importaría comprobarlo?

El técnico fue directo al fondo de la sala, más parecida a un hangar, y empezó a abrir cremalleras de lo que Williams comprendió entonces que eran bolsas de cadáveres. Mantuvo las distancias.

–Cabeza, cabeza –iba diciendo con impaciencia Jarvis conforme repasaba la fila–. Cabeza, cabeza, mierda.

–¿No cabeza? –preguntó Williams, a lo que el otro asintió.

El técnico llamó al decanato de la facultad para informar del robo y luego preparó un té bien cargado para ambos.

–No me extraña. El chaval siempre ha sido rarito. Se ha colado aquí dos veces, ¿sabe?

–¿De veras?

–Sí. La primera vez me lo encontré aquí mismo hurgando en archivos confidenciales. Luego, otra noche, me tiró un zapato en la sala de disección. ¿Una galleta?

Williams cogió una HobNob.

–¿Y cómo se cuela alguien en un sitio como este?

–Bueno, la primera vez utilizó su código de acceso, pero a una hora a la que no le estaba permitido entrar. Pero después, cuando lo expulsaron, le quitaron también el código.

–Y entonces ¿cómo entró aquí anoche?

–Pues vamos a verlo –contestó Jarvis, que encendió el ordenador. Miró fijamente la pantalla mientras producía unos sonidillos molestos que debía de pensar que iban informando al otro de lo que hacía–. Ahí estamos. Ya está... Ahí. Ahora sí que vamos a... Vale, entiendo... ¡Qué cabroncete más espabilado!

–¿Qué?

–Utilizó el código de otro alumno. Es de una chica que se

llama Megan Jones. Mire, ¿lo ve? A las doce y cuarto de la noche.

El policía asintió lentamente. Tenía miles de dudas, pero, mientras mojaba la galleta, decidió despejar la que le pareció más pertinente.

–Le parecerá una pregunta tonta, señor Jarvis, pero igualmente se la voy a plantear. ¿Es posible que Número 19 fuera víctima de un asesinato?

Jarvis rio.

Era un sonido extraño en un sitio extraño que provenía de un hombre de apariencia extraña.

–De ninguna de las maneras. Por lo general nuestros donantes mueren de viejos, por enfermedades cardíacas, cánceres o complicaciones como neumonías. Toda muerte se certifica con el máximo rigor por el médico encargado. E incluso en esos casos solo aceptamos donaciones si el cuerpo no está demasiado dañado por la enfermedad o las heridas. Necesitamos que estén en una forma razonablemente buena para que nuestros alumnos aprendan qué es un cuerpo normal. No tiene sentido enseñar a los estudiantes con cuerpos desmembrados o con daños internos serios.

»Y por esa misma razón tampoco aceptamos cadáveres a los que se les ha practicado la autopsia. Nuestros donantes mueren de enfermedades o heridas previsibles. Las víctimas de asesinato siempre son sometidas a autopsias.

–Siempre y cuando se sepa que lo son –murmuró Williams.

–Cierto –coincidió Jarvis, que cogió otra galleta.

El policía lo imitó: con todo el lío se había saltado el desayuno.

–¿Sería posible ver la documentación relacionada con Número 19?

–Por supuesto.

Con una llave que estaba mal escondida bajo un platillo, Jarvis abrió un archivador de los dos que había en la oficina y sacó una carpeta fina.

Emrys Williams estudió los documentos. El primero era una solicitud de donación a nombre de Samuel Galen.

–¡Pero si esto es de hace más de diez años!

–Sí, la gente puede solicitar ser donante en cualquier momento de su vida. Si luego cambian de opinión, solo tienen que hacérnoslo saber y destruimos la documentación.

El policía echó un vistazo al formulario. Se fijó en que Samuel Galen había nacido el mismo día y el mismo año que él. Emrys y Sam. Se preguntó si Sam celebraba sus cumpleaños igual que él: con unas pintas en el Tres Toneles y una llamada de su madre anciana, que nunca se olvidaba.

Le provocó la incómoda sensación de haber prestado por un tiempo su existencia, una idea que tuvo que apartar de la cabeza para concentrarse en el asunto que tenía entre manos.

El formulario de donación era breve y tenía preguntas que no dejaban lugar a sentimentalismos.

Consiento que la institución arriba mencionada guarde partes de mi cuerpo.

Consiento que se realicen fotografías no identificables de partes de mi cuerpo y que se guarden con fines instructivos, educativos y de investigación.

Entierro/incineración.

Lo único que tenía que hacer el donante era rellenar casillas. El señor Galen había marcado la de entierro, pero después parecía haber cambiado de opinión y se había decantado por la incineración.

Con un boli distinto.

Williams se lo hizo ver a Jarvis, que frunció el ceño.

–No sé cómo se me ha podido pasar por alto. Hay que firmar al lado de todo cambio o, si no, rellenar un formulario nuevo. ¡No se pueden tachar las cosas así porque sí!

Williams le dio la vuelta al fino montón de folios. Adjunta al dorso del formulario había una hoja casi en blanco con el encabezamiento: «Declaración personal (opcional)».

Samuel Galen había hecho uso de la opción:

> Mi hija Alexandra es alcohólica. Quiero donar mi cuerpo para ayudar a formar médicos que encuentren algún día una cura para esta enfermedad que tantos corazones rompe.

Lo pilló con la guardia bajada. La declaración le produjo una extraña emoción cuando justo esa mañana había encontrado la cabeza del hombre en una nevera, oprimida entre las luces y las sombras de la gastronomía estudiantil.

–La mayoría de los solicitantes añaden una declaración personal –comentó Jarvis–. Sobre por qué les parece importante la donación.

Williams repasó el resto del archivo con más celeridad. Había formularios de consentimiento parecidos, firmados por una tal Jackie Galen un día después de la fecha de la muerte, documentación del traslado desde el hospital a la universidad, permisos para el entierro y una copia del certificado médico de defunción, en el que se establecía como causa de la muerte un «fallo cardíaco debido a complicaciones derivadas del coma».

–¿Otra HobNob? –le preguntó Jarvis sacudiendo el paquete delante de él.

Williams no lo escuchó.

El certificado de defunción llevaba la firma del doctor Spicer.

51

Justo antes de que dieran las tres de la tarde Emrys Williams abrió la puerta doble y dijo:

–Gracias por venir tan rápido, doctor Spicer.

–No es nada.

El detective se hizo a un lado para dejarle paso y se pararon por un momento al oír el himno nacional inflarse como un globo en el estadio y salir flotando por la ciudad: un sonido que nunca dejaba de encogerle el corazón y darle un pellizco de patriotismo. Esa noche habría jaleo por la ciudad, que se llenaría de galeses disfrazados de narcisos patrios con los brazos echados por encima de los hombros de franceses con boinas, todos celebrando el resultado en la lengua que compartían: no ser ingleses.

Williams suspiró y cerró la puerta.

Fueron charlando mientras caminaban.

–Son solo un par de cosas con las que espero que pueda ayudarnos. Sobre todo en lo referente a Patrick Fort.

–Claro, por supuesto. ¿Está bien?

–Sí, sí.

–Me alegro, porque creo que es muy vulnerable.

–¿Ah, sí?

–Sí. ¿Sabe que entró en la universidad por la cuota de discapacitados?

–No lo sabía.

–Pues sí, es autista.

–¿No era Asperger lo que tenía?

–Bueno, está dentro del mismo espectro. A veces se distancia demasiado de la realidad. Con paranoias, confundido, esas cosas...

–Me recuerda a mi exmujer.

Spicer rio.

El policía abrió la puerta de la sala de interrogatorios número 3 y lo hizo pasar.

–Doctor Spicer, este es el inspector jefe White, el encargado del caso. Y ya conoce al señor Galen.

La cabeza estaba sobre la mesa en una bolsa de pruebas transparente.

Se hizo un silencio largo.

Spicer miró por fin a White y le dijo:

–Hola, buenas.

–Gracias por venir, doctor Spicer.

–No hay de qué.

–Intentaremos no entretenerlo mucho –le dijo White–. Aquí el sargento Williams hace ya tiempo que acabó su turno, y yo en teoría tendría que estar en el partido.

Se rio alegremente mientras Spicer se limitó a asentir.

Los tres tomaron asiento alrededor de la cabeza. Williams y White no la miraron en todo el rato; Spicer apenas podía mirar otra cosa. Era como un imán para sus ojos, que arrastraba a su mirada de vuelta cada vez que intentaba desviarse. Un pliegue del plástico rozaba el único ojo dando la impresión de que miraba directamente a Spicer a través de una mirilla a otra dimensión.

El inspector jefe White abrió una carpeta.

–Patrick Fort nos ha contado algunas historias.

–No me extraña. Vive en su mundo. Necesita ayuda de verdad.

–Tiene razón. Pero tal vez entre todos podamos separar la realidad de la ficción.

–Sí.

–Bien. Patrick dice que anoche usted intentó matarlo.

–¿Eso dice? Qué tontería.

White repasó el contenido de la carpeta como si no supiera qué había dentro.

–Dice que lo tiró de la bici por la calle Dumballs y que luego intentó atropellarlo en el aparcamiento.

–Eso es mentira.

–Pero estaba herido.

–¿Y a mí qué me cuentan? Miren, Patrick vino anoche a una fiesta que di en mi piso. Se emborrachó de mala manera y se fue temprano. No me extrañaría que se cayera de la bici o se diera un porrazo.

White asintió y siguió hojeando los papeles.

–Esta mañana lo sometimos a la prueba del alcoholímetro y dio negativo.

–Qué raro –comentó Spicer, que cruzó los brazos sobre el pecho.

–¿Se ausentó en algún momento de la fiesta?

–Sí, fui a por más cerveza.

–¿Calculó mal?

–Ya se sabe, estudiantes y bebida gratis...

–Pero Patrick Fort no bebió.

–Si ustedes lo dicen. –Spicer se encogió de hombros–. Lo vi un tanto ido y di por hecho que estaba borracho.

–¿A qué hora salió?

–No estoy seguro.

–Más o menos.

–Sobre las once.

–¿Y a qué hora volvió?

–A y media..., o así, supongo.

–¿Tiene el recibo de las cervezas?

–Tendría que buscarlo.

–¿A qué tienda fue?

–Al Asda que hay por la zona de la bahía. ¿Qué tiene que ver todo esto con Patrick Fort?

–Paciencia, ya lo verá. ¿No volvió a salir?

–No.

–¿Tiene algún testigo?

–¡Pues sí, medio mundo! Mi prometida, otros alumnos. Cualquiera podrá decirles dónde estaba.

–Patrick dice que a esa hora estaba intentando atropellarlo.

–Pues miente.

–Encontramos la bici. Alguien la había tirado por una valla. Y desde luego estaba para el arrastre. Los de Criminalística están analizándola en busca de huellas.

–Muy bien, espero que pillen a quienquiera que lo hiciera. Si es que lo hizo alguien...

–El sargento Williams también encontró pintura y restos del faro de un coche que chocó contra un aparcamiento cercano a cierta velocidad. ¿Qué vehículo tiene usted?

Spicer hizo una pausa.

–Un Citroën.

–¿Color?

–Gris.

–¿Gris plateado?

–Más o menos.

–¿En buen estado?

–Bueno, tiene unos cuantos bollos, nada serio. Mi prometida también lo usa.

–Eso está muy bien.

Spicer se encogió de hombros y miró el reloj.

–¿Esto va a llevarnos mucho tiempo más?

–Lo siento, pero tiene que entender que debemos verificar la historia de Patrick. Si no, sería una negligencia por nuestra parte.

–Desde luego –asintió Spicer.

–Gracias por su comprensión.

–No es nada.

–¿Le apetece una taza de café o algo?

–No, estoy bien.

–Estupendo. Patrick admite que después de escapar de usted fue...

–No escapó de mí –dijo Spicer entrecomillando el aire con los dedos–. Yo no estaba allí.

–Después de ser arrollado con la bici –se corrigió White–, fue a la sala de disección, de donde se llevó la cabeza del pobre señor Galen.

–Es increíble.

–Desde luego. Aunque, según él, cortó la cabeza para conservar la prueba que demostraba que el señor Galen había sido víctima de un asesinato. Y afirma que usted lo siguió hasta allí para evitar precisamente eso.

White arqueó las cejas, como exigiendo una respuesta de Spicer, que se encogió de hombros con muchos aspavientos.

–Perdone, inspector, pero no esperará que le dé mi opinión sobre delirios paranoides.

–No lo espero, no. Y es inspector jefe.

–Lo siento. Es que empiezo a hartarme de que ustedes parezcan dar crédito a todo lo que este alumno claramente delirante les ha contado, aunque sea un rollo macabeo.

–Ah, no, pero si no lo creímos. Ni por un instante. –Spicer mostró una vez más su perplejidad, pero el policía prosiguió–: Por eso aquí el sargento Williams se ha tomado la molestia de comprobar si alguna prueba respaldaba su historia. –White esperó a que Spicer respondiera, pero, al ver que el joven médico no decía nada, continuó–: Y así ha sido. Aparte de la bicicleta y de la prueba del aparcamiento, el sargento ha descubierto que anoche usted utilizó dos veces su código de acceso a la sala de disección..., una a las 23.45 y otra a las 23.57.

Spicer se quedó un rato largo mirando a White.

–Eso no es cierto. Me lo habrá robado alguien. El propio Patrick ni siquiera tenía ya código; se lo quitaron al expulsarlo.

Tuvo que entrar de alguna forma. ¿Por qué no le preguntan a él? ¿Por qué no lo traen aquí y lo interrogan a él? No entiendo por qué tengo que estar escuchando todo tipo de imputaciones e insinuaciones sin que esté presente la persona que me ha acusado.

–Nosotros ya no tenemos a Patrick en custodia –repuso el inspector jefe.

–Y entonces ¿quién lo tiene?

–Nadie.

Spicer parecía aturdido.

–¿Cómo? ¿Le corta la cabeza a un hombre y lo dejan en libertad?

–¿No era eso lo que usted quería? –repuso Williams.

–¡No! Es que, después de todo lo que me ha contado, parece más loco de lo que yo creía.

–Bueno, en realidad el médico es usted. Pero, a tenor de las circunstancias, nos ha parecido que no merecía más que una amonestación.

–Pues me resulta muy extraño.

–Bueno, a veces somos capaces de cosas muy raras, doctor Spicer, ¿no le parece?

El médico frunció el ceño y contestó:

–No sabría decirle.

–En cualquier caso –prosiguió White–, antes de irse, Patrick nos dijo que creía que era posible que el señor Galen hubiera muerto por haber sido obligado a comerse un cacahuete, un alimento por el que sufría una peligrosa alergia.

Spicer emitió un sonido que fue un cruce entre ladrido y risa.

–¡No me haga reír! Mire, inspector jefe, estamos hablando de un estudiante con problemas mentales que dos veces a la semana durante seis meses ha hecho como que estudiaba Anatomía. ¡Ni siquiera pensaba estudiar Medicina! Y para colmo lo han expulsado por conducta indigna. ¿Y resulta que creen en su diagnóstico de experto?

–En las notas del hospital aparecía claramente la alergia del señor Galen, notas a las que usted tuvo acceso.

–Yo y mucha otra gente.

–Según me han contado, aunque corríjame si me equivoco, los choques anafilácticos pueden causar la muerte al taponar, por la hinchazón, los conductos del aire. Y dicha hinchazón podría remitir hasta el punto de ser casi indetectable tras la muerte. –Spicer se encogió de hombros–. ¿Lo cree posible?

–Hay muchas cosas posibles en el mundo...

–Todavía no han encontrado rastro alguno del cacahuete en el laboratorio forense, pero dicen que es probable que las rajas en el paladar y en la garganta del señor Galen se le practicaran poco antes de su muerte. Si hubo un cacahuete en la garganta del señor Galen (y creo que otros estudiantes lo recordarían si tal fuera el caso), entonces es posible que alguien intentara quitárselo mientras moría. Y solo eso podría llevarnos a hablar de algo llamado... –miró las notas como para asegurarse de decirlo bien– «inhibición del nervio vago». ¿Le suena?

–Por supuesto –espetó Spicer.

–Ah, pues a mí no me sonaba. Al parecer al ejercer presión sobre ciertas partes del cuerpo o una conmoción grande, la presión arterial puede caer tan repentinamente que el corazón deja de latir... falla. –Hizo un gesto desvalido con las manos–. Fallo cardíaco, doctor Spicer.

–Ya.

–Que es lo que escribió en el certificado de defunción del señor Galen.

El médico lo miró largo y tendido.

–No me acuerdo –dijo a regañadientes–. He firmado un montón de certificados de esos.

–No me cabe duda. Ya les echaremos también un buen vistazo.

–¿Qué intenta decir? –Spicer se levantó, airado por fin–. Si se me está acusando de algo, díganlo y punto. Y si no, me voy a mi casa.

White y Williams siguieron mirándolo sin inmutarse.

–Siéntese, haga el favor. Casi hemos acabado.

Spicer se quedó un poco más de pie hasta que consintió en sentarse.

–¿Le ha mordido alguna vez un paciente? –quiso saber White.

–¿Mordido?

–Sí, con los dientes, ya sabe.

–Pues claro que me han mordido pacientes.

–Pero ¿y este paciente en concreto?

–Yo qué sé.

–He visto que tiene marcas en las yemas de los dedos.

Spicer se miró la mano.

–Sí, me corté con el abrelatas.

–¿Ah, sí? –White alzó las cejas–. Porque Patrick Fort parece pensar que es posible que le mordiera el señor Galen cuando todavía vivía..., o cuando estaba a punto de morir.

–Patrick Fort se equivoca. Una vez más.

White se recostó en la silla y miró de reojo a Williams.

–Supongo que podría ser.

–Podrían ser muchas cosas –concedió Emrys Williams.

–Bueno, hay una forma muy fácil de averiguarlo –dijo alegremente White, que acto seguido le hizo un gesto a su compañero.

Este sacó con cierta dificultad unos guantes de látex azules y empezó a retirar la bolsa de la cabeza.

Spicer se metió las manos bajo las axilas.

–¿Qué está haciendo?

–Mire, solo tiene que meter el dedo en la boca, ¿le importa?

–¿Cómo? ¿Por qué?

–Porque si las marcas no coinciden con los dientes entonces todos estaremos de acuerdo en que Patrick Fort está totalmente desquiciado.

Spicer se relamió los labios.

–No se preocupe. Tengo líquido antigérmenes.

Para demostrarlo puso el botecito del gel sobre la mesa entre ambos y le dedicó una sonrisa tranquilizadora, mientras esperaban a que Williams terminara de desvelar la cabeza.

Por fin quedó sobre la mesa, con los dientes asomando entre los extraños labios estirados, el ojo único destellando en la cuenca hundida.

–Esto no tiene nada de científico –protestó Spicer.

–Bueno, por algo se empieza. Nos parece una manera bastante sencilla de desacreditar la historia de Patrick Fort, y no nos gustaría hacerle perder más tiempo, señor Spicer.

–Doctor.

–Ya veremos. Y ahora, si no le importa... –Señaló la cabeza con un gesto. Spicer no se movió–. ¿Le importa? –insistió White.

Williams se fijó en que el médico tenía las yemas de los dedos tan apretadas contra los costados que se le habían puesto blancas, de manera que las cicatrices rosa claro del índice derecho destacaban aún más.

Se hizo tal silencio que el sonido más fuerte era el parpadeo eléctrico de los fluorescentes.

–¿Le importa? –insistió de nuevo con más tacto.

Spicer seguía sin moverse.

Williams se dio cuenta de que el reloj de la pared empezaba a hacer tictac..., o tal vez siempre lo hubiera hecho, pero no lo había notado hasta ese momento.

–No lo entienden –dijo Spicer entre dientes–. La gente como ustedes..., la gente corriente... no entiende.

–¿Qué es lo que no entendemos?

Spicer se abrazó a sí mismo con los brazos y meneó lentamente la cabeza.

–Lo que son esas unidades. La gente como ustedes cree que, o se está en coma, o fuera del coma. Es lo que ven en el cine. Alguien muere y todos se apenan, o alguien abre los ojos y todos se alegran. Eso no son más que rollos de Hollywood.

A Williams le sorprendió ver de pronto una media luna de lágrimas brillantes en los ojos de Spicer. Cuando le despuntaron por los párpados inferiores, se las enjugó enfadado y luego volvió a meterse las manos bajo las axilas, como para protegerlas mientras proseguía:

–Pero algunos solo salen a medias. A medias entre la vida y la muerte. Como zombis. A veces solo son capaces de parpadear. Durante los siguientes cuarenta, cincuenta o sesenta años, solo parpadean y miran el techo. Otros cantan la misma canción y hacen la misma pregunta hasta que mueren. En ocasiones gritan hasta que se desgañitan. Hay quienes se tiran del pelo o se arañan los ojos... o intentan morderte o estrangularte. A veces lloran y te ruegan que los dejes ir. ¡Te lo suplican!

Pegó tal puñetazo en la mesa que la cabeza se tambaleó. Emrys Williams le puso la mano encima un momento, para estabilizarla; y pensó en haber hecho lo mismo con los chicos cuando eran pequeños; un toque que significaba estoy aquí, tranquilos.

–El pecado no es matarlos. ¡Es dejarlos vivir! –Spicer sacó el mentón, como desafiando a Williams y White, pero al ver que no decían nada se enjugó otra vez los ojos y suspiró hondo–. Uno estaba siempre vociferando y armando jaleo. Llorando. Era violento, siempre repartiendo a diestro y siniestro. Le rompió el dedo a mi prometida. Tuvieron que cortar el anillo de compromiso para sacárselo. Se lo había dado justo la noche anterior y estaba loca de contenta. Pero al día siguiente se presenta en casa con el dedo negro y retorcido y el anillo hecho pedazos, y venga a llorar. Tuve que mandarlo a reparar, pero hasta hace poco no ha podido ponérselo.

–O sea, que mató al señor Galen por haberle roto el dedo a su novia –dijo White con cautela.

–¡No! –Spicer meneó la cabeza–. Se llamaba Attridge, Charles Attridge.

Williams miró de reojo a su superior. ¿Quién leches era Charles Attridge?

Pero Spicer siguió a lo suyo:

–La familia se quedó en la gloria cuando murió. Me dieron las gracias por todo lo que había hecho. Lo comprendieron. Nadie lo entiende hasta que pasa por lo mismo.

Hubo un silencio que en cierto modo confirió un aire más sagrado a la espartana sala de interrogatorios.

–¿Y qué me dice del señor Galen? –preguntó en voz baja White.

El médico vaciló un rato antes de afirmar:

–Me vio hacerlo.

A Emrys Williams se le retorcieron las tripas.

Spicer siguió en un tono monótono.

–Y luego..., y luego va y sale. –Se sonó la nariz con el índice y el pulgar. Miró alrededor y se limpió luego los mocos resultantes en su propio jersey, antes de encogerse de hombros con resignación y añadir–: Empezó a hablar.

Williams sintió que se le atoraba la garganta con el llanto y dio gracias por no estar dirigiendo el interrogatorio. A Samuel Galen no le habían dado boleto para evitarle una vida miserable: a él lo habían asesinado a sangre fría cuando ya tenía la recuperación al alcance de la mano. Emrys Williams no era un hombre de una imaginación muy rica pero hasta él se sintió desfallecer al pensar en el miedo, el terror puro y duro que Galen debió de sentir al darse cuenta de que iba a asesinarlo... y no podía levantar ni un dedo para detenerlo.

–O sea, ¿que lo mató? –le preguntó en voz baja White.

–Sí.

–¿Con un cacahuete? –Spicer asintió–. Por favor, responda de viva voz. Para la grabación.

–Sí, con un cacahuete.

–¿Y qué me dice de la disección? ¿Cómo fue eso?

Spicer suspiró.

–Pues eso fue solo mala suerte. Ni siquiera me enteré hasta que no destapamos la cabeza. Fue una conmoción, algo horrible. Después de eso apenas podía tocarlo.

Cruzó los brazos sobre la mesa y apoyó encima la cabeza como un hombre agotado. Habló, pero las palabras salían amortiguadas, y White y Williams tuvieron que inclinarse un poco para oírle mejor.

–Lo pasé fatal. Le dije que lo sentía mucho. –Acto seguido levantó la vista hacia los dos detectives con ojos suplicantes–. Pero ¿qué otra cosa podía haber hecho?

Volvió a dejar caer la cabeza en las manos y se echó a llorar.

52

A las puertas de la comisaría Emrys Williams miró el reloj bajo una farola de la avenida reluciente de rosa. Solo quedaba una hora para que empezara otra vez su turno.

Le daba igual. Estaba con el subidón de la adrenalina y hacía años que no se sentía tan feliz.

¡Menuda nochecita, día y otra vez nochecita! En el recuerdo lo veía todo luminoso y vibrante, lleno de imágenes relucientes de hallazgo y justicia. Ojalá fumase; sería la ocasión ideal de encenderse un cigarro y saborearlo.

Del bulevar de Nantes llegaban los ruidos de la celebración líquida, y sonrió, a pesar de no saber quién había ganado.

Un gallito blanco con una banderita francesa atada al cuello caminaba hacia él desde la dirección del estadio. Se inclinó con los brazos abiertos para intentar cogerlo pero sin poner el corazón en ello. El animal lo esquivó fácilmente, le dedicó un cacareo y con paso garboso prosiguió su camino quién sabía adónde.

Le vibró el teléfono en el bolsillo y vio los mensajes. Shelli (con i latina) le había dejado varios sobre un crucero a México que había visto por internet.

No le devolvió la llamada.

No quería compartir con ella lo que estaba sintiendo. No lo entendería.

Porque le daría igual.

Como la constatación no lo afligió mucho, dedujo que a él

también le daba igual. Cuando llegase a casa le diría que se había terminado. Sin rencores.

Iba a pasar página.

La sola idea lo hizo estremecerse de emoción.

El inspector jefe le había dado un apretón de manos que había durado mucho más de lo puramente formal, y si sus compañeros no le habían dado veinte palmaditas en el hombro al pasar, es que no le habían dado ninguna. Hasta los de Criminalística, cuando fueron a recoger la cabeza de Samuel Galen, habían estado de lo más habladores, cosa nada habitual en ellos.

El único que no pareció impresionado del extraordinario logro de Emrys fue Patrick Fort. Cuando abrió la puerta de la celda y le contó al chico que habían comprobado su historia y podía irse libremente, este se había limitado a encogerse de hombros y a decirle: «Ya se lo dije».

Williams se rio entonces, y volvió a reírse ahora al recordarlo, mientras la luna dorada se levantaba lentamente por encima de la ciudad.

Dentro de poco empezaría su turno, y el trabajo y la vida proseguirían, pero nada sería igual. Por primera vez en años tenía la sensación de que su vida seguía siendo suya y podía vivirla.

Era demasiado joven para ser un viejo gordo.

«Así es como cambian las cosas –pensó–. ASÍ es como cambian las cosas.»

53

El funeral solo se retrasó dos semanas porque David Spicer se declaró culpable en la primera vista, y se pudo proceder a la devolución de la cabeza de Samuel Galen a la familia.

Para entonces Patrick se había quedado sin dinero para el alquiler, pero no sin la buena voluntad de sus compañeros de piso, que le dejaron dormir en el sofá sin pagar nada, para que pudiera asistir al funeral.

Se celebró el primer fin de semana de abril, cuando las vegas aún estaban soleadas por los narcisos y el cielo lucía turquesa.

Coincidió además con el día del Grand National pero, para ser él, Patrick apenas se quejó por perderse la carrera de obstáculos más famosa del mundo por primera vez desde que tenía uso de razón. «Y la última», se juró para sus adentros a la hora en que se cerraban las ventanillas de apuestas, justo en medio de «El Señor es nuestro pastor».

A pesar de llevar casi nueve meses muerto, la iglesia se llenó de gente, y del olor a flores primaverales, que no iba de la mano del aroma a mierda.

Mientras ni cantaba ni rezaba, Patrick recordó fogonazos pasajeros del funeral de su propio padre, en un día de un frío punzante, con la iglesia más gélida aún, donde no paró de oler el tinte negro con el que su madre le había obligado a limpiar los zapatos del colegio para que no se le vieran los rozones.

Había tenido a su padre metido en una caja a solo unos palmos y, mientras el vicario hablaba de tragedia y de Dios, se había apoderado de él el deseo de abrir la caja y ver si estaba realmente dentro. Había estado removiéndose y reconcomiéndose por dentro hasta que su madre le había cogido la mano con tanta fuerza que le había hecho llorar.

En esa ocasión era todo distinto. Había visto a Número 19 con sus propios ojos: le había abierto el corazón, le había cogido el cerebro entre las manos y le había serrado la cabeza. Sabía perfectamente de qué había muerto y no dudaba de que estuviese dentro del ataúd, que flotaba en un mar de flores, algunas de las cuales deletreaban un «gracias» en blanco y azul. Lo había encargado Meg, y había costado una fortuna, pero lo habían pagado entre todos.

Lexi estaba en el primer banco con Jackie, que, cuando la chica se echó a llorar, le pasó un brazo por los hombros..., sin que Lexi se resistiera.

Mick salió por una vez de la sala de disección para asistir; el profesor Madoc también acudió. A la salida, Patrick vio que el sargento Williams estaba al fondo.

–¿Quería hablar conmigo sobre el doctor Spicer? –le preguntó, pero el policía le dijo que no, que no era ni el momento ni el lugar. Patrick no lo entendió; estaban en el mismo sitio en el mismo momento, ¿no? ¿No era eso lo mejor?

Después el sargento Williams se despidió e intentó estrecharle la mano, pero Patrick lo vio venir.

Más tarde, ya en el cementerio, Jackson y Kim se pusieron cada uno a un lado de Lexi y la cogieron de la mano. Y no para hacerla sufrir, sino porque sí.

Después se fueron todos a un pub y Lexi siguió llorando y se pasó con la bebida, pero Patrick no le dijo nada. Meg se sentó a su lado, aunque demasiado cerca, y hubo bocadillos, pasteles y grandes cuencos de ensalada de patatas con cebollino. Patrick se preguntó si aquel sería una excepción o si los funerales eran todos así.

Varias horas después, de vuelta a la casa, Jackson –que se había relajado mucho con el mando– dejó que Patrick viera la reposición del Grand National en la BBC2.

No murió ningún caballo y a Patrick, por extraño que pareciera, le gustó que así fuera.

54

El martes posterior al funeral, Meg volvió a la unidad del coma para terminar de leerle *El código Da Vinci* a la señora Deal.

El día se había levantado con un frío y una humedad poco propios de la fecha y tuvo que reunir mucha fuerza de voluntad para ir; pero la bondad y la fiabilidad eran las cruces que tenía que soportar.

Jean la saludó alegremente desde el fondo del pasillo. Meg dejó la chaqueta sobre las piernas inmóviles de la paciente y acercó el butacón de vinilo menos incómodo.

El libro la succionó en su vórtice y pasaron dos horas voladas, cuando solo tenía pensado estar una. Pareció tener el mismo efecto en la señora Deal, que se pasó inmóvil todo el tiempo, lo que Meg interpretó como una atención embebida.

–Fin –dijo Meg. Cerró el libro, lo dejó en el regazo y soltó aire como si hubiera corrido dos kilómetros–. ¿A que ha estado de puta madre?

La señora Deal no quiso ahondar en su opinión sobre Dan Brown. Y entonces empezó con el tamborileo.

«Jesús, María y José», pensó Meg. Necesitaba irse a casa, darse un baño caliente y comer mucho helado de chocolate delante de la tele.

–Buenas –la saludó Patrick.

–Joder, qué susto. –Como el chico no se molestó en disculparse, Meg añadió–: ¿Qué haces aquí?

–He venido a despedirme. Me vuelvo a casa.

–¿A tu casa casa?

Frunció el ceño confundido y repitió:

–A casa.

–Que si vas a Brecon.

–Sí.

–Anda.

Meg tenía sentimientos encontrados: lo echaría de menos pero no tenía claro cuánto había para añorar.

–¿Y qué vas a hacer allí?

–No lo sé.

–¿Vas a intentar entrar en otra universidad?

–No lo sé.

–¿Volverás de visita?

–No lo creo.

Intentó no tomárselo a mal. De alguien como Patrick solo se podían exigir ciertas cosas. Con todo y con eso había ido a despedirse de ella, lo que ya era una interacción social sorprendente para él.

–¿Cómo está Lexi?

–Le gusta mi cuarto –contestó encogiéndose de hombros, y Meg calló en su confusión. Patrick miró más allá y preguntó–: ¿Es ella?

–Te presento a la señora Deal. Ven a saludarla.

Patrick avanzó unos pasos hasta los pies de la cama.

–Hola –le dijo a la pared sobre la cabeza.

–No puede hablar. Acércate para que te vea.

–¿Puede verme?

–Claro –respondió Meg, que se dio cuenta entonces de que era algo que había dado por sentado solo porque la señora Deal tenía los ojos abiertos.

Patrick se acercó más.

–Señora Deal, este es Patrick. ¿Se acuerda de que le conté que iba a venir a leerle? Bueno, no va a poder ser, pero, de todas formas, ha venido a saludarla.

–Buenas –dijo Patrick, que hizo una pausa antes de preguntar–, ¿sabe que estoy aquí?

–No seas maleducado –lo increpó Meg–. ¡Que te está oyendo!

–Vale. ¿Por qué mueve el dedo así?

Le molestó su falta de sensibilidad. Se disponía a increparle una vez más cuando recordó que ella misma se lo había preguntado también. Se puso colorada al recordarlo.

–Lo hace porque sí. No puede evitarlo. Cuando llevas un rato ya ni te enteras.

–Ah –dijo Patrick, que pareció perder interés. Miró alrededor–. ¿Está aquí la novia?

–¿Te refieres a Angie?

–La novia de Spicer.

–Sí, Angie. Al parecer se fue.

–¿Por qué?

–No sé, a lo mejor la echaron. O tal vez pensara que era lo mejor. La verdad es que a mí me da pena porque, en fin, no fue culpa de ella. Siempre hacía todo lo que podía por los pacientes.

–Cinco y doce.

–¿Qué?

Le señaló los dedos de la señora Deal y repitió:

–Cinco y doce, cinco y doce, ¿lo ves? Y vuelve a empezar. Cinco y doce.

Meg contó.

Cinco golpecitos y luego doce. Cinco y doce. Nunca se había fijado.

–¡Es verdad! ¿Qué significará?

Patrick se encogió de hombros.

–Ni idea.

–Eres de gran ayuda...

–No lo creo –repuso Patrick. Después, tras una breve pausa en la que se quedaron mirando la mano de la señora Deal, prosiguió–: Podría significar muchas cosas. O nada. Diecisiete. O quinientos doce. O podría ser simplemente un código, como para representar el alfabeto. La quinta letra es la E y la duodécima es la L.

Ambos se quedaron mirando el dedo inmóvil de la mujer, a la espera. Meg soltó una risita nerviosa.

–Verás, ¡ahora seguro que no lo hace!

Pero lo hizo.

Cinco y luego doce.

Y luego trece.

–¡Tu teoría se va a pique! –rio Meg.

–M.

–ELM. ¿El móvil?

Patrick la ignoró. La señora Deal volvió a tamborilear. Repitió los cinco golpes.

–E.

–¿ELME? –Meg torció el gesto–. ¿Qué significa eso?

–Coge un boli. Está empezando otra vez.

Meg cogió uno del bolso y escribió por dentro de la contracubierta de *El código Da Vinci.*

La señora Deal siguió moviendo el dedo y Patrick fue diciendo las letras en voz alta mientras Meg las anotaba en un único riachuelo ordenado de aleatoriedad.

El dedo de la mujer paró por fin. Esperaron pero no hubo más movimiento.

Patrick miró por encima del hombro de Meg y ambos repasaron las letras buscando pausas naturales.

Lo vieron al mismo tiempo, y Meg sintió que un extraño hormigueo le ponía de punta el vello de la nuca hasta las orejas.

–Él me empujó –dijo Patrick.

A Monica tampoco le gustaba la cuna. Coincidía con Tracy en que los barrotes tradicionales de madera eran demasiado masculinos y estuvo también de acuerdo con lo del dosel de cuento de hadas.

–A ver, ¡es que vas a tener una cría, no un mono!

Tracy soltó una risita, pero pensó que tenía mucha cara, viniendo de alguien que solo había llevado unos botines de punto y una botella de Asti *spumante* a su *baby shower*. No le dijo nada porque, aunque en teoría iban a ir seis amigas, al final solo se había presentado Monica. Y también porque le había sonado convincente al decir que la niña no pesaría más de tres kilos y medio, «porque no parece que hayas ganado más que eso».

–Es científico –añadió apagando con autoridad el pitillo, y Tracy se tomó otra magdalena.

Monica la imitó. Había docenas, todas con cobertura rosa y bolitas plateadas. Raymond le había dejado dar la fiesta en su casa. Le dijo que era porque a todo el mundo le venía mejor pero, en realidad, era para presumir.

–A lo mejor podrías cambiarla –sugirió Monica.

–¿El qué? ¿A la niña?

Se retorcieron de la risa; el Asti se subía a la cabeza como mil demonios.

–La cuna. Me juego algo a que en el Mothercare te dejan devolverla y él ni se entera.

–No estoy yo muy segura. Se fija en todo.

Era cierto. El bote de la pasta de dientes mal estrujado y las gotas en la taza del váter se contaban entre sus amonestaciones más comunes.

Monica meneó la cabeza y, con un aspaviento, magdalena en mano, rechazó a todos los hombres.

–Venga ya, nunca se fijan en cosas así. Seguro que entró en la tienda y compró la primera que vio.

–¿Tú crees?

–Lo sé.

Cuando su amiga se fue Tracy pasó la aspiradora por la alfombra, por donde había puesto los pies, y pensó en la cuna.

Como no planeaba tener más hijos, era su única oportunidad de tener el dosel de cuento de hadas. Siempre se arrepentiría si no conseguía justo lo que quería.

Rebuscó en la papelera del baño y encontró la etiqueta con el precio: ochocientas noventa y cinco libras. Increíble.

A continuación llamó a Mothercare y preguntó si podía cambiarla por la de cuento de hadas.

La mujer que la atendió era fina como ella sola. Comprobó los precios y le dijo que la que tenía dosel valía solo seiscientos cincuenta, de modo que le devolverían también el resto, siempre y cuando Tracy tuviera el recibo.

–Ah, es que no lo tengo. Lo tiene mi marido, pero no quiero pedírselo para que no sepa que voy a cambiar la cuna que compró.

–Lo entiendo perfectamente –dijo la finolis–, pero me temo que en tal caso solo podremos hacerle un cambio.

A Tracy le tocó la moral. Joder con el Mothercare, ¡sacándose dinero a su costa! Así y todo, como quería con todas sus ganas la cuna de cuento de hadas, le dijo que le parecía bien.

La mujer solo necesitaba el código de la etiqueta, pero, cuando Tracy se lo dio, hubo una pausa larga mientras sonaba un tecleo de ordenador y unos sonidillos de perplejidad.

–No tengo claro que sea uno de nuestros modelos –dijo lentamente la mujer.

–Pero si pone Mothercare en la etiqueta.

–¿Ah, sí? Espere. –Más tecleo y ruidos internos y bajos–. Ajá, sí, aquí está. Pero ya no la tenemos disponible. Me temo que entonces no vamos a poder hacerle el cambio.

–Pero si la compró hace dos semanas.

–¿En qué tienda?

–Supongo que en la suya, que está a pocos kilómetros de casa.

Más tecleo.

–Acabo de comprobarlo, señora, y esa cuna en concreto no ha estado disponible en ninguna de nuestras tiendas en al menos dos años.

–No puede ser –insistió enfadada Tracy–. ¡Le digo que la compró hace dos semanas!

–¿Está segura?

–Hombre, ¡creo que me habría dado cuenta si tuviera en casa una jaula de madera grande como un demonio desde hace tiempo!

Aquello no era estrictamente cierto; en realidad no vivía allí. Había una cochera en la que nunca había entrado, y una trampilla que daba a un desván en lo alto de la escalera. Pero parecía cierto, y eso era sin duda lo más importante.

Al otro extremo de la línea, el silencio se dilató.

–¿Y es posible que la comprara en otro establecimiento? ¿De segunda mano o algo?

–¡Él no compraría nada de segunda mano! ¡Es rico!

–Bueno –le dijo fríamente la mujer–, aquí no la ha comprado en los últimos dos años, y ya no está disponible, de modo que me temo que no puedo ayudarla.

–¡Genial! –dijo Tracy, que colgó de golpe–. ¡Será zorra! –le gritó a la aspiradora, y luego miró con gesto contrariado la etiqueta de la cuna.

Raymond era rico con ganas. Tenía una casa enorme y un coche caro, y Tracy había encontrado sus libretas del banco mientras se duchaba. No necesitaba comprar nada de segunda mano. La cuna tenía todavía las etiquetas puestas. ¡Tenía que ser nueva!

A lo mejor se la había estado escondiendo un tiempo, para darle una sorpresa. A Raymond no le gustaban, pero tal vez hubiese hecho una excepción. Quizá la compró nada más enterarse de que estaba embarazada. Lo mismo tenía una cueva de Alí Babá llena de regalos para ella en el desván, esperando a ser entregados.

Era realmente hermético.

Debería dejarse de historias y preguntárselo directamente; pero Raymond no era de esos hombres a los que se les pregunta. No se enfadaba, pero se quedaba muy callado, lo cual era peor.

Tracy miró de reojo el reloj de encima de la chimenea; todavía tardaría una hora en llegar a la casa. Tiempo de sobra para ver qué encontraba.

Soltó una risita y apuró lo que quedaba del Asti, que era solo un sorbo. Después subió con cuidado la escalera cogiéndose a la barandilla. Era empinada y Jordan/Jamelia/ Jaden la desequilibraba, incluso cuando estaba en perfectas condiciones.

Encontró el palo que el señor Deal –¡Raymond!– guardaba detrás de la puerta del baño. Era grueso y tenía un gancho de bronce muy pequeño en una punta que debía encajar en lo que parecía un cáncamo de bronce aún más pequeño en la trampilla del desván. El palo se le balanceaba y se le torcía en la mano. ¡Dichoso chisme!

Sabía que estaba cotilleando y que no estaba bien, pero si Raymond no quería que le preguntase cosas, ¡que no fuese tan misterioso! Comprarle una cuna dos años anticuada. Comprar ropa de bebé sin ella; y del color que no era, cuando ya sabían que era niña. ¿Qué le pasaba?

Perdió la paciencia, se desequilibró y el gancho dio contra la pared y desgarró el papel pintado.

–Mierda.

La casa del señor Deal estaba muy pero que muy ordenada y limpia, y seguro que se daba cuenta de la raja de quince centímetros y del trozo de papel caído en medio del rellano. Iba a cabrearse mucho. Tenía que pegarlo antes de que volviera.

De pronto una hora no le pareció tiempo de sobra.

Tardó veinte minutos en encontrar el pegamento, y luego no llegaba al desgarrón y tuvo que coger una silla del segundo dormitorio y ponerla en el rellano.

Allí es donde la encontró el señor Deal al volver a casa, pegándose los dedos al papel como una tonta y balanceándose como una pelota de playa en aquella delicada silla, que estaba demasiado cerca del principio de la larga escalera en curva.

Y estaba enfadado.

Mucho.

CUARTA PARTE

55

Patrick llamó a su madre para decirle que volvía a casa pero no la encontró. Le dejó un mensaje con la hora de llegada del tren para que fuera a recogerlo a Merthyr.

En el trayecto de vuelta se sentó en un asiento con mesa y sacó del paquete el móvil que le había dado Meg en el andén.

–Para las urgencias –le dijo esta.

–Pero si yo no tengo urgencias –repuso.

–¡Patrick! ¿Cómo puedes...?

Pero se dio cuenta entonces de que era una broma y se rio.

Así y todo ni lo quería ni le gustaba.

–¿Me llamarás? –le preguntó cuando el tren entró con su chirrido en la estación.

–No lo sé.

–Vale –le dijo con una mirada extraña en la cara.

Patrick se entretuvo leyendo el manual.

Fuera, el resplandeciente Taff serpenteaba bajo las vías, y la ciudad pronto se diluyó en verde. Castell Coch tal como vino se fue en el sol de la mañana y luego empezaron los valles de verdad: las hileras de casitas de campo de piedra gris y marrón por las faldas de las montañas, que a veces eran roca y, otras, carbón, todas arropadas por una hierba primorosa y salpicada de ovejas.

–¿Es una BlackBerry? –le preguntó uno de los chicos de doce años que se había subido en Taffs Well.

–No, es un teléfono –le explicó Patrick, y los chicos se miraron y se rieron.

Uno ladeó la cabeza para intentar ver la foto de la portada del manual.

–Bah, ni siquiera es un *smartphone*.

–Vaya puta mierda –dijo el otro.

Patrick dejó el manual en la mesa y comentó:

–Hace tres semanas le serré la cabeza a un hombre.

Los chicos se callaron y se bajaron en la siguiente parada.

Patrick pasó por Quakers Yard antes de que el manual, de una complejidad absurda, le contara cómo hacer una llamada, y casi había llegado a Troedyrhiw antes de averiguar cómo utilizar el altavoz para que el teléfono no le friera el cerebro.

Marcó el bonito número de Meg.

–Te estoy llamando –gritó desde una distancia prudencial.

–Ya te oigo. Gracias.

–¡Vale! –chilló–. ¡Adiós!

Su madre no estaba esperándolo en la estación, así que se quedó una hora en el banco de madera de fuera.

Al ver que seguía sin ir a buscarlo, utilizó su móvil nuevo para llamarla a casa pero tampoco hubo respuesta, ni siquiera del contestador, así que no pudo dejar otro mensaje.

Esperó una hora más y cruzó la carretera para ir a comprarse una hamburguesa. Se la comió y siguió esperando. No tener bici era como no tener piernas.

A eso de las tres de la tarde cogió un autobús a Brecon y, de ahí, un taxi hasta su casa.

Bueno, no hasta la puerta de su casa. El taxímetro marcó la cantidad exacta que le quedaba a Patrick en los vaqueros cuando estaban a un kilómetro y poco de la casa, de modo que le pidió al taxista que lo dejara allí e hizo a pie el resto del camino. No llevaba la maleta más llena que cuando se fue de casa, pero era lo bastante pesada para ser un incordio, así que la dejó al otro lado de un murete, contra el seto, y siguió andando sin ella.

El Fiesta no estaba en el camino de entrada y la puerta trasera estaba cerrada con llave.

Rodeó la casa, escrutando por las ventanas, y luego cogió la copia de la llave que guardaba su madre en un gancho del manzano y entró.

Aunque era abril seguía haciendo frío en la vieja casa de piedra.

El gato entró corriendo en la cocina para saludarlo, se detuvo al ver quién era y se sentó para lamerse su propio trasero.

Se fijó en que el cuenco del gato estaba lleno hasta los bordes, al igual que el que tenía al lado... y el del otro lado; el cuenco del agua también estaba rebosante de agua.

Fue a la planta de arriba a mirar en el cuarto de su madre. Ni rastro de ella ni de dónde podía estar.

Cuando volvía por el pasillo vio que el contestador estaba desenchufado de la pared. Volvió a conectarlo. No había mensajes nuevos, a pesar de que él había dejado uno esa misma mañana, lo que significaba que su madre lo había oído. Sabía que llegaba a mediodía. ¿Se habrían cruzado en la estación sin darse cuenta? No le parecía factible.

Encendió fuego en la cocina y después se preparó un bocadillo. El pan estaba duro, así que tuvo que tostarlo. Al ser una tostada, tendría que comerse el *chutney* y el queso aparte, y buscar en la despensa algo que empezara por lo menos con «to» y no con cualquier cosa después de be. Encontró un paquete de trufas que aplastó un poco para untar en las rebanadas.

Después se hizo una taza de té. Cuando cogió la tetera para rellenarla vio que todavía estaba tibia.

Hasta que no se sentó a la mesa a comer no se dio cuenta de la carta que había entre la sal y la pimienta.

Como tenía su nombre en el sobre, la abrió y la leyó.

Patrick:

Bienvenido a casa. Siento no estar, pero ha sido una época difícil para mí y no puedo más.

Mi testamento está en el bufete de J. M. P. de la calle Church. La casa no está pagada del todo pero la hipoteca es pequeña por el seguro de vida de tu padre y, si consigues un trabajo, podrás quedarte, si es lo que quieres.

Espero que puedas perdonarme, como yo siempre te he perdonado a ti, pero no puedo enfrentarme al futuro si va a ser igual que el pasado.

Haz lo quieras, pero, por favor, cuida de la gata.

Te quiere,

Mamá

Patrick se quedó meditando sobre la carta mientras masticaba lentamente la tostada. No le gustaba. Despedía algo malo, a oleadas, como un olor. Era evidente que contenía un mensaje y, aunque no estaba seguro, daba la impresión de que su madre no iba a volver. Y toda la historia esa del testamento hacía pensar que estaba muerta, pero no podía ser porque nadie sabe cuándo va a morir.

Lo irritaba no poder averiguarlo por su cuenta pero al mismo tiempo sintió una urgencia extraña, así que se dejó la mitad de la tostada sin comer y se fue con la carta a casa de Nick *el Rarito*.

Este sacudió la cabeza y le dijo:

–¡Joder, Patrick! ¡Esto es una carta de suicidio!

–¿Tú crees? –le preguntó dudoso.

–Claro que lo creo. Siento tener que decírtelo, tío, pero tu madre ha estado portándose como una auténtica pirada. Hace unas semanas intentó quemar el cobertizo. Tuve que apagar el fuego con la manguera, y eso que pagamos por litros.

–¿Por qué haría una cosa así?

–A saber... –dijo Nick *el Rarito*, meneando la nota como si fuera un pañuelo y estuviera despidiéndose–. Pero esto es grave, Patrick. Va a matarse.

–Me contó que lo había intentado una vez.

–¿Cuándo?

–El día que murió mi padre.

–¿Ah, sí? Bueno, pues ahí tienes la prueba. ¿Y cómo lo intentó entonces?

–Dijo que iba a saltar del Penyfan. Y el Fiesta no está.

–¡Tenemos que ir al Penyfan ahora mismo! –decidió Nick *el Rarito*, que añadió entonces–: ¡Mierda! En teoría no puedo usar el coche de mi madre.

–No entiendo por qué querría matarse –apuntó Patrick.

–Ahora mismo da igual el porqué, ¿no te parece?

Patrick miró por primera vez en su vida a los ojos de Nick y le dijo:

–El porqué es lo único que importa.

Empezó a burbujearle la cabeza: debatiéndose una vez más con las implicaciones de todo lo que sabía. La manera en que encajaban las piezas del puzle. Se volvió en redondo y corrió hacia el jardín de su casa.

–¡Espera! –gritó Nick *el Rarito*–. ¡Patrick! ¿Adónde vas? Que tengo que ponerme los zapatos.

No lo esperó. Solo sabía con seguridad tres cosas que habían cambiado desde la última vez que había estado en casa. Su madre había escrito una nota de suicidio. Él le había dicho que volvía a casa. Ella había intentado quemar el cobertizo. No veía correlación ninguna entre las tres cosas pero tenía la sensación de que de un modo u otro estaban conectadas.

Cuando atravesó la gravilla vio la madera requemada en la esquina del cobertizo: una cicatriz oscura que debía contarle una historia, igual que lo haría una arteria atorada, unas meninges hinchadas o un dedo mordido.

Tocó la madera quemada y la sintió deshacerse y astillarse bajo los dedos, que se le quedaron negros como el carbón.

Oyó que alguien llegaba por la gravilla y dio por hecho que era Nick *el Rarito*.

El fuego le había dado un buen mordisco a la parte de abajo del cobertizo antes de que la carísima agua de la madre de Nick lo extinguiera. Patrick se arrodilló en la gravilla alfombrada de maleza y miró por el agujero que había hecho. En la cálida tarde primaveral le llevó un rato hacerse a la luz para ver qué había dentro de la oscura caverna que era el cobertizo.

No había mucho que ver. Las malas hierbas se colaban desde el exterior y crecían por el suelo de cemento agrietado, como si nunca hubiese habido barrera alguna. Por la pared del fondo vio telarañas drapeadas como cortinas.

Se echó en el suelo para ver mejor. Entre la madera quemada y las telarañas solo distinguió la rueda de un coche.

Se levantó y anunció:

–Hay un coche dentro.

–Hostias –dijo en voz baja Nick–. ¿Es ella?

–No lo sé.

Aunque su voz no se había inmutado, la urgencia en su interior crecía a cada aliento que tomaba.

Fue corriendo al invernadero en ruinas. Entre los desechos había cosas que recordaba de su infancia; objetos que siempre habían estado allí, entre el cristal, la hierba y el cemento endurecido en los sacos. Uno era una vieja hacha oxidada.

La cogió, volvió por la gravilla y ni siquiera desaceleró antes de empotrar el hacha contra la puerta de madera.

–¡Mierda, Patrick! –chilló Nick *el Rarito*, protegiéndose la cabeza de las astillas.

Patrick lo ignoró y siguió empleando el hacha como si fuera un martillo y, cuando logró hacer un agujero lo suficientemente grande, tiró de los tablones con las manos. La madera era vieja y estaba podrida, y al poco desgarró el propio cerrojo, y una de las puertas se abrió un par de centímetros con un extraño croar de bisagra oxidada.

–¡Patrick, espera!

Lo obedeció, jadeando y con un miedo repentino, mientras Nick *el Rarito* entraba con cautela y abría la puerta.

–No pasa nada, Patrick, no es ella.

–Entonces ¿qué es? –Se adelantó, entró en el cobertizo y se quedó de piedra–. Es nuestro antiguo coche.

Así era.

El Volkswagen azul estaba bajo una gruesa capa de polvo. Al instante, Patrick recordó lo hondo que estaba el asiento trasero –tanto que tenía que arrodillarse si quería ver por las ventanillas– y el terciopelo acogedor que lo recubría. Un asiento trasero para dormir, como a él le gustaba hacer. Recordó lo pequeña que parecía su madre en el asiento del conductor, y que su padre se reía de ella y le daba una palmadita en la cabeza y la hacía reír. Se acordó de que abría el capó y le enseñaba las bujías y el filtro del aire y dónde tenía que rellenar el radiador. Podría hacerlo en cualquier momento; lo recordaba como si fuera ayer.

Pero no recordaba que estuviera maltrecho.

El morro del capó estaba abollado, la parrilla del radiador estaba rota, el símbolo de VW había desaparecido, con tan solo el círculo negro en su lugar. Y en medio del capó, otro bollo: una hendidura superficial impresa en el metal, como si alguien hubiera cogido un balón medicinal y lo hubiera tirado contra el coche.

Patrick se quedó mirándolo.

Sin saber por qué, pensó en la mano de su madre haciéndole daño en la espalda cuando lo pilló probando a abrir el cerrojo del cobertizo.

«¡Cuando digo que no, es que no, Patrick!»

¿Estaba ya allí el coche entonces?

¿Por qué lo tendría escondido?

«La gente esconde cosas porque no quiere que nadie las sepa.»

Las palabras de su madre..., que le decían cosas igual que lo había hecho el muerto. En una nebulosa a cámara lenta alargó la mano y tocó el metal deformado: pasó el pulgar por las grietas de acero y sus fisuras de óxido.

–Se ve que tuvo un accidente –dijo Nick *el Rarito*.

Y bastó con eso: con oír la verdad en voz alta.

Con una sacudida en las entrañas que le hizo tambalearse, Patrick vio las caderas de su padre chocar contra el morro, las piernas partir la parrilla del radiador y la cabeza rebotar donde parecía que había golpeado el puño de un monstruo.

Un grito ahogado se le escapó y se llevó la mano a la boca por el estupor.

Su madre había matado a su padre.

Pero ¿por qué?

Como la madre de Nick *el Rarito* no estaba, le cogieron el coche, a pesar del veto..., y de que ninguno había conducido en su vida por carretera.

Condujo Patrick porque Nick insistió en que era su urgencia, y su madre estaría más dispuesta a perdonarlo a él si le pasaba algo al coche.

No entendió muy bien la lógica pero dio por hecho que su vecino debía estar en lo cierto. Le preocupó más que la palabra «urgencia» le recordara que se había dejado el móvil de Meg en la mesa de la cocina, al lado de las tostadas de trufa. Ojalá tuviera ambas cosas.

Conducir el coche de la madre de Nick *el Rarito* no se parecía en nada al Grand Theft Auto. Iba manejando el volante, frenando y pisando el embrague cada vez que se lo decía Nick, mientras que este cambiaba las marchas, miraba a ambos lados en los cruces y en los pueblos estaba atento a los niños que atravesaban corriendo la carretera y a las ovejas de después.

Por momentos alcanzaron velocidades de cincuenta kilómetros por hora.

–Espero que no sea demasiado tarde.

Patrick recordó.

–La tetera estaba todavía tibia. No puede haber salido hace mucho.

Pararon en seco al lado del Fiesta, que estaba aparcado enfrente del Storey Arms a los pies del Penyfan. Solo entonces Nick *el Rarito* se dio cuenta de que seguía con las zapatillas de casa puestas y en consecuencia no iba debidamente calzado para subir al pico más alto del sur de Gales.

–¡Mira que soy tonto! –gimió.

Patrick no respondía a afirmaciones inútiles. En lugar de eso, salió del coche, atravesó corriendo la carretera y empezó a subir la pendiente por su cuenta.

56

Con poco menos de novecientos metros de altura el Penyfan apenas es una colina empinada, aunque se requiere cierta destreza para subirlo. Además es traicionero: empieza con un acogedor camino ancho y liso que atraviesa unas apacibles praderas bañadas por el sol; de vez en cuando sube una familia con niños pequeños... e incluso ¡la abuelita en silla de ruedas!

Pero en cuanto se deja atrás una cerca, comienza un feo descenso por un valle peliagudo para al poco empezar a subir de verdad por debajo de la altitud de partida.

A mitad del camino la pendiente tiene una inclinación considerable que requiere bajar la cabeza, subir las rodillas y mandar de vuelta a niños y ancianos, mientras la caída a ambos lados del sendero de piedra se te arrima cada vez más, hasta el punto de que alejarse mucho del camino parece una temeridad.

En ese punto los vientos soplan con fuerza y eclipsan al sol, mientras lanzan bocanadas enérgicas contra la pierna levantada del caminante desprevenido para hacerla tropezar con la otra.

A la mitad del ascenso hay un monumento a un niño de cinco años que murió en la zona tras despistarse de una granja local y, por desgracia, subir en lugar de bajar.

Y después la cosa se empina aún más.

Y se estrecha.

Hasta que el propio sendero tiene que apretarse para no caerse por la cresta en forma de media luna que se hunde en picado hacia el lado izquierdo, en parches labrados de verde oscuro, como si unos gigantes se hubieran tirado por allí y hubieran clavado las uñas por toda la bajada.

Ahí sí que parece ya una montaña.

Patrick había subido varias veces al Penyfan, aunque nunca en camiseta y zapatillas.

A pesar de que el sol del atardecer brillaba con fuerza era como un espejismo cruel que se viera a través de la ventana helada de un iglú. Todo calor se iba con el viento que le gritaba en las orejas y le aporreaba el pecho, y luego la espalda, y los costados, esperando en cada ocasión que reajustara el peso antes de volver a amainar para hacerlo balancear sin su apoyo y corriendo tras él para tratar de empujarlo cuando todavía estaba intentando recuperar el equilibrio.

En cuanto llegó a la media luna de la caída empinada, fue caminando con la cabeza alta, los ojos acuosos entornados contra el viento, para buscar a su madre.

Si quería matarse, tenía que ser desde aquel descenso vertical. De vez en cuando se pegaba al margen o se arrodillaba, y se ponía a gatas para mirar por el borde.

No vio ningún cuerpo, aunque eso no significaba que no lo hubiese.

El sol perdió su brillo y se volvió naranja al tiempo que se hundía por el horizonte. Cuando el poco calor que había resistido al viento se retiró aún más, le empezaron a castañetear los dientes.

Iba a tener que volver. No era lógico seguir. Ni seguro. Ya se la estaba jugando si quería volver antes de que oscureciera. El Penyfan de día era una cosa pero de noche no tenía nada que ver: más frío y empinado..., y con la impresión de que el camino viraba un poco más pegado al borde...

Pero siguió y siguió.

–¡Mamá! –gritó dos veces, y luego se detuvo desconcertado por lo rápido que el viento arrancaba el sonido de sus labios y lo alejaba.

Miró hacia atrás y se detuvo a contemplar cómo el sol se exprimía cuesta abajo por el monte Negro hasta que desapareció, succionando con él lo poco que quedaba de calor en el aire, y le dejó una advertencia plomiza en la barriga: la noche se acercaba. Tenía que regresar. No hacerlo era una tontería... que podía ser letal.

Sin embargo, prosiguió.

Con el ocaso se había ennegrecido la caída en curva. No quedaba rastro de la piedra recubierta de hierba, tan solo un algo oscuro y subterráneo que surgía por los Beacons. Un algo sobrenatural.

–¡Mamá! –gritó de nuevo aunque sin saber si era por ella o por él.

La encontró cerca de la cumbre, en una oscuridad casi absoluta. Diez minutos más tarde la habría pasado de largo. Estaba encorvada al borde de la caída, con las piernas colgándole como a un niño en un columpio, la cabeza gacha, los brazos cruzados, el pelo y la rebeca fina revolviéndose a su alrededor con el viento como la espuma en un mar proceloso.

No se movió.

–¿Mamá?

Se volvió y lo miró. El chico solo pudo ver el borrón pálido de la cara de su madre.

–¿Patrick?

Avanzó hacia ella pero se encogió para que no la rozara.

–¡No me toques! ¡No me toques!

Se detuvo a unos palmos.

–No iba a tocarte.

–Por supuesto que no.

A esa distancia podía oírla, aunque el viento hacía todo lo

posible por arrancarle las palabras y esparcirlas como confeti por los montes.

–Tenemos que bajar –le dijo.

–Ea, pues vete.

Por un momento se sintió confundido.

–Tenemos que bajar –repitió marcando mejor las sílabas.

–Yo me quedo.

–Si te quedas aquí, podrías morir.

–¿Y qué? ¿Es que no has leído la carta?

–Sí.

–No he tenido valor para saltar –le explicó señalando la caída bajo sus sandalias–. Así que me he quedado hasta que ya era demasiado tarde para volver.

Sin saber qué añadir, Patrick recorrió el último par de metros hasta el borde del risco y se sentó a su lado. Sintió un ligero mareo al pasar los pies por el borde a pesar de que apenas veía el agujero negro que sin duda se lo tragaría si el viento lo desequilibraba.

Se dio cuenta de que su madre tenía razón: la única forma de estar ahí sentado era rodearse las costillas con los antebrazos y encogerse para proteger la cabeza de las ráfagas de viento más fuertes.

La oscuridad cayó veloz y todo se fundió en negro, hasta el punto de que entonces estar sentado al filo de una caída de novecientos metros se parecía más a descansar en el embarcadero de Penarth, con las piernas colgando y viendo los yates surcar las crestas de las olas.

Si no fuera por el frío.

Peor que caer en agua helada. Los mataría a ambos... o los atontaría de tal manera que se tambalearían y caerían del muelle al mar negro que se abría a sus pies.

Se preguntó cuánto tiempo podría esperarlos Nick *el Rarito* antes de que le entrase el pánico y corriera a devolverle el coche a su madre. No podía culparlo, ni siquiera por lo de las zapatillas.

–He encontrado el coche –le dijo a su madre castañeteando los dientes, y esta asintió muy lentamente.

–Entonces ¿por qué has venido a buscarme?

Se lo preguntó para sus adentros. ¿Por qué?

Lo averiguó al tiempo que respondía:

–Porque quería saber la verdad. Y si te mueres va a ser difícil.

Su madre no dijo nada y se miró los pies, dos manchas pálidas contra el vacío.

–¿Por qué lo mataste?

–Yo no quería.

–Pero lo atropellaste con el coche.

Volvió a asentir lentamente y pasó un buen rato sin decir nada.

–En realidad yo no quería que pasase nada de eso. Yo solo cogí el coche. Ya sé que no debería haberlo..., pero había bebido. Iba a ir a recogerte..., pero entonces..., al verte cruzar la carretera... –Miró al cielo cada vez más oscuro y se restregó la nariz con la manga–. Pasó todo tan rápido. Tú diste un paso atrás y él un paso adelante...

Se encogió de hombros y sacudió la cabeza.

Patrick recordó el momento y pensó que ella debía de estar rememorándolo también..., pero desde otro punto de vista. Intentó imaginar cómo los vio desde fuera, cruzando la calle a la salida del despacho de apuestas, y él apartándose, retrocediendo.

Su padre volviendo hacia él, en la trayectoria del coche.

Justo donde él tendría que haber estado.

–Quisiste atropellarme a mí. –Su madre no dijo nada, se limitó a contemplar los montes sinuosos que se extendían hasta el oscuro horizonte septentrional. Patrick tomó el silencio como una confirmación y asintió–. Eso tiene más sentido.

Sarah lo miró con el viento azotándole el pelo contra la cara.

–¿Ah, sí?

–Sí, lo entiendo.

–¿Entiendes por qué quería matarte?

–Sí.

Era cierto. Y también entendió que el accidente había sido solo eso: la desafortunada culminación de un millón de momentos diminutos que habían encajado –o desencajado– en esa luminosa tarde de primavera. Comprendió que a veces pasan cosas para las que nadie está preparado; que lo hecho hecho está, y no hay vuelta atrás. Como lo de las zapatillas de Nick *el Rarito*.

Su madre apartó la vista de él, muy lejos.

–Bueno, pues ya sabes la verdad –dijo bruscamente–. Ya puedes irte.

–Vale. –Se echó hacia atrás por el suelo y se levantó–. Vamos.

–¡Que yo me quedo! ¡Por el amor de Dios, Patrick! Vete ya, antes de que muramos los dos aquí de congelación.

Morir.

Patrick pensó de pronto en el salto que había dado desde el muro del aparcamiento por el punzante aire nocturno; en cómo el corazón le estalló con un hambre repentina de vida, aun cuando por dentro sabía que lo más probable era que fuese el fin. Había estado cerca..., lo sabía. Todavía notaba su aliento en la nuca.

Sintió un escalofrío de placer por no estar muerto.

Era un buen sentimiento. Lo suficiente como para compartirlo. Pensó en el pez de la pecera y flexionó los dedos.

–No tiene sentido no venir –dijo con cautela–. Ahora que ya lo sé, las cosas irán mejor.

–No, eso es mentira. ¿Cómo quieres que viva con lo que he hecho? ¿Con lo que os hice a ti y a tu padre?

–Pero papá está muerto y a mí no me importa. –Sarah se volvió y lo miró sorprendida antes de echarse a reír. Y se rio de verdad–. ¿Qué pasa? ¿Qué tiene tanta gracia?

Pero ella no podía parar de reír, pese a estar en un risco azotado por los vientos, un lugar donde tal vez pronto morirían.

–¿Que no te importa? –le preguntó restregándose los ojos.

El chico se encogió de hombros y respondió:

–Por lo menos no tanto como para que mueras.

Sarah lo miró desde abajo y luego de nuevo al vacío. Al hacerlo se le cayó una sandalia del pie que la voraz oscuridad engulló sin más.

–¡Mierda! El zapato.

Se echó a llorar.

Y no podía parar.

–Mi zapato –sollozaba–. Mi zapato

Mientras la observaba pensó en su padre, en *Persian Punch* y esa sensación de conectar.

–Lo siento mucho. Lo siento mucho.

Lo había oído millones de veces pero esa vez lo creyó.

–Vale. Cógeme de la mano.

Su madre alzó la vista sorprendida.

Miró una vez más hacia la oscuridad y luego se apartó el pelo de la cara con hastío y puso la mano en la de su hijo.

Se tambalearon y se cayeron y en ocasiones hasta bajaron a rastras el Penyfan. Se perdieron tres veces y se agarraron a las ropas del otro mientras palpaban a tientas la hierba con manos y pies hasta que sentían de nuevo la seguridad de las piedras y proseguían el camino. En dos ocasiones, Sarah le rogó que la dejara y él tuvo que tirar de ella por la pizarra afilada hasta que le dolía tanto que prefería levantarse y seguir, a cada paso un sollozo de dolor, frío y agotamiento.

A medio camino Patrick vio unas luces que iban a su encuentro. Era el equipo de rescate forestal, pertrechado con mantas, sopa y almohadillas calientes para las axilas.

Llevaron a Sarah en una camilla, y Patrick caminó a su lado con las piernas que apenas sentía.

En la hondonada del valle se encontraron a Nick *el Rarito*, que había andado hasta donde le habían permitido las zapatillas.

En lugar de irse a devolver el coche a su madre había llamado a la policía.

–Gracias.

57

Dos días después de volver del hospital, y con su madre todavía en cama, Patrick prendió fuego al cobertizo.

Costó un rato que quemara, pero en cuanto cogió fuerza se hizo imparable.

Nick *el Rarito* se despertó con los crujidos y los chasquidos de las llamas por la madera y salió corriendo a por la manguera, pero se encontró con que alguien se la había robado.

Fue entonces a la casa de al lado y se quedó con Patrick mientras el cobertizo consumía el coche, y el coche se consumía a sí mismo, alentado por lo que quedara de gases en el depósito.

Sarah salió en camisón y katiuskas y se quedó en la escalera con *Ollie* metiéndosele por las piernas de goma.

–¡¿Cómo es posible?!

–No es difícil. Si quieres, te enseño.

Ella arqueó las cejas y por un segundo cruzó la mirada con él, que apartó la vista con una sonrisilla.

–Oye –dijo Nick *el Rarito* señalando hacia el viejo invernadero–. ¿Qué hace ahí nuestra manguera?

–Es que pagáis por litro –contestó Patrick.

Consiguió un trabajo de friegaplatos en el Rorke's Drift. Le encantaba meter los vasos y los platos sucios por un extremo del gran lavavajillas y recogerlos por el otro, rezumando limpieza y muy calientes al tacto. Estableció un sistema por el cual nunca se quedaban sin cucharillas –una cuestión que había sido un quebradero de cabeza durante mucho tiempo–, y trabajaba con tanto ahínco y tan rápido que pronto se hizo con el favor del personal, que recibía menos quejas y daba un servicio más rápido, y que votó que compartirían con él las propinas: algo inaudito en la historia del pub. Al final de la primera semana el dueño le dijo que pensaba subirle el sueldo.

Patrick lo habría hecho gratis. Le dejaban beber Coca-Cola en una botella con forma de reloj de arena, y una vez por turno le daban una comida gratis, ¡y el cocinero le preparaba lo que quisiera de la carta! «Lo que sea.» Patrick solía decantarse por las tostadas de trufa, porque cuando volvió a casa del hospital todavía seguía con ganas de la mitad que se había dejado sin comer, pero resulta que el gato se había zampado todo el relleno y había dejado solo el pan mojado.

Se compró una bici nueva con el dinero que le adelantó su madre: esa vez una de montaña, pero azul, claro. Ya no tenía que coger el autobús para ir al trabajo y se pasaba los fines de semana paseando en bici por los Beacons, que era donde se sentía más feliz. A veces se encontraba una oveja muerta o un cuervo caído y se paraba a mirarlo pero nunca cogía nada.

Siempre llevaba encima el teléfono de Meg, por si acaso, y a veces la llamaba porque a ella parecía gustarle y a él tampoco le importaba..., aunque las ovejas saliesen disparadas con sus gritos.

58

Un día, a los tres meses de los acontecimientos que marcaron el final de su breve paso por la universidad, Patrick volvió a casa de un turno de mediodía en el pub y se encontró con el profesor Madoc y a Mick Jarvis tomando té con su madre.

Los tres lo saludaron y su madre no borró la sonrisa de la cara, lo que le hizo sospechar que ocurría algo raro.

–¿Qué es lo que pasa?

–Nada malo –le dijo Sarah.

–Al contrario, ¡es muy muy bueno! –exclamó Madoc–. Estamos expandiendo el departamento y nos gustaría ofrecerte un trabajo.

–¿Cuál? –preguntó con recelo.

–De técnico de laboratorio en prácticas. Serías el ayudante del señor Jarvis. Él te enseñaría todos los aspectos del trabajo: el embalsamado, la preparación de la sala de disección, la higiene, el papeleo para aceptar y distribuir los cuerpos donados y todo el cotarro.

–¿Qué es un cotarro?

–Nada, se refiere a todo lo necesario –le explicó Sarah–. Es una forma de hablar.

–Ah, nunca lo había oído. Cotarro. –Le dio vueltas en la boca en voz baja–: *Coootaaarrrooo*.

–Eso ahora no importa, hijo –le dijo su madre.

–Me encantaría que trabajaras conmigo, Patrick –le animó Mick–. Sé que harías un trabajo muy concienzudo y profesional.

–Sí, es verdad.

–Más allá de tirar zapatos y todo eso, claro.

Mick le guiñó un ojo, pero el chico se limitó a decir:

–No llegué a darle.

–El señor Jarvis está bromeando –se apresuró a aclarar el profesor–. Eso ha quedado atrás, en el pasado. Lo que nos interesa hoy es el futuro. Bueno, ¿qué me dices, Patrick?

¿Qué le decía?

Cuando los tres se le quedaron mirando, tuvo que contenerse para no retorcerse bajo aquella mirada combinada.

Pensó que cada vez se le daba mejor, que llevaba mejor muchas cosas, como que le tocaran; no lo disfrutaba pero lo podía soportar. A veces le respondía a su madre, incluso cuando hacía afirmaciones inútiles, y eso la hacía feliz.

Se dijo que él también se sentía más feliz. Entendía más cosas y se preocupaba menos. Tenía amigos en el pub y una amiga por teléfono, además de una bici nueva.

Y lo mejor de todo era que sabía qué le había pasado a su padre, y eso lo reconfortaba como el plato con el abecedario.

Le parecía que ese era el conocimiento más dulce porque se había desprendido de él por el camino.

Patrick se dio cuenta de que seguían mirándolo y esperando a que les dijera qué pensaba del trabajo en la sala de disección. Comprendía que estaban dándole un regalo y que tenía que ser agradecido.

–No, gracias –dijo con cautela–. Estoy harto de las cosas muertas.

Agradecimientos

Morir no es tan fácil se escribió gracias a la generosa ayuda de Lisa Mead y Swaran Yarnell, de la sala de disección de la Escuela de Biociencias de Cardiff. Las libertades que se toman con los cadáveres en este libro son pura ficción, y en modo alguno reflejan la profesionalidad y el respeto que muestran en su trabajo. Gracias al doctor Jamie Lewis, del Centro de Genética y Genómica Neuropsiquiátricas del Consejo de Investigación Médica de la Universidad de Cardiff, por mostrarme el buen camino, así como al doctor Royce Abrahams y al cirujano Richard Rushman, por su ayuda, fundamental en los primeros compases del libro. Agradezco igualmente la amabilidad de la profesora Jenny Kitzinger, quien compartió conmigo su conocimiento sobre experiencias de familiares de pacientes en coma y otros estados vegetativos.

Muchísimas gracias asimismo a todo el equipo de la editorial Transworld, que con tanto empeño y entusiasmo trabajan. Y vaya una mención especial a Claire Ward y al departamento gráfico ¡por desafiar los límites!

Índice

Título de la edición original: *Rubbernecker*
Traducción del inglés: Julia Osuna Aguilar,
cedida por Roca Editorial de Libros, S. L.

Diseño de la sobrecubierta: Mario Arturo
Fotografía de la autora: © Jonathan Ring

Círculo de Lectores, S. A. U.
Av. Diagonal, 662-664, 08034 Barcelona
www.circulo.es
3 5 7 9 5 1 0 7 8 6 4 2

Depósito legal: B.14629-2015
Fotocomposición: Víctor Igual, S. L., Barcelona
Impresión y encuadernación: RODESA (Rotativas de Estella, S. A.)
Navarra, 2015. Impreso en España
ISBN 978-84-672-6407-4
N.º 29368